中阿典籍互译出版工程
مشروع تبادل الترجمة والنشر بين الصين والدول العربية

贝鲁特磨坊

طواحين بيروت

［黎巴嫩］陶菲格·阿瓦德 著
马瑞瑜 周时中 译

五洲传播出版社

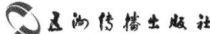

图书在版编目（CIP）数据

贝鲁特磨坊 /（黎巴嫩）陶菲格·阿瓦德著；马瑞瑜，周时中译. -- 北京：五洲传播出版社，2021.7
ISBN 978-7-5085-4671-1

Ⅰ.①贝… Ⅱ.①陶… ②马… ③周… Ⅲ.①中篇小说－黎巴嫩－现代 Ⅳ.① I378.45

中国版本图书馆 CIP 数据核字 (2021) 第 087473 号

出 版 人：荆孝敏
责任编辑：杨　雪
装帧设计：米　军
内文设计：艾　曼　余菊芳

贝鲁特磨坊

作　　者：陶菲格·阿瓦德（黎巴嫩）
译　　者：马瑞瑜　周时中
出版发行：五洲传播出版社
地　　址：北京市海淀区北三环中路 31 号生产力大楼 B 座 6 层
邮　　编：100088
网　　址：www.cicc.org.cn www.thatsbooks.com
电　　话：010-82005927，010-82007837
印　　刷：天津图文方嘉印刷有限公司
开　　本：710×1000　1/16
印　　张：17.5
字　　数：240 千字
印　　次：2021 年 7 月第 1 版第 1 次印刷
书　　号：ISBN 978-7-5085-4671-1
定　　价：42.00 元

总　序
中阿典籍互译：沟通中阿人民心灵的桥梁

中国与阿拉伯世界的友好交往，已有近 2000 年的历史。张骞出使西域，哈里发奥斯曼遣使中国，郑和七下西洋，伊本·白图泰游历华南……中阿两大民族的先贤们用一个个壮举，为中阿友好书写了彪炳史册的篇章。

但是，中阿两大民族从古至今的交往也有一些遗憾：在古代，双方交往更多体现在器物层面，古代阿拉伯人和中国人对对方的历史记述，大都是对风土人情的表面描述，很少探及对方的精神世界；到了近现代，阿拉伯人和中国人都更关注西方这一"他者"，阿拉伯世界消隐于大多数中国人看世界的视阈之外，而阿拉伯人的目光，也较少投射于中国——遥远东方的另一个"他者"；即使到了当代，中国人民和阿拉伯人民对彼此的认知，也仍有不少想象、误读的成分。不过，这些遗憾是可以通过人文交流、典籍阅读等途径而得到弥补的。在本质上，中国文化与阿拉伯文化既相似又互补，各自都有其独特魅力，加上两大民族有着类似的历史遭遇,还有长期友好交往的历史,因此,中阿文化完全能够通过沟通、交流而互相欣赏、取长补短。

无疑,典籍的译介和阅读是增进中阿人民深度了解的最有效途径。在此,回顾一下中国和阿拉伯国家典籍互译的历史,并对中阿典籍互译的现状和成就作挂一漏万的展示,或许不无裨益。

阿拉伯典籍第一次译成中文,可以追溯到1899年。当时,中国穆斯林学者马德新将中古时期埃及诗人薄绥里的宗教诗《衮衣颂》译成中文《天方诗经》出版,这也是近代中国最早译介的外国文学作品之一。此后,周桂笙、周作人、奚若、包天笑等文化名人分别将《一千零一夜》的部分章节从英文转译成中文;文学大师茅盾将纪伯伦的几则寓言和一篇阿尔及利亚小说译成中文;另一位著名文学家冰心在纪伯伦的《先知》出版后不久偶然接触此书,被"那满含东方气息的超越的哲理和流丽的文词"打动,遂将此书译成中文出版。民国时期,阿拉伯民间文学巨著《一千零一夜》也有了多个译本,包括纳训从阿拉伯语直接翻译的5卷译本。

阿拉伯典籍的翻译,在新中国成立后依然势头不减。阿拉伯古典散文名著《卡里莱和笛木乃》、埃及文豪的自传体作品《日子》等,都被译成中文。这一时期还着重译介了不少阿拉伯诗人、作家的反帝爱国题材作品。典籍翻译在十年"文革"期间有所停顿,但在改革开放后迅速迎来一个高潮,阿拉伯各国现当代文学作品,被大量译成中文出版。进入新世纪以来,中阿文化、文学交流又迎来了空前繁荣的阶段。据不完全统计,迄今为止译成中文的阿拉伯文化、文学典籍已有300多种,其中大多数译作都于最近30年完成。

值得一提的是,中国对阿拉伯典籍的译介还出现了多个热点:如伊斯兰宗教经典《古兰经》迄今已有14个中文译本,其中马坚先生的译本影响最大;阿拉伯民间文学巨著《一千零一夜》显示出经久不衰的魅力,迄今已有5个全译本和数不胜数的选译本;纳忠先生主持翻译的埃及著名学者艾哈迈德·爱敏的名著《阿拉伯伊斯兰文化史》(8卷本)被列入"汉译世界学术名著丛书"出版,在学术界产生广泛影响;黎巴嫩文豪纪伯伦受到中国读者的特别喜爱,成为中国人最为熟知的阿拉伯现代作家;埃及文豪马哈福兹也有近20部作品被译成中文,引起读者和评论界的重视;叙利亚大诗人阿多尼斯的诗作近年畅销中国市场,创造了外国诗歌在中国接受的一个奇迹…… 由于几代中国出版人和译者的努力,我们可以说,对于喜爱读书的中国读者而言,阿拉伯世界并不陌生,阿拉伯人民、阿拉伯文化有血有肉、亲切真实地存在于他们的阅读记忆中。

正如阿拉伯的作品深受中国读者、乃至中国文化名人的厚爱,阿拉伯文学大师也独具慧眼,意识到中国文学、文化经典的价值。纪伯伦曾在一篇散文中写道:"我的思想认定的英雄,是孔子、老子、苏格拉底、柏拉图、阿里、安萨里……"他将孔子、老子列为心目中的思想英雄之首,表明他对两位中国伟大哲人的理解和钦佩。纪伯伦的好友、黎巴嫩"侨民文学"的另一位主将努埃曼则对老子表示过异乎寻常的热爱。马哈福兹对中国文学与思想作品也并不陌生,他曾告诉上门拜访的中国学者：他印象最深的两部中国作品，分别是老舍的《骆驼祥子》和马坚翻译的《论语》。叙利亚诗人阿多尼斯、埃及作家杰马勒·黑托尼、伊拉克诗人优素福·萨迪等当代阿拉伯文化名人，也都大力鼓励中国典籍在阿拉伯世界的译介。

据不完全统计，迄今为止译成阿拉伯语的中国文化、文学典籍也有 200 部，从事翻译的主要是埃及培养的汉学家、在华工作的阿拉伯语专家、中国外文局等机构和有关高校的阿拉伯语专家，以及一些爱好中国文化、从其他外语转译的阿拉伯人士。得益于他们的努力，孔子和老子的学说，李白和杜甫的诗篇，《红楼梦》《金瓶梅》等文学名著，鲁迅、巴金、王蒙、莫言、余华、霍达等现当代作家的小说，以及介绍中国传统文化、当代中国改革与发展经验的书籍，都引起了阿拉伯文化界和普通读者的兴趣和关注。

今天，随着中国和阿拉伯国家友好合作关系的深入发展，中阿政府部门对典籍互译工程也愈益重视。2008 年《中国—阿拉伯国家合作论坛》第三届部长级会议通过公报，支持在"中阿合作论坛"框架下开展中阿文明对话，并提出"中阿典籍互译出版工程"的设想。2010 年，原中华人民共和国国家新闻出版总署与阿拉伯国家联盟秘书处共同签署了"中阿典籍互译出版工程"合作备忘录，标志这一工程的正式启动。按照备忘录要求，双方相互出版对方 25 部作品。这些作品展现了中国和阿拉伯国家的悠久历史、灿烂文明，反映了中阿双方经济、政治、文化、社会的发展成就。同时这一工程对于增进中阿人民的深度了解、加强中阿文明的交流互鉴起到了十分积极的作用。

通过中阿典籍的翻译,中国和阿拉伯民族日渐加深了这样的认知:我们两个伟大民族都有着深厚的文化底蕴,其古往今来的精神创造不仅是两大民族的珍贵遗产,也是全人类的共同财富与骄傲;中国、阿拉伯和世界上许多民族一样,历经痛苦、忧患与磨难,也为幸福、希望和未来而奋斗。

典籍翻译这座桥梁,让中阿人民的心灵靠得更近了。

薛庆国

2020 年 3 月

译者序

《贝鲁特磨坊》是黎巴嫩知名作家陶菲格·优素福·阿瓦德创作的著名作品。陶菲格·优素福·阿瓦德早年从事新闻行业和文学创作,后步入外交界,曾担任黎巴嫩驻外总领事及大使,其代表作有长篇小说《面包》和《贝鲁特磨坊》。

本书用流畅清丽的语言,描述了 20 世纪 60 年代末黎巴嫩爆发的一场波澜壮阔的学生运动,这场运动是受到西方文明思潮的影响,在国内政治、宗教以及民族社会矛盾加剧的背景下产生的。作者对当时贝鲁特的社会与政治动荡做了全景式描绘,触及政治软弱、官员昏庸、议会争斗、贫富分化、教派冲突等社会现象。作者把充满矛盾的贝鲁特比作一座无情的磨坊,在这里,善良的人们遭到辗压⋯⋯小说还展现了以塔米梅为代表的青年学生在政治上幼稚迷惘以及追求不切实际的理想主义的思想弱点。他们追求个性解放、爱情自由和个人幸福,否定传统,拒绝接受现实中庸俗的一切,结果却栽倒在政治野心家的怀抱里,成为他们的玩物。但最终他们还是觉醒过来,意识到回到人民之中，才是知识分子的唯一出路。

小说对黎巴嫩的社会现状，特别是号称"东方小巴黎"的贝鲁特的现实生活进行了精彩的描绘和剖析。它以贝鲁特著名的"红灯区"——红街上出现的形形色色的人物和他们之间的关系为故事中心，对包括女佣、护士、地痞流氓、房东太太、小商人在内的各个社会阶层进行了剖析入里的精细描绘，表现了美与丑、光明与黑暗、进步与反动的斗争，人物形象生动逼真。小说对黎巴嫩社会的宗教矛盾、以色列对阿拉伯的战争给人民造成的苦难做出了生动的描述，揭示了旷日持久的黎巴嫩内战的复杂根源。此外，小说还用生动的语言描写了黎巴嫩侨民在非洲血泪交融的生活境遇。

这部作品表现了作家广阔的人道主义胸怀，突出表现了思想上的忧患意识及艺术上的悲剧意识。

小说具有很高的艺术价值。作者采用象征主义的隐喻手法描写人物心理，特别是用环境衬托女主人公塔米梅在各种境遇下的复杂心态，表现其复杂的内心世界。小说深入挖掘了女主人公的心理空间。作者运用多层次的心理描写手法，包括心理独白、心理对话和心理旁白，将主人公的内心世界及其变化刻画得淋漓尽致。作者还大量运用意识流手法来表现人物心理。对于西方现代写作技巧的借鉴与运用，是本书最大的特点。

《贝鲁特磨坊》被联合国教科文组织列为"最能反映时代精神和社会面貌"的作品之一，已被译成十多种文字出版。早在20世纪70年代，这部作品就被译成英文在伦敦出版。自1972年至1997年，这部作品的阿语版本已更新至第六版。本书译自贝鲁特文学出版社 1972 年出版的第一版。译本承蒙北京大学阿拉伯语博士生导师、全国阿拉伯语文学会会长仲跻昆教授提出宝贵意见,北京第二外国语学院院领导、阿拉伯语系系主任张洪仪教授及阿拉伯语系全体老师批评指点。这几年,张洪仪教授曾经赠与我们两本书,一本是他与谢扬主编的《大爱无边——埃及作家纳吉布·马哈福兹研究》,另一本为《全球化语境下的阿拉伯诗歌——埃及诗人法鲁克·朱维戴研究》,张教授不断进取的精神给予我们极大的激励,在此表示谢意。在翻译过程中,纪焕贞老师、陆孝修老师、张文建先生、章德瑜老师、刘谦老师、张志华老师、程静芬老师、徐公恃老师、史占旗先生、甄连捷女士、侯翔宇老师、肖凌老师、董佩玉老师、徐先生以及北京第二外国语学院工作人员和阿拉伯语教研组的全体老师都给予了很多帮助,在此表示感谢,对黎巴嫩驻华使馆工作人员的鼓励及中国外交部工作人员的帮助也一并致谢!

马瑞瑜　周时中
2017 年 10 月

目录

第一章 / 001

第二章 / 057

第三章 / 162

第四章 / 241

第一章

为什么晨光消逝,烛光自灭?……

一

晨曦微露。暗蓝色的天幕上挂着一钩残月,透出淡淡的光亮。埃米娜已经起身,正在整理篮子。她和女儿塔米梅今天要到贝鲁特去。一周来,这是她第十次倒腾篮子里的东西了。站在一边的睡眼惺忪的塔米梅,表现得有点儿不耐烦——还要多久,母亲才能拾掇完呢?要知道,这点儿东西已经准备了整整一周了。姑娘心情焦灼地敲敲橱柜,把面纱递给母亲,催她动身。可是埃米娜却丢开面纱,又噔噔地跑进厨房,满怀慈母的温情,把手伸进罐子里。做母亲的深知儿子从小爱吃鸡蛋,这一点她是怎么也忘不了的。

"没忘什么了吧?"

"没有！你就是忘了太阳已经升得老高，我们还待在美哈底村，你想想，我们什么时候才能到贝鲁特呀？"

"会到你的贝鲁特的。你呀，满脑袋尽是贝鲁特，就是没装你哥哥。"

埃米娜把篮子放在门槛旁边，锁上大门，然后吃力地把钥匙系在腿下的衣扣上。蓦地，一股不可名状的孤独与悲凉感浮上心头……

她最近一次去贝鲁特是在两个月前。按照儿子贾比尔的叮嘱，每次她都是独自去的。今天她还想一个人去，可是她又拿固执的塔米梅没办法，这丫头就是不肯待在家里。

"你要在塞达，待在你姨妈那儿等我多好。"

塔米梅执拗地摇摇脑袋。无可奈何的埃米娜嘟囔着把篮子挎在肩上。

"求安拉保佑这些年轻人吧！"

她没上大路，而是朝屋后的小路走去。塔米梅知道她要去哪儿，直着嗓子喊着追了过去：

"什么时候才能离得开你那几只母鸡？别瞎操心了！我绝不会像你那样，在这个鸡窝里待一辈子，服侍你和你儿子的！"

"我对你说过多少遍了，留在塞达。别痴想什么贝鲁特！"

塔米梅咬着嘴唇，默不作声。

母亲转而婉言相劝：

"闺女，别胡思乱想了。贝鲁特自有贝鲁特人。"

* * *

她嘴上这么说，但心里明白，塔米梅把她的话当耳边风。尽管如此，她仍心有不甘，喃喃自语：

"你可不能学贾比尔！你们兄妹俩真叫我操碎了心。"

塔米梅不愿再听母亲唠叨，径自上了路，把郁郁寡欢的母亲抛在后面，让她兀自同母鸡与破破烂烂的鸡窝告别。这个穷酸陈旧又阴暗的家，活像一座年代久远的古墓，潮湿的土墙和带乌黑柱子的屋檐，更让它显得千疮百孔，满目凄凉。这令人窒息的穷乡僻壤，让塔米梅又一次感到厌恶，于是，她掉转身子，急步走开。

母亲脱掉鞋，夹在腋下，打着赤脚，跟在女儿身后加快脚步。她想让女儿走慢一点儿，因为她已经气喘吁吁，快赶不上了。塔米梅尽量放慢步子，边走边陷入沉思……

童年时，她经常往返于美哈底到苏尔这条尘土飞扬的大路。少年时，她又往返于连接美哈底、苏尔和塞达的大路。这条大路，吞噬了母亲含辛茹苦的大半生，也吞噬了她那充满金色和玫瑰色梦幻的童年和年少时光。不过，中学毕业证一到手，她就会马上同这条大路告别。再过三个月，她就要离开塞达的中学，到贝鲁特去上大学。至于大学毕业后命运如何，这对她来说还是个谜……不过，她晓得：生命属于她自己所有，她要遂心如意地生活。她知道，别人的生活并不称心如意，但是她要安排自己的前程，掌握自己的命运。

为了光明的未来，她只能先在美哈底村和塞达度过那些单调乏味的日子。为了上学，她每天从美哈底村途经苏尔到塞达，又从塞达返回美哈底村。"命中注定了，这是人生的必由之途。"她反复吟诵着她能背诵的一首阿拉伯诗歌中的一行,径自沿着蜿蜒而下的小路大步流星地向前走去,根本不会回头瞥上一眼。

在美哈底村的历史上,只有过一辆那希牌汽车。这种牌子的车在塔米梅出世前就被淘汰了,那希这个品牌也早已在大地上绝迹。可是美哈底村的那辆那希牌汽车,每天还拖着嘎嘎作响、残缺不全的肢体颠沛摇晃,沿着那条连接美哈底和外界的坑坑洼洼、尘土飞扬的土路早出晚归。这辆跛足的那希牌汽车既不出租载客,又不载货,看上去破旧不堪。近一周来,这辆老爷车彻底抛锚了,被扔在广场上,只等车主开恩赏脸动手修复。车主艾布·艾哈迈德只在早上这段时间敷衍地动手敲上几下。说实话,艾哈迈德巴不得它早点安息,因为他梦想着再买一辆奔驰车。

汽车,新汽车?在这仅有三十户人家,一半是废墟、一半是摇摇欲坠的破房子的穷乡僻壤,汽车又有什么用!还梦想要辆新汽车?这个村子里,一大半的男人都去非洲了,其余的也都跑到科威特谋生,听说那儿好找工作,可以赚大钱。

* * *

塔米梅回忆起她在美哈底度过的时光,眼前浮现出一张张脸庞,但每一张面孔都令人厌倦,没有一张脸让她喜爱,或者让她感到温馨亲切。

大海出现在了地平线的尽头。

阳光在波光粼粼的蔚蓝色海面上舞动闪烁,反射出万道金光。天空白云朵朵，随风悠悠飘过，水天相连处呈现出一片深蓝。湿润的海风，吹拂着塔米梅的双颊，梳理着她柔美的长发。清晨，新鲜的空气沁人心脾。周围的一切多么美妙！姑娘感到心旷神怡。她把那首阿拉伯诗歌丢在一边，悠然自得地哼起一首外国歌曲，然后像一头活泼的小鹿，在岩石上蹦蹦跳跳，拉开嗓门旁若无人地纵情唱了起来。

埃米娜心里在嘀咕：贾比尔会怎样接待他妹妹呢？她最担心的，是贾比尔把她们母女俩一起轰走。

"带着你的丫头和篮子一起滚吧！"

唉！人世沧桑，岁月蹉跎。这一切什么时候能了结呢？一家之主泰米尔什么时候才能从非洲回来呢？整整十七年了……临走时，他诅咒发誓：三年之内，最多不过四年，他一定会回来。而现在，十七年过去会了，泰米尔还没有回来。不错，家里送进当铺的东西已经赎回，钱也够用，泰米尔会按月将钱寄回家，包括塔米梅的学费、贾比尔的大学学费和其他花销，但是，与钱相比，如今这个家更需要的是人！

早先，泰米尔把钱直接汇在她的名下。贾比尔长大成人后，钱就直接汇给儿子了。贾比尔恣意挥霍，在家里独断专行，对母亲十分吝啬。他用光了母亲为防备急需而积攒的全部存款，还张口一句"没什么！"他自己花钱大手大脚，而妹妹需要钱时，他却视钱如命。妹妹要添置必需的衣饰，他故意刁难，一再拖延，甚至连课本杂志费也想克扣，还对妹妹厉声呵斥。他一回美哈底，就翻箱倒柜，把家里搅得乱七八糟。"这都是什么无聊的小说！""呸！喜欢这种杂书！？"好家伙，他一下子就把这些书刊撕得粉碎，还破口大骂："不要脸的娘儿们！"随后，就整月不给妹妹零花钱。可是不管怎样，塔米梅的学费总不该克扣吧？

埃米娜左思右想，觉得自己命里多灾多难，忧患无穷。

钱！钱！让安拉诅咒因贪婪带来的祸害吧！为什么泰米尔对安拉赐给他的一切，那些商店、广场还不心满意足呢？人们都清楚，从非洲回来的熟人也都说，凭着这份财产，他在黎巴嫩的生活可以阔绰得像个国王，汽车、洋房全都不在话下。他要是住在贝鲁特，儿子女儿就在眼前，一家人共享天伦之乐该有多好！每一年他都对家乡的妻子许愿：我明年一定回来！可是，他年年都在推脱说"忙！忙！"年纪都一大把了，可老是忙个没完没了。

这一辈子还剩下几年呢？丈夫刚走时，她还拥有光彩照人的青春美貌，如今却已经徐娘半老，黯然失色。

埃米娜感到肩头的篮子沉重起来。

刚离家那一阵，泰米尔每个月都寄回两三封信，每封信里还附上几句缠绵悱恻的情诗。当别人给这个目不识丁的村妇念读时，她内心里真有说不出的羞涩和喜悦！

后来，情诗没有了，这让她感到很难过。尽管手里攥着的汇款单分文不少，但是听完了一封没有一行诗句的信，心中的苦楚真是难以言状。

再往后，泰米尔沉默了，除了汇款，音信杳然。难道泰米尔真的娶了个黑女人为妻吗？

"出远门的人都会再讨个女人做老婆，你们知道吗？"侯赛因的母亲在村里逢人便说，到处宣扬。她走过埃米娜的家门口时，就会停下来，扮着鬼脸，心怀叵测地询问：

"贾比尔他妈，你那出门的人有消息吗？"

贾比尔的母亲十分明白这个舌如毒蝎的女人的险恶用心。尽管如此，她还是把气往肚子里咽。她痛恨泰米尔，对非洲和那些黑女人更是恨之入骨。

同村的贾米粒·姆瓦里刚从几内亚回来，住在贝鲁特的一家饭店里。她想去找他，打听一下泰米尔的事情，可他住在哪个饭店呢？

"塔米梅！"

母亲脱口叫了一声，女儿转脸答应。但是埃米娜郁悒地低下头欲言又止。我怎么好到一个男人那里去？怎么有脸和他谈这种事？叫塔米梅又有什么用呢？母亲寻思着：塔米梅明天就要给父亲写信，这是她的权利，可我的权利又在哪儿？埃米娜忍气吞声，深感悲凉。

埃米娜叹息一声，放下篮子，穿上鞋。

母女俩走上公路，等着从苏尔开往贝鲁特的长途汽车。她们的运气还算好，不一会儿，汽车就来了。埃米娜双手抱着篮子坐在车门旁的加座上。司机让塔米梅去坐后排座位。她看到只能容下五个人的后座已经挤满了六个人，就不想再挤了。一个乘客抬头看见塔米梅，满脸堆笑地殷勤欠身，一再要把自己那狭小的位子让给她，但是这姑娘已经扭过脸瞧着窗外。汽车的座位和乘客的微笑引不起她丝毫的兴趣，她的心已经飞到了贝鲁特……

二

这是塔米梅第三次到贝鲁特的红街来了。头一次,她陪母亲到贾比尔读大学寄宿的房东劳兹太太家,哥哥见她擅自来贝鲁特,大发雷霆,她也很不服气,两人吵了一架,对这件事,她迄今记忆犹新。

第二次,她让母亲独自等在街口,自己胡编了一通,以去探望在美国医院工作的女友玛丽为借口,在大街上兜了一圈,然后在街头咖啡馆里坐了下来。

贝鲁特的红街上,五光十色的繁华商店鳞次栉比,生意兴隆,大街上车水马龙,行人摩肩接踵。这个万花筒般的世界,让塔米梅眼花缭乱,流连忘返……

* * *

在劳兹·胡里太太家门前那条又小又窄的街上,母女俩一前一后,边走边争论。这一次,塔米梅执意要见到哥哥。

塔米梅不想和母亲争执,就扭转话题,为女房东劳兹太太惋惜:

"劳兹太太的关节炎真难治,可怜啊!吞下那一片片的药管什么用?"

随后,她还是不由自主地绕回到贾比尔的话题上:

"我哥哥要是搬出劳兹太太家,住进公寓就好了。哈吉法多鲁已经弄妥了房子。他对我说过,要把贾比尔和他的同学同乡安排在一间屋里。"

埃米娜长叹一声：

"唯一的要求是避开侯赛因·古姆耳。我们的麻烦都是他惹出来的。"

劳兹太太的家到了。埃米娜一手扶着已经脱落了泥灰的色彩斑驳的水泥楼梯扶手，一手提着篮子，吃力地上了楼。塔米梅抢先一步，狠狠地按了一下电铃。

屋里响起了杂沓的脚步声，却没有人出来开门。埃米娜也帮着咚咚敲起门来。

门终于开了。一个年轻伶俐的女仆探出身子，一看是她俩，就兴高采烈地尖叫起来：

"欢迎泰米尔太太！欢迎塔米梅小姐！"

塔米梅端详着女仆栽娜卜那双机灵的大眼睛和天真无邪的表情，暗自寻思：她说起话来，活像一个机灵的女学生在学校集会上发表演说。塔米梅不禁想起第一次来劳兹太太家的情景。那一次，贾比尔因为妹妹忤逆他的旨意擅自来到贝鲁特而怒不可遏。这时，栽娜卜恰好为她端来一杯咖啡，盛怒之下，贾比尔把咖啡全泼在了地毯上。栽娜卜连忙跪下来擦地毯，两眼却不住地瞟着塔米梅。性情温和、心地善良的栽娜卜笑盈盈地安慰她，还给她擦拭裙子，其实，泼洒的咖啡离裙子还远着呢。

母亲张口就问："贾比尔在家吗？"栽娜卜没看她，却瞅着塔米梅回答说，她不清楚，劳兹太太或许知道，然后领着她俩穿过狭长的檐廊进了屋。

微胖的劳兹太太正坐在桌旁，埋头看一叠图纸。见到母女俩进来，她连忙起身，蹒跚地挪动着她那胖胖的身躯，拍着肥大的手掌欢迎贾比尔母亲，又亲昵地瞅着塔米梅，心想：

"天哪！好标致秀气的姑娘！"

她眯着眼，把塔米梅全身上下打量一番，不住嘴地赞叹：

"比先前越发出挑了！"

她忙不迭地让女仆给塔米梅倒汽水，给贾比尔母亲端咖啡。

今天，塔米梅穿了一件薄薄的灰裙，紧绷绷地裹着袅娜的玉体，浑身洋溢着一股青春的活力。白嫩的皮肤，秀丽的面庞，再加上那双迷人的褐色大眼睛顾盼流兮，显得分外妩媚动人，唯一有点儿美中不足的，是她眉心微蹙。不过，这种蹙眉，却让姑娘在微笑时增添了一种似嗔似喜的表情。劳兹太太很熟悉这些农村姑娘，这样的表情，只会让她们愈加妩媚迷人。

"贾比尔昨晚一夜没在家睡。"

母亲一听就伤心地抽噎起来。

"不用担心。"

女主人连忙安慰道：

"他经常不在家。不过这是头一次一连两夜没回来。"

"两夜！"

母亲焦灼得几乎不能自制。她失声惊呼，祈求安拉保佑儿子平安。劳兹太太却若无其事地对着塔米梅炫耀地翻动着图纸。

"这次我要亲自监工翻造这栋楼房。"

她愤愤地吞下一片药，眼里迸出火星，恨恨地咒骂起工程师来。起初他们向她保证：翻建一栋房子的费用不超过十五万里拉,现在却增加到了二十五万。她不想为翻造楼房债台高筑,倾家荡产。

房门猛地打开,门口出现了一张戴着眼镜的狭长脸。劳兹太太眼中露出兴奋的光彩,高声叫道:

"栽娜卜,给赖姆兹·拉尔德教授来杯黑咖啡。"

教授倚着门不动声色。他骨瘦如柴,穿着一套笔挺的黄色西装,蓬乱的头发中有一绺耷拉在右鬓角上。他目光炯炯,贪婪地死盯着塔米梅,从脸到胸部扫视了一个来回。姑娘周身散发的青春女性的诱人气味令教授心旷神怡。塔米梅被他瞅得不好意思,脸唰地一下变红了,显现出局促不安的表情。她羞涩地站起身,假装看看手表:

"呀!十点了。"

她轻声说了一句。

教授站在门槛上,神经质地用指尖挠挠毛氄氄的下颚。劳兹太太想介绍一下,但塔米梅转身对母亲说,她要到大学里去打听哥哥贾比尔的消息。母亲想站起身同行,塔米梅按住她,让她坐下,说:

"妈!你还是在这儿等我吧。"

塔米梅走了。埃米娜心神不宁,一口咖啡也没喝,就进屋去拾掇儿子的衣被。栽娜卜端起咖啡跟在她后面,踏进门去,就看到这位愁容满面的母亲捧着儿子的衬衫在拭泪。

劳兹太太还在全神贯注地翻看着她的图纸。

不论代价多大,房子非翻新不可。在她看来,除非有极大的变故,否则她不能眼睁睁地看着这个家坍塌崩圮。这栋房子是她心尖的一块肉,重新翻造这栋房子,是她多年的梦想。以往,她搬迁过好几次,从东区迁到西区,又从北区搬到南区,搬来搬去,总是不满意,最后定居在这条红街上。自从她踏进这栋楼的门槛,就交上了好运,从此家业兴旺,一帆风顺。

现在,她的芳名"劳兹太太"四个字镌刻在大门中央亮晶晶的铜牌上。十年来,这栋住宅不知引起过多少人的妒忌。

她的芳名本叫泽哈莱·吉那地尤斯。如果今天还称呼她,就等于是在叫别人。

随着时光的流逝,这个名字在她的记忆里已逐渐淡漠,但是,这个名字还是保存了劳兹太太那遥远、模糊又有些甜蜜的回忆……

在黎巴嫩北部的穆格里布村,有个叫胡里·吉那地尤斯的教士。泽哈莱名义上是他的女儿,实际上是教士的老婆和一个大兵的私生女,因此人们背地里都把她叫作"大兵之花"。胡里先生在苏鲁特村追赶一个窃贼时死于枪下,而他老婆居然与一名大兵私通怀孕,幸好她和教士相继安息了。为躲避流言蜚语,私生女泽哈莱逃到贝鲁特,改名为瓦尔坦①·阿美拉,当地人却调侃地把她叫成"劳兹"②,因为她生得风流迷人,善于招蜂引蝶。上帝有眼,有一天,她终于幡然悔悟,同过去来往的相好们一刀两断,从此深居简出,结束了荒唐的风流生涯。

她唯一不能忘怀的,是昔日的一位情人。她凝视着挂在墙中央的他的照片,不禁热泪盈眶。

值得称道的是,这个女人在"劳兹太太"这个庄严的名字

---

① 瓦尔坦,阿拉伯语,意为玫瑰花。——译者
② 劳兹,英语,意为玫瑰花。——译者

下，变得循规蹈矩，过起了正经日子。她的"新"生活以买下红街的这栋房子为转折点。红街向她展示了锦绣前程。

那栋房子的底层原本是有柱无墙的车库。她一住进来，就让建筑工人用混凝土把它改建成底楼。现在，这里成了贾拉勒的小铺和他闹哄哄的"办公室"。

早在劳兹太太迁来之前，贾拉勒就在经营这个小铺。多年来，他一直老老实实做他的蔬菜买卖。一次，他去安卡尔，顺便带回几个农村姑娘，把她们介绍给本区的大户人家当保姆。没想到，这项生意得手后，他开始财运亨通，当然也顾不上卖蔬菜了。后来，他把铺子后面的卧室当作办公室，每当保人带着姑娘们上门时，他就像一只骄傲的孔雀，盘坐在那张东歪西斜的破桌子后面。墙上沾满了越来越脏的羊毛，破破烂烂的藤椅毛毵毵的，就像姑娘们刚从安卡尔来时那头乱发一样。虽然屋子里的摆设有点寒碜，但介绍保姆的生意却照样红火。

按照劳兹太太的设计，二楼安排了大厅、五个房间和一间厨房。

她自己的卧室位于走廊尽头，一扇窗子俯瞰着大街，另一扇对着楼梯口。卧室旁的那间屋，房门整天锁着，里面黑魆魆的，摆着华丽的家具，只在夜里才点上一盏红灯。

第三间屋仅供租赁，现在由贾比尔住着。这间屋的房客一年可以换几十个，大多是大学生。有人说这帮学生一住就是九个月，贾比尔就是其中一个。她从未见他正经念过书，却总是嬉皮笑脸地追着她问：

"还有新姑娘吗？"

贾比尔好像把劳兹太太的家当成了女人专销店，只要他父亲的汇款源源不断地从非洲寄到，他就在外面通宵达旦地寻花问柳，尽情作乐。

第四间屋住着教授、诗人、作家兼新闻记者赖姆兹·拉尔德。房内堆放着杂乱无章的书籍、报纸、稿纸，显示着他那股超然物外、放浪形骸的骚人墨客的洒脱劲儿。在房客中，他是唯一能制胜劳兹太太的英雄好汉。他只交过一个月的房租，此后再也没有付过一个子儿。尽管如此，不知是从天上还是从地狱里来的一股力量钳制着她，使她至今不忍心把教授轰出门去。她自己也闹不清究竟是喜欢他，还是恼恨他，是尊重他，还是藐视他，或许各种复杂的感情都交织在了一起吧。

第五个房间出租在"我们的大代表"、大名鼎鼎的律师、大教授艾克拉姆·贾尔迪先生的名下。这是整个住宅唯一带临街阳台的房间。当然，贾尔迪从来不上阳台，其实，他压根儿就不住在这里。他在哈兹敏区有一套富丽堂皇的公寓，租下这间房子只是他的嗜好：他愿意来这儿清静一阵子。

* * *

自从贾尔迪的老婆柴布娜去世后，他便租了这个头等房间，每次预付三个月的房钱，但一星期只来两个小时。他早已为他的情妇乌蒂塔在罗浮买下新居。乌蒂塔当然只愿意住在罗浮，因为那儿环境优美，景色宜人，既能俯瞰大海，又能远眺群山。这位"可敬"太太的丈夫名叫福瓦兹·努曼。一提起他，劳兹太太禁不住连连摇头叹息。用标准的阿拉伯语来说，努曼先生真是双喜临门：贾尔迪先生为他谋得一官半职，他老婆乌蒂塔又给他戴了一顶"绿帽子"。

不，乌蒂塔再也不会纠缠着贾尔迪先生为她另选一栋房子了。有了罗浮这样宽敞高大的金屋，乌蒂塔又欲何求？毫无疑问，罗浮的玉楼琼阁是属于她一个人所有的，除了贾尔迪之外谁也甭想钻进去……

福瓦兹·努曼在海关里当差，说要请侦探，侦查他眼皮底下发生的事。他不能眼睁睁让自己的三个孩子的妈妈给别人玩狎。

劳兹太太浮想联翩，眼前勾勒出一幅前途似锦的美好图画。她踌躇满志地卷起图纸，蹒跚地迈进贾比尔的房间，去安慰他愁绪满怀的母亲，最重要的是，可以趁此良机，谈论那个迷人的姑娘塔米梅。

三

塔米梅早就知道黎巴嫩大学的校址，她曾和塞达的一位女友参观过两次。那位女友也是一心想到贝鲁特上大学。贾比尔总是当着她的面训斥妹妹，塔米梅对此并不介意。

刚才在公共汽车里，她听到乘客们七嘴八舌，议论大学生，议论他们决定举行的游行。今天上午十点钟，他们要在校门前集合。

"天天都要出事。"

乘客们议论纷纷，人心惶惶，气氛紧张，有的愁眉不展，有的局促不安，有的张皇失措。人们特别担心的是，生怕贝鲁特事件变成几天前在的黎波里发生的那场与游击队的冲突和厮杀。

"那是一场火拼。"

"天主教与穆斯林有分歧。"

"外国人插手，主要是以色列人。"

"责任不在穆斯林，也不在天主教徒。"

"以色列人不会离开我们。"

"让以色列人见鬼去吧！让那帮野心勃勃的当官者见鬼去吧！"

"新的一代背叛了他们，背叛了他们的古老传统。"

"哪来的新一代？在电影院？还是在夜总会？这帮嬉皮士能干出啥名堂来？"

人们越讲越气愤。

司机放开方向盘，举起拳头咒骂。他预料这天要倒霉。大清早，汽车就向大学区运送武装部队。警察两次要他改变行车路线。他诅咒警察和当局。"超短裙"这个词儿吸引了他的注意力，他向乘客讲起了一个乳臭未干的小伙子。那个小伙子在星期天抓住一个穿超短裙的姑娘，把她的裙子撕得粉碎，让她半裸着身子站在广场上。当时他正好开着汽车经过。这姑娘又羞又怒，不顾一切地迎面拦住他的车，向他要一件衣服。要不是警察拦住她，他差点儿把她碾在轮子底下。

乘客们恶狠狠地咒骂这些不干好事的小流氓，咒骂着不管事的治安当局。

塔米梅侧耳细听，一言不发。

汽车驶进大学，军队越聚越多，在离大学门口两百米的路口上，一辆辆卡车相继赶到，卸下成批手持短粗棍棒的家伙。

最后一辆汽车后面跟着不少士兵，他们肩上的武器互相磕碰，叮当作响。这些人向各处散开，切断了通向大学的交通，甚至把行人也轰回来。沮丧的司机只得停车，塔米梅也只好无奈地下车步行。

* * *

塔米梅站在路旁，怀着不可名状的兴奋心情，注视着街上动荡不安的情景。

学生们冲出校门后，真的和士兵发生了冲突。

塔米梅被街上的战斗气氛感染，只觉得全身热血沸腾。她不假思索地拔腿朝学校跑去。在路上，她遇到了一队队警察，但并没有人加以阻拦。一个士兵追上来，她躲开了。校园里传出的阵阵怒吼声直冲云霄。她俯身朝围墙里张望，只见学生们冲出校门，密集的士兵分散开来，迎面堵住他们的去路。两支队伍混战起来，传出一片喧哗声。一辆军车擦着塔米梅的脊背疾驰而过，险些把她撞倒在地。一个士兵一面咒骂，一面用枪吓唬她，她轻蔑地转过身子，现在，既便让她吃枪子儿，也比听他的污言秽语好受些。塔米梅故意慢腾腾地移动脚步，以此向他示威。喧闹声越来越大，涌向大门的学生汇成一股洪流，士兵们招架不住，开始后退。这时，通往城里的大路上又涌来一批挥舞着旗帜和标语的学生。塔米梅略退几步，身不由己地投入了学生队伍的洪流。她已经卷入旋涡的中心，好像置身于波涛汹涌的大海。人们拥挤，推搡，喊叫，有些人还扭打在一起。一帮顽童也夹在中间起哄，扔过去雨点般的砖头、木块和垃圾。形势越发紧张。孩子们见势不妙，一哄而散，他们有的爬上电线杆，有的躲在墙后窥探。四面八方都有人在呐喊助威。这时，突然传来了嗒嗒的枪声。

"开枪了！"

"开枪了！开枪了！"

"哪个混蛋？太下流了！"

人群中爆发出阵阵怒吼。

"谁开的枪？打死他！"

"他们要搞大屠杀。"

"学生万岁！学生万岁！"

"打倒罪犯！"

嗖嗖的子弹声划破寂静的长空。塔米梅吓得用手捂住眼睛。她夹在人群中，被挤得踉踉跄跄。幸运的是，她总算没有被人踩在脚下。从无数肩膀的缝隙中，她猝然瞥见：一个人负伤倒在地上，另一个学生被两个士兵强行拖走，还有一个人正擦着脸上淌下的殷红的鲜血……记忆像一道闪电划破浓雾，她感觉自己似乎在哪里曾经看到过这种景象。她眼前呈现出家乡塞达举行过的游行和混战的情景。

嘈杂喧哗声慢慢消失了，一切渐趋平静。广场显得空荡岑寂。

学生已经散开。士兵们坐上汽车走了，只剩下为数不多的几个人，有的站在一边，有的来回踱步巡视。

街上残留着一场激战后的痕迹：各种杂物的碎片，令人联想起鲜血的烂西红柿。这一切都被一片奇异的沉寂笼罩着。

她也该走了……可是，往哪儿走呢？她茫然四顾，徘徊踟跚。就在这一瞬间,她感到头上被什么东西猛击了一下,只觉得天旋地转,顿时失去了知觉。

* * *

她迷迷糊糊地睁开眼睛,发现自己已经躺在医院的急诊室里。医生在护士的协助下,正在为她包扎伤口。在忙碌的医生和护士中间,一张年轻和蔼的脸庞笑眯眯地俯视着她。

随即她被送进一间白色的病房,躺在一张铺着雪白床单的床上。那个青年人也跟进病房,依然俯着身子凝视着她。塔米梅长这么大,还从未见过这样真诚的眼睛和温柔的微笑。这双眼睛的主人笑眯眯地,不说话,她也缄默无语。

最后,她眯缝着眼睛,迟疑地问道:

"你是谁?"

他笑盈盈地答道:

"你的哥哥,我叫哈尼·拉耳。"

然后他一口气向她讲述了刚才发生的一切。游行的人群散尽后——他也是游行者之一——他在一条通往海边的大街上走着。只见前面一个姑娘急匆匆地赶路,像是去赴什么重要的约会。当时他脑海里千头万绪,只顾着埋头走,虽然听到脚步声,也看见她的双脚,却没有注意眼前发生了什么,因为他还沉浸在战斗结束后令人激动的回忆中。一个执勤的士兵在人行道上来回巡逻。哈尼·拉耳从士兵身边经过时,一块石头冷不防砸了过来,擦着他的头向前飞去,紧接着又是一块。士兵端着枪穿过马路,跑到对面的人行道上,恶狠狠的目光朝树上扫视搜索。猛然间，从树上滑下一个孩子，那孩子拔腿就跑，士兵穷追不舍。哈尼·拉耳停下脚步，注视着这场惊心动魄的追逐，直到这两个人消失在马路拐弯的尽头。他转身往前走去，却发现那个走在前面的姑娘已经倒在地上，离他仅有两步开外。他低头一看，不禁大吃一惊，只见这姑娘头上鲜血淋漓。他立即上前把她抱了起来，心中焦灼不已。这里的位置非常偏远，能把她送到哪儿去呢？这时，正巧一辆出租汽车驶过，上面仅有一位乘客。哈尼拦住汽车求援：

"我妹妹受伤了！"

乘客向司机示意，帮着把她抬上汽车，驶往附近的一家医院……在路上他才弄明白，一个小家伙扔的最后一块石头没有打中士兵，却落在了塔米梅的后脑壳上。

他安慰塔米梅：

"赞美安拉，你的伤不重。"

"你再跟我说说，把什么都告诉我。"

塔米梅以期待的目光恳求道。

哈尼·拉耳告诉她，他是优素福大学工程系三年级学生。今天他是特地赶到黎巴嫩大学去参加游行的。他支持黎巴嫩大学学生们要求当局履行诺言的正义行动。政府曾答应给黎巴嫩大学建造一栋大楼，并配置必需的一切设备，但一直没有兑现。

塔米梅全神贯注、兴趣盎然地听着这位素不相识的大学生讲话。对方话音刚落，她就迫不及待地提出一连串的问题。举止沉稳的大学生斯文地回答她，塔米梅的情绪却很激动，还问了那个学生是哪里人。

"我的老家在莫迪尔村。你当然没听说过这个地方,这是北方的一个山村,一个风景秀丽而幽静的小村。"

他和祖父、伯母住在那儿。他在贝鲁特的艾希来菲特区租了一间房子。他的父亲是个建筑承包商,两年前带着母亲到利比亚去了。

随后,他只是简单地问了问她叫什么名字,来贝鲁特干什么。但是他温柔的笑眼、娓娓的话语,却给了塔米梅以莫大的安慰,她感受到了,这是一位可以信赖的兄长。塔米梅没有丝毫疑虑,塔米梅不假思索地给他讲了自己的简单经历,介绍她的故乡美哈底,告诉他,她在塞达念书,今年中学毕业,明年想考黎巴嫩大学。

俩人就这样长谈,直到天黑。猛然间,塔米梅看着手表惊叫着:

"六点了!"

塔米梅从床上坐起来,焦急地说:

"我的母亲不知该急成什么样子了,早晨十点我就离开她了。"

医生来了,给她检查了伤势,劝塔米梅最好在医院中再待两三天,不然就要每天来换绷带。

哈尼·拉耳陪她坐上出租车到了红街。在路口,他们依依不舍地告别。塔米梅此时已把自己的事和盘托出,包括她准备拿到中学毕业证之后继续上高等学院的理想以及遭到哥哥反对等情况。

哈尼·拉耳关切地问她:

"明天你几点去医院复诊?我再去看你。"

"三点，大夫说的……如果我还在贝鲁特的话，我尽量争取留在这里。"

"要不，你就写信到莫迪尔村来。每星期天我都要回家去的。"

"回信的时候还得感谢那个小家伙呢！"

哈尼·拉耳迷惑不解地望着她，一时没有领会她的意思。塔米梅却带着戏弄的口吻俏皮地问道：

"难道不是多亏他那最后一块石头，我们才相识的吗？"

四

塔米梅头上扎着绷带，面色苍白，疲惫不堪地踏进屋门。劳兹太太一见，不禁大吃一惊。她三步并作两步迎上前去，连珠炮般发出一连串询问。姑娘三言两语地说个大概情况，然后谎称是自己到医院去的。姑娘话音刚落，劳兹太太顿时火冒三丈，扯开嗓门，把政府、警察、学生、小流氓以及"变得不像话的世道"通通臭骂一通。母亲焦急的询问被这女人先声夺人的喊叫声淹没了。埃米娜找不到机会来发泄她的牢骚，只得点头附和。

直到现在，哥哥贾比尔还未露面。塔米梅揣摩着，只能等到明天学校开门再去找他。她听哈尼说过，贝鲁特四所大学学生要举行总罢课。今天午饭时，他和学生运动的领导人一起开过会，商定采取统一行动，抗议当局的暴行。哈尼还说，学生运动有可能由于某些激进分子的介入而进一步发展成支持游击队的运动。这样，势必导致学生分裂和武装冲突，这是他和同伴们想极力避免的局面。

不管母亲怎么说，今晚都只能在贝鲁特过夜了。其实，埃米娜也愿意留宿一夜。没见到儿子贾比尔，母亲忐忑不安的心怎么也放不下。

埃米娜的心思，劳兹太太早已猜到了。她把塔米梅安置在哥哥房中，给她沏茶倒水，一切都亲自照料，既殷勤周到，又细心体贴。母亲埃米娜倒仿佛成了外人，根本插不上手。劳兹太太每隔两分钟为塔米梅摸一次脉，还派仆人栽娜卜去招呼贾拉勒买一只母鸡来炖汤，为塔米梅专门准备一顿清淡可口的晚餐。

贾比尔的母亲当然不会拒绝女主人的盛情款待。当埃米娜不好意思地请大家吃自己家乡的食品时，劳兹太太连正眼都不瞧，说：

"留给你的儿子去享受吧！"

母亲感激涕零地吃下了这顿晚餐。

* * *

塔米梅整夜辗转反侧，难以入眠。

白天在大学和医院发生的一切历历在目。她回味着她和这位以兄长身份出现的"哥哥"之间的邂逅，白天的种种遭遇简直令人难以置信。也许这是发烧时的梦幻，但摆在眼前的一切又是无可置疑的事实。她的头上确实裹着纱布，眼前仿佛又出现那双含情脉脉的微笑着的眼睛，耳边响起娓娓动听的话语，犹如淅淅沥沥的秋雨滴在玻璃窗上，流进她的肺腑，滋润着她干涸的心田。他真的会应约去医院吗？翌日清晨，塔米梅想起

身,却感到全身乏力,头晕目眩。过了一会儿,她试着在房间里走了几步,却直感天旋地转,几乎要摔倒。她喊着:

"午后我一定要去医院复诊。"

"一分钟内,我马上把我的私人医生给你请来。"

劳兹太太焦急地去拨电话机。

医生一来,劳兹太太围着医生团团转,问这问那,和塔米梅的母亲一起查看伤势,一起扼腕叹息。医生换完药,叮嘱塔米梅要卧床休息,并答应明天再来复诊。

劳兹太太想进一步打听详情。她亲自把医生送到门口,询问塔米梅的伤口痊愈需要多长时间。

"一星期。"

劳兹太太拍着手,故作惊讶地告诉大家。

"医生说的,一周内禁止下床活动。"

此时此刻,劳兹太太如释重负,轻松地走进客厅,让栽娜卜从房间里取来了她的烟灰缸。

* * *

快十点了,太阳已经照到床头,记者赖姆兹·拉尔德才懒洋洋地打着哈欠起床。当他穿上外套踏进客厅时,只见劳兹太太用修长细嫩的手指尖夹着烟卷,噘着红唇圆口,扬扬得意地向空中吐着烟圈。呈几何图形的烟圈在空中袅袅上升,消失在天花板上。见此情状,赖姆兹·拉尔德大惑不解地问道:

"太太,怎么回事,今天如此悠然自得?"

劳兹太太未搭理他,却兀自说道:

"教授,报上是怎么评论昨天的大街事件的?谈谈你个人的看法好吗?"

拉尔德用揶揄的目光瞥了她一眼,嘲讽地评论:

"让安拉诅咒我们的时代吧,至今姑娘们还没学会读书写字!"

"可又有谁赶得上我的大秘书这样能读会写呢?"

劳兹太太眯缝着小眼注视着他。

拉尔德虽然心中不耐烦,表面上也得和她敷衍一下,简单给她读上几句,把报上的新闻略微归纳一下,讲了一个大概。因为他有个习惯,一早起来,先要洗一个冷水浴。劳兹太太知道,这比什么事都重要。她让他先去淋浴,自己则走进塔米梅的房间。

* * *

劳兹太太听到拉尔德从浴室出来的拖沓的脚步声,在房间里招呼他:

"拉尔德教授,大作家,我们这儿有一位你的读者,你的崇拜者。请进来和我们一起喝杯咖啡,好不好?"

塔米梅胸口怦怦直跳,内心充满了恐惧、仰慕和尊敬。

"赖姆兹·拉尔德教授!就在这个房间里!"

女主人称呼他的全名,肯定就是他来了。

拉尔德既高兴又骄傲,不过,他对劳兹太太用这种戏谑口吻直呼他的大名又颇有几分不快。

这就是才华横溢的赖姆兹·拉尔德教授?《晨报》上每天

都能读到他的文章,《时代》杂志上每周也可以看到他的诗歌。在塞达的中学里,姑娘还读过他的名篇《主子和奴仆》。学校把他的作品列为禁书,这只能引起女学生们更强烈的好奇心。她们躲在僻静的角落里,贪婪地读着他的书,一章接一章,。

塔米梅斜着秀目,凝视着拉尔德,心里在琢磨:昨天倚在门旁的那个男人就是他了!昨天,她就是从他眼皮子底下溜出去的!现在,他倚着门,依旧是这种姿态,贪婪的目光炯炯地直盯着她的脸。矜持片刻之后,他走过来,坐在塔米梅对面的一把椅子上。劳兹太太没等他张口,就抢先把什么都解释清了。最后,他们的话题转到了大学生游行上。

拉尔德侃侃而谈。他的语气似乎是在发布命令。他认为,这次游行仅仅是开端,是革命道路上大进军的信号。

教授好像高高地站在讲台上,以嘲讽、冷漠的口吻在发表演说。他的嘴角挂着一丝自负、倨傲的冷笑,脸色近似暴风雨前的苍穹,严峻阴沉。目光和言语中迸出来的灼热的火星,飘落在塔米梅的脸上,刺激着她年轻、单纯的心灵。

教授中断了演说。他回到卧室,拿了些手稿,要塔米梅收下,并告诉她,这是刚拟好的草稿。

白天不知不觉过去了。塔米梅没去医院,只给哈尼打了个电话表示歉意。夜幕降临,塔米梅待在屋里,捧起拉尔德的文章又读了一遍。这篇文章将要发表在下一期的《时代》周刊上,题目只有一个字:《不!》。她读着某些章节,那些犀利的字句,尖锐又泼辣。

手稿的纸面被笔尖划破了。教授好像是在用刀而不是用笔写，纸上伤痕累累。

翌日，报上刊出了有关大学生游行的消息和受伤者名单，还刊登了因犯"扰乱罪"而被学校勒令退学的学生名单。在那几十个人中，哥哥贾比尔·纳素尔的名字赫然排在首位。报上还刊登了这样一条消息：

"当局正在进行调查究竟是谁开的第一枪。"

塔米梅和拉尔德教授又长谈了一次，从午前到午后，直到深夜。

哈尼·拉耳那双温柔的笑眼从她眼前消失了。如今呈现在她眼前的，是一副冷峻的脸庞，她的耳中充塞着的，也是那些高亢犀利的话语。

五

各个大学的学生们正在学校里聚会，他们的呼声越来越高。各校学生会一起商定，决定采取统一行动：如果当局不释放被捕的同学，不停止对学生的审视，他们就会举行总罢课。

当局让步了。

当天晚上，美哈底村的塔米梅家里出现了一片喧闹声。

正当塔米梅和她母亲考虑从何处筹措学费时，贾比尔突然闯进屋来。他怒气冲冲，咆哮如雷，一伸手竟把塔米梅推倒在地。母亲上前阻拦，不让儿子碰女儿。贾比尔竟把母亲推倒在女儿身上，开始连珠炮似的破口大骂：

"老太婆，你也不管管你的女儿！这只小母狗竟敢违反我的禁令，跑到贝鲁特来。不仅如此，还跑进大学，参加游行，还以养伤为名躺在劳兹太太家里。"

"真该受磔刑！真该枪毙！"

"要学费吗？到塞达去找姨妈要吧！"

"你这该死的丫头，该死的学校！"

贾比尔还挥着拳头，威胁妹妹：

"今后你胆敢再向贝鲁特跨一步，胆敢朝红街瞥一眼，我就马上宰了你！"

说完，他扭头扬长而去。

* * *

塔米梅咬咬牙，没掉一滴泪，连眼皮也没眨一下。她气噘噘地走进房间，锁上了门，低头沉思。

下一步该怎么办？

写信给爸爸吗？好几年，她都没有给父亲写信谈谈家里的事情了。整整四年。他多次来信，催她回信，但她只字未写，也未言明原委。

小时候，她刚学会识字时，曾给母亲代笔，给父亲写过好几封信。记得当时，她都会在信尾署上"你忠实的妻子埃米娜"。后来，她升入高年级，信中文字的润色和内容的发挥也越来越多。对"慈爱的父亲"，她使用了不少感情丰富、言辞恳切的语汇，希望他能回到"亲爱的祖国"来。她也收到了父亲用花哨的波斯字体写的回信，信中充满华丽的辞藻。这些信件是她的骄傲，一直保存在她最珍爱的首饰盒里。

有一天，她收到了父亲寄来的一首诗，意想不到的事情发生了……

那年她才十五岁，脑子里除了诗，还是诗。拉尔德的诗，她是看不上眼的。对于知名大诗人赛义德、阿格莱、尼扎尔、格巴尼和邵基、艾布马提的名作，她也不是非常喜欢，只有纪伯伦是例外。她认为纪伯伦的诗里有语言。至于父亲写的诗，她在给父亲的回信中做了详细的评价。她认为他的信本身就是诗，字里行间回荡着奇妙的音响。她在给父亲的一封信中这样写道：

"当我读着你的来信，耳边似乎响起了飒飒的风声。"

这个比喻让父亲大为惊讶。他在回信中说：

"你是个女诗人，你应该学写作……"

是啊！或许有一天，她会创作出一种像父亲那样的新诗体。别人作的诗都是一个腔调，就像阿米勒山区人的山歌一样，单调乏味。将来她一旦写出点什么，一定会与那些单调的音节以及像骨头一样硬邦邦的旋律迥然不同。

父亲也写了首诗寄给她。那首诗要是保存下来该多好！现在，她只记得第一句是"塔米梅"，最后一句也是"塔米梅"。当时她能一字不漏地背诵下来，边背边在同学中间踱来踱去。吟诵这首诗的时候，她真为父亲感到骄傲。父亲多么像艾布·菲拉斯·汉姆达尼[①]，在流放中还满怀深情地吟诵，怀念自己的亲人和祖国。

那一天，塔米梅心中充满了阳光，过得像节日一样愉快、甜蜜。

[①] 艾布·菲拉斯·汉姆达尼（932—968），叙利亚王子、著名诗人、勇敢的骑士，为后来历代阿拉伯青年所景慕。——译者

翌日早晨，在自己座位的抽屉里，她发现了一张字条，上面用红墨水写着这样几个字：

"把铿锵的诗句献给你的黑妹妹！"

直到今天，她还猜不透究竟是谁在撒野，竟然写下如此尖酸刻薄的话语。但是，她心里有数，无非是班上那帮妒忌她分数高、名次排得高的人干的。但是，那些人怎么能对她下这样的毒手呢？那天一下课，等班上同学一走，她就直奔盥洗室，把诗和纸条撕得粉碎，像天底下最不幸的人那样躺在地上，伤心欲绝地号啕大哭。从那时起，她再也不给父亲写信了。

难道现在她又重新提笔？

四年来，她扪心自问，第一次感到这个问题幼稚好笑。她毅然走到桌旁，拿起笔和纸。

她暗自思忖，信发到几内亚，再等汇款寄回到贝鲁特，至少要一个多月。学校两天后就开学了，学费又不能拖欠，她心急如焚。唯一的办法是向哈吉法多鲁借钱，等下个月非洲的汇款一到再归还。

一筹莫展的母亲只得同意她的提议。

* * *

哈吉法多鲁是塞达的一名可敬的商人，祖上在宗教界和世俗社会上颇有声望，有口皆碑。除经商外，他还经营着一个类似银行的信用事务所，办理本地区与城市之间的往来贸易。它是银行，又不像一般银行，有一套自有的特定制度和不成文的规章。它在各地的分所，社会各界广为知晓。最初，他只是办了个储蓄所，让至亲好友们临时存几个钱。自从非洲各国限制资金外流后，储蓄所的生意就很清淡了，但是它还在为移居国外的黎巴嫩侨民和他们在国内的侨眷竭诚服务。这样一来，哈吉法多鲁的声望也越来越高。那些心地不纯的人总是不放过机会对别人造谣中伤，而那些热心肠的善良人也总是竭力为法多鲁申辩：

"多亏了哈吉法多鲁，否则我们在国外的孩子们的辛苦操劳早就付之东流了，他们的血汗钱给黑奴们掏个精光，在国内的老婆孩子岂不早就饿死了吗？"

说实话，法多鲁确实是个心地善良的好心人。他办事公正，为人厚道，力求对双方都有利。

塔米梅和母亲、哥哥好几次拜访过他的信用社。在父亲把钱从非洲汇给母亲后，她们更成了他家的常客。贾比尔成人后，钱汇在了儿子的名下，法多鲁直率坦言：

"不错，这也是贾比尔的法定权利。"

从此，贾比尔就独自一人前往信用社储蓄所取款。于是，家里的问题也开始堆积如山了。

塔米梅还记得，几年前的一天，发生了一件令人感恩戴德的事。这样的事怎能忘记？她和母亲、哥哥去取他们预料会按期寄到的汇款，不料却扑了个空。法多鲁告诉他们：

"几内亚可能发生了政变，钱汇来的会晚了。"

母亲听到这番话，如五雷轰顶，目瞪口呆，不知所措，过了一会儿才结结巴巴地问：

"政变，是什么东西？"母亲奇怪的发音，让塔米梅现在想起来还觉得既好笑又可怜。那年她才十一岁,对"政变"的含义还不十分明白,但她还是为母亲纠正了发音。她不会忘记当时母亲的表情是何等失望。她面色惨白,泪水盈眶,紧紧攥住两个孩子的手,转身走了,嘴里还喃喃祈求安拉保佑丈夫泰米尔从非洲平安归来。母子三人刚走到门口,哈吉法多鲁思索片刻,突然把他们叫住了。他俯身从铁柜里取出一笔款子,递给母亲,用作家庭开销,这笔款子无须找担保,也不用开借据。这让埃米娜感激涕零。

怀着往昔对法多鲁的美好印象,塔米梅踏进法多鲁的信用事务所。这家事务所坐落在古老的塞达城的一条狭窄的街道上,里面经常挤满了南方乡下来的买卖人。屋里弥漫着一股曼彻斯特的棉布味,夹杂着香喷喷的干果味和门口那家小铺里飘出来的甜腻腻的糖浆味,一切和往昔毫无二致。回想起当时的情景,塔米梅就垂涎欲滴。她仿佛看到自己又变成一个贪嘴的小女孩,狼吞虎咽地咬着美味的薄饼。带着对这些情景的回味,她兴冲冲地登上了楼梯。

法多鲁事务所办公室里的摆设依然如故。外面一间挤满了老主顾,妇女和孩子们等着排号,取非洲寄来的汇款。法多鲁坐在里面的办公桌后面,身边放着那只笨重的保险柜。塔米梅默默挤坐在外面的长椅子上,心中忐忑不安。椅子的绿色油漆早已磨损殆尽,扶手也被摸得滑溜溜的。椅子前面那张桌子破旧不堪,桌上放着一叠供识字的人浏览的新旧杂志。地毯非常破旧,天花板和墙角返潮发霉,墙上的石灰已经剥落,显得斑驳陆离。这里的一切,都显得寒酸而又冷清,可是,那些妇女和孩子的眼里却闪烁着希望之光，这让这间屋子洋溢着某种欢乐的充满期待的气氛。人们期待着来自非洲的钱财，心中怀着对父亲、对兄长、对丈夫的思念与眷恋，在这种环境下，与亲人团圆聚首的渴望之情也油然而生。

几十双眼睛注视着大门。大门敞开了，塔米梅看见刚才在她身后过来的那个男子拉着法多鲁的手频频道别。门又关上。门上，几个彩色嵌边的大大的烫金字赫然在目："谨防善心招致恶报！"这句话让塔米梅的内心升起一阵莫名的烦恼。她不理解法多鲁和那些商贾：为什么不挑选那些劝人为善的警句，却偏偏选中了这一句？

塔米梅信手翻开桌上散乱的杂志。啊，《时代》周刊！最近一期！她一下就翻到了赖姆兹·拉尔德每周专栏文章，文章末尾的署名是卡尔西。拉尔德写的所有文章，无论是政治评论，还是艺术或文学作品评论，使用的都是这个笔名。

她一行接一行地往下看："黎巴嫩高等教育的出路，不在于改革，而在于革命。""检察机关想挖掉读者的双眼。"（指检察机关涂掉进口的法国画报上裸露的乳房一事）"向自戕者致敬！"（指捷克大学生自焚抗议苏联侵犯祖国）……蓦地，一首诗映入她的眼帘：《致逃遁者》……这个"逃遁者"是谁呢？

她逃往何方？
在我身边留下婀娜倩影，
在我心中遗存幽兰芳馨。
只要我说一句"回来吧！"

她就会星夜兼程，
投入我的怀抱。
犹如一只可怜的小鸟儿，
带着温暖的创伤落入我的手掌。
我将等待着你，
还要和你在一起，
无论你在海角天涯，
我将永远偎依在你的身旁。

塔米梅感到寒气直透全身，还有一股热血往脸上直涌。这些话都是对她说的。就在不久以前，拉尔德曾经对她说过这些话，如今，这些话赫然重现在纸上。在那天晚上，母亲出门找儿子时，他曾对她袒露心扉。

她又拿起杂志读着……读着……但眼前的字迹已经模糊，她根本不知道上面都写了些什么，她也没有意识到，办公室里的人早已经走了，直到哈吉法多鲁叫她，她才恍恍惚惚，如梦初醒地站起身来。

六

塔米梅冷静地向哈吉法多鲁说明来意，有条不紊地陈述自己的意见。最后，她希望这位长辈写封信给身在几内亚的父亲，表示明智的哈吉想要顾全双方利益的愿望……她听到自己侃侃而谈，对自己的语调颇感惊讶，因为她的内心有些慌乱，没想到,自己还能说得如此头头是道。

可是她发觉——也在怀疑——这个人似乎有点烦躁不安。他一会儿紧闭两只小眼睛,一会儿咬着胡子梢,还不时用圆珠笔搔搔那赤褐色的头发。塔米梅的话音刚落,法多鲁便亲切地对她说:

"孩子……"

他沉吟片刻:

"你的话,我很赞成,也完全支持。你哥哥的行为我也一清二楚了。为了在安拉面前让我的良心得到安宁,我已决定亲笔写信给你父亲。但是……这封信我怕没办法寄到远在千里以外的他手上了。"

塔米梅脊背上透出一片冷汗。她声音颤抖,惶惶不安地问道:

"几内亚情况不正常吗?难道出什么事了?"

法多鲁用笔敲敲桌子,抬起头来:

"我有责任向你说清这一切。本来,我是不打算告诉你的。听了你的一番话,我觉得你很聪明,又受过教育,所以我相信……"

他吞吞吐吐,支支吾吾,在搜肠刮肚,寻觅字眼。他定定神说:

"希望你相信我。"

法多鲁脸上柔和的表情驱散了塔米梅脑海中不祥的念头。她有足够的胆量和魄力正视现实。老人怕她误解,赶忙做了个安慰的手势:

"噢,不。感谢安拉,你父亲身体很好。"

塔米梅满腹狐疑，脸上露出焦虑的神色。法多鲁终于告诉她：几内亚当局破获了一个走私集团，逮捕并审判了几个黎巴嫩侨民，他们被控与走私集团有牵连。那几个人当中，就有她的父亲泰米尔·纳素尔。

"安拉至大，无所不知，可你们几人是无法预知一切的。"

他站起身来，耸耸肩，双手一推，表示谈话到此结束。

* * *

塔米梅顿觉天昏地暗，径直朝大街跑去。

走私集团，审判，真是晴天霹雳！

那父亲呢……

要是不给父亲写信，或者在跨进哈吉法多鲁的事务所之前，不把信投入邮筒就好了，或许，她根本不该踏上这个事务所的台阶。

"谨防善心招致恶报！"

难道哈吉为她做了好事，还要谨防她的恶报吗？他没有必要因为不能借钱给她而表示歉意。因为他已经把他高明的见解和深奥的哲理借给她了。

塔米梅的内心突然涌出一种自卑感。她开始鄙视自己，鄙视父亲，也鄙视整个世界。

母亲知道实情之后会怎么样呢？她一定会心如刀绞吧？

让埃米娜为泰米尔祈祷吧！让她捶胸顿足痛心疾首吧！这就是背井离乡十七年的丈夫对她的报答！让她等着丈夫从狱中获释吧！让贾比尔等着汇款吧！让他再回美哈底村对她、对母亲施以老拳吧！让他翻箱倒柜、撕破被单，到犄角旮旯去掏钱吧！也许哪个墙缝里还藏着一丁点儿钱，能让他再去过几天花天酒地的生活。

一切都完了，他们的父母连一丁点儿东西也没有给兄妹俩留下。如果一定要说他们留下了什么，那就只有可怜的母亲饲养的母鸡和她的美梦了。

今年读完最后一个学期，她就要中学毕业了。毕业后，她可以为自己谋个职业。可是，如今她哪儿去才能筹措到这学期的学费呢？

不，她绝对不会去姨妈家借钱，她不想看姨夫那可憎的嘴脸，也不想再给那个好心肠的女人增添任何麻烦。

塔米梅感到胸口憋闷，喘不过气来。脚下这条狭窄污秽的街道散发出的臭气令人作呕。她赶快跑到了空气通畅的地方。

迎面走来一个报贩。她买了一本最新出版的《时代》周刊，边走边读，神情恍惚，跟跟跄跄，不时会撞到行人。最后，她发现自己走到了离贝鲁特车站不远的空地上。

蓦地，她脑海中闪过一个念头：玛丽小姐。怎么没有想到好友自己的玛丽小姐呢？

她马上卷起杂志，搭上了去贝鲁特的汽车。

玛丽是不会让她失望的，不会拒绝她的要求的。塔米梅仿佛看见玛丽亲切可爱的面庞，心中不再绝望沮丧。玛丽刚毅决断，通情达理，善解人意。她乐于助人的热心肠，总是会让塔米梅在遇到困难时茅塞顿开，增加勇气。她料想，一切都会称心如意的，于是径直往医院走去。

可是，玛丽小姐不在医院，塔米梅不禁大失所望。

"什么？去小亚细亚了？"

"今天一定在希腊。"

这是旅行社组织的季节性旅游——女职员补充道：

"玛丽小姐下星期一回来。有何贵干？"

"没事，没事。"

她心灰意冷地走出医院的大门。

她不敢往下想了。谁能保证玛丽一定会借钱给她呢？

玛丽自己要抚养寡母和两个妹妹。她在阿卜杜·阿齐兹大街租下的那套漂亮公寓的房钱也需要她自己按时交付。

塔米梅心中思忖：向玛丽借钱，真是异想天开。她感到心乱如麻，忧心如焚。

她不禁又痛恨起哥哥贾比尔来。

* * *

塔米梅走到了黎巴嫩大学法律系，求见系主任。主任让秘书领她去见教务长。在门口，她足足等了半小时，这半小时，长得像一辈子。她向进出办公室的大学生探询她哥哥的消息，但没有一个人认识贾比尔。

一见到教务长，塔米梅就证实了自己的猜疑。她刚说出贾比尔的名字，教务长就皱皱眉头，去翻学生名册，取出贾比尔登记本来，然后，他慢条斯理地抬起头告诉她：在新学年开学时，贾比尔的确申请过进法律系学习，他持有叙利亚颁发的中学毕业证书，经过审查，校委会认为这个证件是伪造的。

"不过，证件已经通过黎巴嫩外交部转交大马士革当局验证了。小姐，遗憾的是最近还出了一件事。校委会查明，贾比尔在最近一次游行中第一个开了枪。尽管政府在罢课的威胁下释放了他和他的同伴，并停止审判，但校委会决定开除他的学籍。"

* * *

这个消息对塔米梅不啻当头一棒。她心灰意冷地在街上踯躅。她已毅然做出决定，要马上乘车到红街去，对准她哥哥的脸投掷两颗炸弹：父亲的消息和他自己的消息。在茫茫人海中，她忽然听到有人在叫她的名字，转身一看，是赖姆兹·拉尔德教授。

"跟我走！"

他冷冷地对她下着命令。

他走在前面，塔米梅缩着脑袋，身不由己地跟在后面。她神情恍惚，不知道走了多少路，不知不觉间，她发现自己置身于贝鲁特某个地方的一个幽暗的房间里。赖姆兹·拉尔德已经摘下眼镜，脸对着她丰满的胸脯，闻着醉人的肉香，亢奋得不停地喘息。他那灼热的呼吸熏烤着她的脸颊，他蓦地伸出双臂将她抱住，把她紧紧搂在怀里。

塔米梅合上双眼，倒了下去……

七

"不！不！不！"

有人占有她时,她发出了宰牲般的号叫。在这以前,她一直像是在看电影,活在梦游状态。

室内沙发上的壁灯射出幽暗的红光。

她记得刚走进房间时,灯光是白的,怎么一下子变红了?难道另外一盏灯亮了?不,这是一盏"爱情之灯"。过去,她在小说中曾读到过这样的灯,在描写情人幽会的电影中也看到过,而现在,这盏灯就挂在床边的沙发顶上。

不知什么时候,她从沙发中央被移到了大床上。

为什么上苍要给女人安排这样卑下的位置:她背朝地,脸朝天,舒展着冰肌玉体,毫无一点儿尊严。她忍耐不住,想纵身跳起。但是面前的这个男人已摆好架势,让她只能这样躺着……突然,他伸出一只胳膊,在她的衬衫下来回抚摩。一种酩酊之感像电流一样传遍她的四肢,在她的血液中发出阵阵燥热。她头脑眩晕,仿佛坐上了一辆奇怪的马车,在波涛汹涌的大海中颠沛震荡,剧烈的心跳,就像咚咚的马蹄,咻咻的喘气声,也像脱缰野马粗犷沉重的呼吸……赖姆兹·拉尔德用被子盖住自己,也盖住了她。她环顾四周,觉得自己好像独自一人躺在屋里,独自一人躺在苍穹之下。她觉得浑身闷热,想把被子拉开,但又感到一阵窒息,全身被压挤得软软绵绵的,力不从心。蓦地,拉尔德把被子掀开,一阵云雨,夹着狂风恶浪,向她狠狠压下来。她从头到脚一阵寒战,昏迷中尚不知道这股恶浪从何而来。

这股恶浪来自冰海。

来自美哈底的幽谷。

一张宽大松软的钢丝床似乎就放在美哈底村的广场上,而塔米梅则躺在美哈底广场的中心。千百只眼睛从四面八方注视着她。她发疯般地跳起来想逃跑，但是赖姆兹·拉尔德已经站起来，伸开有力的双臂揽住她。塔米梅合上眼睛，倒卧在低矮宽大的床上，又一次发出了宰牲口似的号叫声：

"不！不！不！"

八

翌日中午，身心俱疲的塔米梅回到了美哈底村，将她打听到的两个消息告诉了母亲。

懵懂无知的埃米娜不相信泰米尔是走私商，也不相信贾比尔成不了律师。她认为这是谣言，是中伤，是猜测传闻！她深信丈夫老实厚道，儿子读书用功。而塔米梅究竟在哪里过的夜，倒是要问问清楚的。

"在玛丽·艾布·海莉小姐那里。"

塔米梅昧着良心撒了谎，天性善良的母亲相信了。

塔米梅决心把谎撒到底。

她说，玛丽本来已经和她商量好，今天早晨取款借给她，所以昨晚她只能在贝鲁特过夜。但是今天早晨，玛丽告诉她，除了工资之外，会计不能把其他钱款借给她。因为医院没有这项规定。母亲责备她不该向别人伸手借钱，然后转身为泰米尔向上苍祈祷。她不相信泰米尔会真的变成走私犯！

"安拉至尊！安拉至大！安拉永远和忍耐者共存！"

她朝厨房走去。

回来时，母亲看到塔米梅伏在桌上嘤嘤啜泣，不禁大吃一惊。她从未见过女儿哭得这样伤心。塔米梅双手掩住面颊，哭得全身颤抖。母亲见她这个样子，茫然失措地问道：

"难道你就是为学费哭得这样伤心吗？起来，起来，到学校去付钱。"

她把钱交给塔米梅。

塔米梅知道母亲还有点私房钱，藏在厨房的地板下，这是为了不让贾比尔找到。"面包够吃的时候，就应该藏起一点。"这是母亲的生活逻辑。

塔米梅看到钱，羞愧不安，内心就像打翻了五味瓶，百感交集，哭得更加伤心。

母亲俯下身子亲切地安慰她。女儿掩住脸扑在母亲怀里，悔恨交加，痛苦的泪水涌塞在喉头，她泣不成声地叫道：

"不！不！不！"

她不是为没有钱支付学费而哭泣，也不是为成为走私犯的父亲而哭泣，更不是为被开除学籍的贾比尔而落泪。她哭，是由于对自己的怨恨。

不知缘由的母亲抚摩着她的肩膀，充满慈爱地百般劝慰，塔米梅终于慢慢平静下来。

母亲站起身，为女儿收拾衣服和书本。

"孩子，明天上学去吧，毕业证也快到手了。"

和拉尔德第二次约会前，塔米梅又向母亲撒了谎，她说自己要到贝鲁特的女友那儿去过星期天。在贝鲁特市某区的公寓里，那位新闻记者告诉她：下一期的《晨报》将登载发自几内亚首都科纳克里的一篇文章。这篇文章讲述了有关走私钻石的案件。经过周密的调查,非洲最大的一桩非法交易已被揭露,盘踞在黑非洲各处的黑市网也被查清。文章披露了走私商在隐藏钻石、偷运过境和兑换钻石时所使用的种种耸人听闻的卑劣手段。据新闻报道说,走私集团的成员,有的是黑人国家中的头面人物,有的则是身居要职的外国侨民。赖姆兹·拉尔德记得,在走私犯名单中,好像也有……

"泰米尔·纳素尔?我的父亲!"

心直口快的塔米梅直言不讳。

赖姆兹·拉尔德忙改口说,案件还在审理中。报上一般只登姓名的头几个字母,最后还要等审理结果。拉尔德还提到,几内亚的几名高级官员,几内亚和其他非洲国家的一些阿拉伯侨民也与此案有牵连。

拉尔德哼了一声,轻蔑地一笑:

"我在这儿被法庭传讯,你父亲在那儿被提审。我和他的罪名都一样:走私。在法官看来,我走私的'货物'虽然不比钻石更贵重,但比大麻烟更危险:那就是我的思想。"

在发表了题为《不!》的文章和其他带煽动性的革命文章后,他两次被法庭传讯,罪名是蛊惑人心,妨碍治安,有损当局威信。

"如果除了这支笔外,我还有其他财富,那我就要倾家荡产去买一座监狱,在那里住上三个月或半年。我要尝尝还未领教过的铁窗滋味。我要谢谢他们发来的请帖。"

他摘下眼镜,眼里迸射出仇恨的火花,下唇也轻蔑地拉了下来。

* * *

学校生活单调乏味，令人烦闷不堪。塔米梅心绪纷乱。她白天坐立不安，夜晚也无法安眠。失望、怅惘、孤寂之感缠绕着她。她焦灼地等着每周的星期天——和赖姆兹·拉尔德约会的日子。星期日一整天她都待在贝鲁特，总是不在美哈底露面。

"每个星期天，你都在贝鲁特干什么？"

母亲眉头紧皱地询问她。她的心里压着很多疑问、猜测、悬念和忧虑。塔米梅支支吾吾，一会儿借口说找玛丽小姐，一会儿借口说找工作，随后就背朝母亲默默地站着。

她的学业已经荒废了，不得不独自留在学校熬夜复习功课。这些教科书和练习本，在她看来都是陈谷烂粟，就像旅游者到塞达参观废墟的那种感觉。直到有一天，她的"劲敌"在一次文学比赛中获得第一名，她才如梦初醒。这么多年来，塔米梅第一次落败了。这件事如鞭子一般抽打着她，使她羞愧焦灼。她发奋努力，埋头攻读，在久盼的考试到来之时，塔米梅一举获得优良成绩。这倒是她没有预料到的，真是让人喜出望外。

* * *

她和同班的优等生去贝鲁特过星期天。她们都在议论考试成绩，对"不幸"落败的人品头论足，幸灾乐祸。这一天，塔米梅骤然感到她所熟悉的学生生活的快乐和单纯又回来了。她忽然想起她曾和拉尔德教授约定：如果考试成绩优异，她就去看望他。但她并不想赴约，因为和他在一起，她总是感到怅惘、失望。他们的"爱情"填补不了她心头的空虚。

下一个星期天，她仍旧失约，一整天都待在美哈底，考虑自己的计划。首先她必须在贝鲁特就业，这样她就可以在贝鲁特上大学。她不再把哥哥放在眼里，对她来说，任何人都无足轻重。

赖姆兹·拉尔德给她寄来两封信。第一封信祝贺她考试成绩优异，第二封谈及他在初等法院的"考核"，他告诉她，他在审理文字案件的法官面前嬉笑怒骂，尽情表演了一番。开庭后，他被他们盘问了两个小时，最终的判决是囚禁一个月，暂缓执行。也就是说，这个判决等于零，一切都要等到下次开庭再说。

对拉尔德的所作所为，塔米梅并不感到奇怪。狂放不羁的拉尔德是从来不把当局者放在眼里的。

贾比尔本性难改。他到归国侨民贾米拉·穆瓦里那儿去借钱。穆瓦里慷慨地给他一千里拉，没有要借据。正如穆瓦里所说，他这样做，是出于顾念两家的世谊，或是为了报恩。他不会忘记泰米尔·纳素尔在几内亚时对他的关照和提携。贾比尔手里有了钱，家中总算平安了几天。但好景不长。一天夜里，贾比尔突然回家，把睡得迷迷糊糊的母亲叫了起来：

"我要到几内亚去找父亲！"

母亲木然地怔住了。

九

一件大事在美哈底引起轰动,就像长上翅膀,不胫而走,在美哈底和邻村成了头条新闻。

两个月来,美哈底村成为海外侨子贾米拉·穆瓦里建树丰功伟绩的活动舞台。他出钱为村里修路,还铺上了沥青。自夏初起,穆瓦里就驾驶着他那辆绿色的布依克牌小汽车到处兜风。他决心在自己的旧宅基地上重盖一栋新楼。这座宫殿般的宏伟建筑,将在众人的关注和啧啧赞扬声中建成。建筑工地上,铁锤声和凿子声整天叮当作响,震动云天。穆瓦里每天或至少两天一次从贝鲁特的旅馆赶来,亲自督工。他头戴一顶欧洲帽,在工人中间转来转去,不时递着香烟,并且发号施令。

不仅如此,他还独自出资,从两千米以外的地方把水引进美哈底村。他宣扬要捐款筹建学校,并且提供一切设施,他说的这些,都登在了报纸上。人们都称赞他是一位可敬的同胞,是个大财主,说他做的这些有目共睹,有口皆碑。此外,游击队员在美哈底村外安营扎寨的第二天,有人证实,他给游击队送去一张支票。尽管大家对支票的款项究竟有多少众说纷纭,但侯赛因·古姆耳赌咒发誓,他亲眼看到了,那张支票的数额是五千里拉。

埃米娜看着这一切,不禁妒火中烧。她想到丈夫泰米尔,不禁把他同穆瓦里进行了一番比较。穆瓦里是贝鲁特努里耶特市场上挑夫纳瓦夫的儿子,小时候总是光着脚,穿着打补丁的衬衫,背着篮子,从白天到夜晚在努里耶特市场上奔波。十年后，穆瓦里发财了，从非洲衣锦荣归。而泰米尔作为教员和诗人，出生于小康之家的世族子弟，现在却因走私落得在黑人国家身陷囹圄的下场。

须臾，埃米娜又心平气和了，因为她联想到穆瓦里的品德和为人。他不仅对儿子贾比尔慷慨解囊，而且和她一样，深信泰米尔老实厚道，不会干走私的行当。

"不，不，不，我了解泰米尔大哥，我们在几内亚就是好朋友。他品格高尚，我相信他是无辜的，说他走私，这是对他心怀忌妒的阿拉伯人的无耻诽谤。"

他向她断然肯定。

埃米娜每周至少去一次工地，向穆瓦里致意问好，并接二连三地向他提问题，而他也当着来往众人的面一再言明，泰米尔会昂首挺胸地从监狱中出来。

近来，他又表示要为她效劳——愿安拉多赐福给他。

他向埃米娜问长问短，真是关怀备至。

"贾比尔的妈，泰米尔太太，你家里还缺多少？泰米尔对我来说比胞兄更亲，我们彼此不用客气。"

她谢绝了：

"谢谢安拉，过去泰米尔寄来不少钱，已经够用了。"

他寄来不少钱，真是哑巴吃黄连。埃米娜的眼眶湿润了。

* * *

塔米梅做梦也未曾想到，穆瓦里会向她求婚。她又想起母亲的话和贾比尔的劝告。贾比尔竟然也来劝她，这可真是天大的笑话!

迄今为止,贾米拉·穆瓦里的母亲和妹妹已到她家拜访过两次。第一次来时,塔米梅发现她俩朝她瞥了几眼,和她搭讪了几句,但她没有在意,只是应酬了一下。她们的第一次来访,她认为只是礼节性的回应,因为她母亲曾拜访过穆瓦里的妈妈,祝贺他儿子从几内亚归来。她们第二次来访时,她正好离家去贝鲁特了,这一次,她们是来求婚的。

贾米拉·穆瓦里在哪儿见过她?

贾米拉·穆瓦里了解她吗?

她对他有了解吗?

也许她经过工地时,穆瓦里曾见过她,向她瞥了几眼,但并未和她交谈。而她对穆瓦里的印象,仅仅是他那顶垂着穗子的大檐帽子和他那副黝黑的脸庞。黑,真黑,好像他把非洲带回来了。

他在美哈底的计划非常庞大的,够宏伟了,也够资格带上一枚勋章,但她不想成为他胸前的勋章。

穆瓦里家早就想和泰米尔家做一笔有关塔米梅的交易。哥哥贾比尔想卖掉她,这是毫无疑问的,但穆瓦里家要求分期付款,第一次付一千里拉,穆瓦里提出求婚时,再付一千里拉。

如此而已。

埃米娜这位可怜的母亲,既没有提到对方的财富,也没有顾及他的名声,只是想到贾米拉·穆瓦里该有四十岁了。

她怯生生地对儿子说:

"他可比塔米梅大了不少。"

贾比尔气势汹汹地吼叫起来：

"就是应该比她大！你的女儿就该有一个'大人'来管束她。"

他威胁地向妹妹挥舞着拳头。塔米梅强忍着满腔怨恨，默默无言，转身朝村后的山谷奔去……

十

落日熔金，暮云合璧。白露苍苍，变幻无穷。清风徐来，略有凉意，驱散了白天的暑气。塔米梅一气之下，跑过村后的山谷，坐在一块大石头上，那是她自童年起就喜欢的地方。她经常来这里，并不是因为这儿有遮阴避日的参天大树，其实，这里光秃秃的，只有孤零零的两棵椰枣树和几丛野生蒿草，还有一片俯临大海的荒凉沙丘。塔米梅喜欢来这里，是因为在这儿，她能独自一人安静下来，躲开母亲的絮叨和母鸡的咯咯声。在这儿，她能清理自己纷乱的思绪，沉思遐想。她感到，唯有此时此刻，她自己才是时间的主人，是周围世界的主人。

她带来了一本小说《主子与奴仆》，不是为了阅读，而是为了翻阅夹在书中的拉尔德教授的信札。她把书摊开在双膝上，无意中从书中抽出在贝鲁特医院邂逅的小伙子哈尼·拉耳的来信，这封信是今天从他的家乡莫迪尔村寄来的。忽然她想起了什么事，就把哈尼·拉尔的信夹在腋下，先打开了拉尔德的信札：

第一次拥抱你时，我感到这是我有生以来最大的幸福，就像我从未拥抱过任何女人一样。我相信你将把我保存在心中最隐秘的一角。我选择幽会的那一地点、那一时刻你是否同意？

你不同凡俗，不像其他女人。她们是旷野中呼叫的幽灵，而你则是"伊甸园"中的仙姑。

我们互挽手臂，促膝谈心，天地间唯有我俩，其他一切都已死亡。

爱情就是一切。

鸟儿喜欢天空，羚羊喜欢山野。花儿喜欢自由的成长，在哪里发芽，就在哪里开花；在哪里攀缘，就在哪里结果。

爱情的悲剧是由那些制定法律和传统的人们造成的。这些法律和传统教条用维护神圣的名义给爱情加上层层枷锁。

爱情中唯一的神圣之物就是"自由"。

你知道我这本新书的题目吗？

宇宙中，自然界没有什么合法或非法之别。

天空和大地，花朵和荆棘，狂飙和微风，并无合法与非法之别。

世界爆发的下一场革命将要消灭谎言、幻想和符号。这一切已使世界变得畸形变态、陈旧腐朽。摧枯拉朽吧！让世界上的一切都得到自由解放吧！

所以我的下一本新书将命名为《自由就是我》。

她合上书本，极目远眺地平线，只见苍茫，远处的几栋小屋冒出袅袅炊烟。一大群乌鸦在暮霭中盘旋，随后落在树梢上。一缕怪异又深沉的悲绪，让塔米梅感到彷徨惆怅。忽然，她看到远处有两个人从一大片烟草里跳跃着走过来。塔米梅不禁有些惶惶不安。那两个人，一个是侯赛因·古姆耳，另一个是游击队员。古姆耳赶到前面，忽然停住脚步等着那个游击队员跟上。他背着自动步枪，穿着色彩斑驳的迷彩服。村里到处流传着关于游击队的传闻。大家都说村长是"叛徒"，因为他要游击队领导人带着游击队远离居民区。古姆耳的母亲也到处嚷嚷，认为游击队住在村中不利村民安全。不过，当古姆耳把他的一个游击队朋友收留在家中时，她却一反前态，来了一个一百八十度大转弯，日夜不辍地为他们操劳，拎着篮子到处转，忙着为他们采购，显出一幅巴结的模样。她装模作样告诉别人，她从苏尔市场上为他们买来了在美哈底买不到的佳肴美味，但是美哈底村民压根儿不信她那一套。他们打赌，她的篮子肯定是空的。

但是，游击队员到这儿来干什么？美哈底离以色列只有二十千米。

塔米梅一时警惕起来，看到古姆耳突然出现在她面前，她不禁感到有些惊恐。古姆耳让他的同伴赶路，他自己却径自朝塔米梅走来。他装模作样，心怀叵测，用挖苦的口吻问起贾比尔在哪儿，说自己已经好久未见到他。

"你比我更清楚贾比尔在哪里。"

塔米梅冷冷地回答，便又埋头看书。古姆耳不死心，不无恶意地问她对游击队员有什么看法，她不屑回答。古姆耳仍对她纠缠不休。他说起贾比尔有两大重要计划：一个是参加游击队，另一个计划他暂不透露。

"我对你说，你比我更了解贾比尔和他的计划。"

塔米梅不耐烦地说。

她站起来，想摆脱这个纠缠不休的讨厌家伙。古姆耳却猛地扑上来，伸出双臂搂住了她。他的嘴里喷出臭气，发出蛇一般的嘶嘶声，强行在她唇上嘬了一口。塔米梅怒不可遏，奋力用双肘抵住他的胸口，把他推开，并用尽全力狠狠地给了他一记响亮的耳光。

古姆耳一声不吭，叉开双腿，蛮横地站在她面前。突然，他爆发出一阵狂笑，转身走了。他刚离开，羞愤恼怒的塔米梅抑制不住悲愤，失声痛哭起来。

* * *

小鸟在她身旁呢喃絮语，栖息在笃耨香树上的夜莺不时用婉转的歌喉啾啾鸣啭。它好像在期待着什么，那忧伤的歌声如怨如慕，如泣如诉，不绝于耳。它在询问什么？它又失去了什么？它在面对苍天祈求，苍天却默然以对。

大地一片苍茫，莺鸟向山谷里飞去……

谁能揭破小鸟的秘密？谁能诉说它的欢乐哀愁？

十一

光阴荏苒,春去夏来,父亲那里音信全无。贾比尔失去了耐心。看来,他必须跑一趟几内亚,亲自打听个水落石出。他到处张罗筹措买机票的钱,但借贷无门,每次都是空手而回,连贾米拉·穆瓦里在被塔米梅拒绝求婚之后,也不再愿意解囊相助了。不仅如此,他还催促贾比尔归还那一千里拉,说他自己急需用这笔钱建造房子。

"塔米梅,你写封信给父亲,问问他的情况。"

母亲催促过女儿十几次了。女儿推托道:"贾比尔写过了。"但他的信如石沉大海,得不到非洲那边的任何回音。非洲当局已经宣布,禁止走私犯与外界联系,连通信也不允许。

塔米梅独自一人关上房间,取出纸和笔,把满腔的郁闷和悲愤倾泻在纸上。

哈尼先生:

请原谅我迟迟复信。

我当然不会忘记你。我不知道该怎样感谢你对我的祝贺,我尤其要感谢的,是你过去对我的关心。我所说的意思,就和你说的一样,你对我就像同胞兄妹。但是妹妹不能随便挑选,就像哥哥不能随意指定那样。我并没有像一个妹妹应该做的那样来对待你。不,你并不是我的哥哥,对我来说,你既亲切又疏远。

从我被投石砸伤的那天开始,相继发生了很多事情，这些事就像乱石一样，一个个像我砸来。我忍受着各式各样的痛苦。我并不介意这些痛苦，但它所造成的后果却很严重。

我不能告诉你更多的事情，也请你不要问我。请你答应我，如果我们有机会见面，请你不要对我提出询问。

你怎么会到利比亚去呢？我收到了你寄来的明信片。为什么你单单挑选这样一张印着蒙着面纱的利比亚妇女的明信片呢？请相信我，我们这里的妇女——至少在某些地方——尽管已已经揭去了面纱，但实际情况却好不了多少。她们的灵魂早已被无形的厚厚的面罩覆盖了。

我仍住在美哈底，每天屈指计算着何时能回贝鲁特，走进黎巴嫩大学附属师范学院读书。

我是否能在十一月之前见到你？在这穷乡僻壤，我的心情很不好，几乎要闷死了。

又及，你的来信中提到一个外号叫镀锡匠的纳巴特人哈斯布·本·艾哈迈德·达维西，他是谁？我怎么不认识这个人？我衷心祝贺你的一切努力获得成功。

塔米梅·纳素尔

贾比尔很快为自己找到了出路。他不知使用了什么手段，口袋里有了父亲的委托书。尽管母亲强烈反对，塔米梅保持缄默，贾比尔还是把房子抵押出去，拿着旅费走了。

*　*　*

1968年4月26日午后，塔米梅陪着母亲来到劳兹太太家。埃米娜走进贾比尔住的房间，拾掇着儿子的行李，准备运往美哈底。她在儿子的卧室里转来转去，仿佛闻到了儿子身上的气息。

劳兹太太眉飞色舞，如数家珍地谈论着公寓里的每一个人：贾比尔到父亲那儿去了，做得很对；拉尔德上星期进了监狱，第一次已经饶了他，但并不是每次都能得到赦免的，可他还是会更激烈地抨击政府。教授艾克拉姆·贾尔迪——本市最著名的律师主动来为他做辩护，他竟然拒绝了，真是让人难以置信。他想自己为自己辩护，他说，在法庭上，报纸和诗歌都无济于事。

塔米梅默默地听着。

"有名的律师交游广，他的客人都是高级官员和社会名流，他也总是会收到各方送来的源源不断的礼物。"

过了片刻，劳兹太太关切地继续问道：

"你呢？塔米梅有啥打算？"

塔米梅不置可否，但劳兹太太却喜欢寻根究底，她想知道贾比尔远走高飞之后，塔米梅有什么计划。

"以安拉的名义起誓，你拿到中学毕业证是件好事。"

塔米梅告诉她，自己要搬到贝鲁特来住，要在这儿上大学。所以，在学习之外她还必须找个工作，同时等候非洲的消息。

"那太好了,贾比尔的房间从今以后就归你使用了,找工作的事包在我身上。"

第二章

> 我热血沸腾。
>
> 骨髓中发出卡尔巴拉①的号召。
>
> ——穆罕默德·马屋迪

一

这一年的夏天,劳兹太太实在是不走运。

在本可以赚钱的大好时光里,她放过了成群的阿拉伯富翁。她原来准备在这群富翁身上打主意,捞上一把大钱,好盖她的新楼房。他们在这儿住上一夜,就要付出一千里拉,可现

---

① 卡尔巴拉,为伊拉克南部一古城。伊历61年1月10日(公历680年10月9日),阿里之子侯赛因·本·阿里被穆阿威叶之子杀害。此后每年的这一天,什叶派教徒都痛哭哀号,以致哀悼。——译者

在，这一切都泡汤了。因为入夏以来，大群阿拉伯富翁的"先头部队"刚一来，维持社会风气的警察就接踵而至。他们向红街的各个阴暗角落发动进攻，封闭了几栋形迹可疑的住宅。对劳兹太太家，他们也突袭过好几次，但每次都扑了空。劳兹太太不愧是烟花世界的老手，她有后台：当局里有朋友，有保护人，他们关照她："现在是雷声大，雨点小，不用害怕。"

专事拉皮条的贾拉勒·卡尔西每天都来向劳兹太太哭穷诉苦。其实，在富翁们寻欢作乐的时候，他总能捞到一笔酒肉钱，而且他也从不放过对劳兹太太、对花姑娘和顾客们的敲诈勒索。他是个地地道道的赖痞子。劳兹太太并不怕这个卡尔西，但她不想拿自家的声誉去冒险，她要等事态平静下来再行动。她心里明白，新部长一上台，总先要鼓吹一番道德经，大敲几下廉耻鼓。每到政局发生变化时，混迹官场的正人君子，总要千方百计保住自己的脑袋。自己保护自己，要比听任上帝赐福要有用得多。

一星期中有一两天，劳兹太太都让栽娜卜陪着她，乘坐出租车，去南部的塞达或北部的的黎波里，到那里的山上或海滨兜风。余下的时间，她就待在家里听听收音机，晚上则看电视消愁解闷。

也许她的确痛改前非了。她对寂寞已经习以为常。她盘算着，新楼落成后，每月都会有固定的收入，可以保障她舒适的生活。她还打算自备一辆专车停在楼前。除了这些，她还会有什么奢求呢？

她将成为一位受人尊敬的夫人，舒心地度过余生。

不过,她心里很清楚,她只是一名普通的女人,就像她的母亲胡里太太一样。

她要让九泉之下的父亲得到安息。因此,每到星期日或节日,她都要去教堂做弥撒,并在教堂的大盘子里放上五里拉,来救赎她过去的"罪孽"。

不仅如此,她还把栽娜卜收为义女。

她没有亲人,只有一个侄子在美国。

栽娜卜将成为她爱怜的对象。她要为栽娜卜专门准备一个房间,就安置在她房间的隔壁,还要为她聘请一名家庭教师。在她年迈时,栽娜卜将成为她耆老之年的依靠和安慰。等到她去世后,栽娜卜将继承她的全部遗产。

接连几个小时,她都仰坐在沙发上,沉浸在幸福的幻想中,被自己的慈心善举、慷慨大度所感动。

不过,她很快又为目前的处境自怜自哀地抽泣起来。她想,造一栋新的楼房不仅劳心伤财,还得拖延一段时间,也许是一年或两年。她吞下一片药,擦干眼泪,站了起来……

这一天,塔米梅提着行李,又来到了红街上。

二

塔米梅意识到,没有必要在劳兹太太的寓所里打听赖姆兹·拉尔德的消息,以免引起不必要的猜疑。同时,她也尽量避免去探监。有一次她去的时候,发现狱中有许多眼睛在好奇地盯着她,也听见有人在窃窃私语地议论她。

但是，她不能一直这样克制下去。过了几天，她不顾一切地又去探监了。赖姆兹·拉尔德听她说话的时候有点心不在焉，随后，他蓦地问道：

"什么时候我们能同住在一间屋子里？"

他的目光中闪烁着邪恶的火花。瞬间，那火花又熄灭了。他精疲力竭，脸色十分苍白。塔米梅没有心思与他谈情说爱，她现在最关心的是她的工作问题。她说话时皱起眉头，抿着嘴，眼睛直视前方。

她原本想找他商量一下令她心烦的事：谋求职业，但最终，她什么也没有提，兀自走了。

她四处寻觅打听，翻遍了每天的报纸，在报纸广告栏内搜索聘任启事，又跑到那些要求小姐擅长这个擅长那个的企业去应招，但都没有结果。最后，她决定碰碰自己的运气，便在《晨报》上登了一则求职广告，言明她愿意当家庭教师，教授英语和阿拉伯语。

她写信到莫迪尔村，告诉哈尼·拉耳，她已经搬到了贝鲁特，并在信中询问那个外号叫"镀锡匠"的纳巴特人哈斯布·达维西的命运。

塔米梅拿到了中学毕业证之后，收到了哈尼·拉耳的来信。信中谈到了一件大事：他已经回到了莫迪尔，而且把当地居民分成了两派。以他为首的是一派，以村长为首的是另一派。

外号叫"镀锡匠"的哈斯布是教育部新任命的莫迪尔村公立小学的教员。

"一个穆斯林竟来教育我们的孩子！"村中的反对者发出一

片愤愤不平的抗议声。"镀锡匠",再加上穆斯林,"他的毕业证书就是他年少时挂在冬青树上的裤子。"大家都在用讥讽的口吻挖苦他。

长期以来,莫迪尔村是天主教马龙派的世袭领地。过去这个地方根本没有穆斯林,只是到了土耳其统治的时候,这里的人才知道先知穆罕默德其人。那些老年人的心目中,至今还保留着对土耳其人憎恶的记忆。老村长是仅存的老人之一,直到今天,他仍然时常在村里向人们讲述土耳其统治者对莫迪尔居民犯下的一切暴行。他的支持者每晚都聚在他的店铺里,吸着阿拉伯水烟,听他纵谈那些逝去的历经浩劫的岁月……

* * *

事情要追溯到公元1914年。当时,土耳其军队侵入黎巴嫩山区,有一支部队驻扎在莫迪尔村。他们在当地烧杀抢掠,无恶不作。大兵们肆无忌惮地践踏莫迪尔教堂,把它当作马厩。修道院院长、神父希尔雅·杰兹尼向土耳其人义正词严地提出抗议,要求土耳其军官哈克美塔贝克把牲畜牵出教堂。那个挺着肚子、凸着眼珠的面目狰狞的哈克美塔,却对此发出粗鲁傲慢的嘲笑声。神父强忍住心头的怒火,忍气吞声地恳求他,让他命令士兵把圣母像从祭坛上取下来,交给神父保管。那位军官却冷冷地回答:"你等着瞧吧!"他的眼中闪着凶光,一跃跳上祭坛,拔出剑来,用土耳其丘八字典中那些肮脏的字眼,一边狠狠地咒骂,一边刺戳圣母像,然后转身命令士兵们把气得全身颤抖的神父拖出教堂,推向广场。士兵们围聚着神父，朝他脸上吐唾沫，羞辱他。军官还对神父狂叫：

"去吧！把这些都告诉你们的人！"

杰兹尼神父咬紧牙关，压抑住心头的怒火，飞跑出去，把仇恨深深埋在心底里。

翌晨，土耳其人被急促的敲门声和令人惊骇的喊声惊醒："哈克美塔贝克被人杀死了……"身中四颗子弹的哈克美塔贝克躺在了住宅的楼梯上。气急败坏的土耳其人为此进行了大搜捕。军事当局把满腔怒气发泄在莫迪尔村民和修道士身上。他们狠下毒手，进行野蛮屠杀。"戴小帽的杰兹尼"从此销声匿迹，好像被大地吞没了，整整四年未见踪影。爱给别人起绰号的人把希尔雅·杰兹尼神父称为"戴小帽的人"，因为神父是杰兹尼人，爱戴一顶精致的带褶的小帽子，小帽的一边总是优雅地垂在耳朵上。

战争结束后，土耳其人撤离了黎巴嫩。莫迪尔村的村民终于拨开乌云，重见天日。一天，戴小帽的杰兹尼如天使般降临，突然出现在修道院中。从此，他就开始给人们讲述他的冒险经历，以此排遣晚年时光。

* * *

老村长千百次地祈求上帝，怜恤已故的"戴小帽的杰兹尼"。老村长抱残守缺，脑筋僵化，对目前的一切都看不惯。他认为如今的神父们自己驾驶汽车兜风，还在报上发表文章，真是大逆不道。看到现在的修道院院长艾布·安特尔支持哈尼·拉耳，并开会欢迎新来的穆斯林教员，他气得直翘山羊胡子，并以圣母玛利亚的名义起誓：

"我要砸扁这个傻小子、牧羊人的儿子哈尼的狗头。我要拔去他后台老板的胡子。我要让哈斯布跟着他那镀锡匠的老子一起进入坟墓！"

外号"镀锡匠"的哈斯布，他的父亲名叫艾布·哈斯布。莫迪尔村和邻近村庄的妇女们至今对这父子俩记忆犹新。十年前，她们把有柄的小铜锅和大铜盘收集到一起，从冬天等到春天，只等着这父子俩来镀锡。镀锡匠中只有艾布·哈斯布到莫迪尔村来。他和儿子一进村就住在修道院的空地上，把冬青树丛当作庇身之地。他们父子俩共睡一张席子，把另一张席子支起来当门。哈斯布当时只有十二岁。哈尼没有忘记，当时他怂恿小伙伴们围住冬青树偷看，却只看见哈斯布席地而坐，专心致志地埋头工作，为父亲交给他的器皿镀锡。

政府同意了村民的要求，任命了新教员哈斯布·达维西。任命状刚下达，这位教员就来拜访哈尼·拉耳了。每年夏天，哈尼·拉耳都会在果园的茅舍中度过。9月的一个清晨，一位温文尔雅、彬彬有礼的青年从村里来到他的茅舍，找他攀谈。哈尼开头并未认出来访者是谁，只是迷惘地注视着他。来访者提起一件往事：十年前有个少年拿着一只小铜锅来找镀锡匠的儿子。小镀锡匠当时正栖身在莫迪尔的冬青树下。少年要小镀锡匠为这只小铜锅镀上一层锡，因为他十分珍爱这只小铜锅，那是他专用的，上面镌刻着他的姓名和生日。少年翻弄着铜锅，得意地指着铜锅上镌刻的字念道：

"哈尼1945。"

"哈斯布!"哈尼吃惊地张大嘴巴叫了起来。

哈斯布哈哈大笑,说道:

"正是!你到现在才认出我来。"

哈斯布问他,莫迪尔的村民是否欢迎他来当教员。

哈尼说:

"欢迎,当然欢迎!"

"哈斯布是怎样学会识字的?他在哪儿读的书,还成了一名教师?"

哈尼诧异地自忖。

"这简直是一种奇迹。"

* * *

假期中,哈尼把他的伙伴哈斯布当成贵客,陪他往返于家宅和茅舍之间,带着他到村里,把他介绍给同伴们。自从修道院院长艾布·安特尔表态支持哈尼以后,哈尼一派已成为多数。

艾布·安特尔神父对待这位穆斯林教员怀有着天主教徒的宽容精神。在政治上他是反对村长的。此外,在修道院的财产管理上,他和村长也有分歧。教员来村后,他立即采取了别出心裁的方式表示欢迎:在"圣心兄弟会"聚会时,他训诫大家,并要兄弟会的成员组织一个代表团,去感谢政府任命新教员的决定,以此提高政府的威信。中立派说,村长同样不会错过机会反对神父。一贯自以为老谋深算的村长使出他的手段。他组织了一个代表团向主教控告艾布·安特尔,说他侮辱了圣心会。不料魔高一尺，道高一丈。精明老练的艾布·安特尔先下手为强：他向主教控告村长伪造文书，侵吞修道院财产。支持和反对新教员的两派人，带着上诉书四方游说，征求两方支持者的签名。为此，他们一直跑到邻近的格都勒村、美尔奇村，还去了更远的村庄。格都勒的村民都是德鲁兹人①，他们听从村中智者的劝告，保持中立，只有四个以参加非法团体闻名的轻浮子弟除外。美尔奇村民信奉希腊东正教，只有两家信奉新教，他们倒向哈尼一边……

事情本身无足轻重。在哈尼看来，互相竞争倒是一件有趣的事，但出乎意料的是，又出了另一桩事。副区长应村长之邀来莫迪尔村巡防。在他来访的第二天，一个蒙面的暴徒在果园的小路上拦住了教员哈斯布，用棍棒把他打得头破血流，还威胁他："滚回去！滚回纳巴特去，滚回家去镀锡！不然的话……""他们用这种卑鄙的手段寻衅滋事，就是想胁迫政府撤换教员，这办不到！"哈尼沉毅果断地说。但是他不露声色，还让哈斯布对发生的事态暂时保持缄默。心地宽厚的艾布·安特尔院长把哈斯布接进修道院，让他和神父们住在一起，这件事暂且偃旗息鼓，一切都要等到风浪平息之后再做安排。

三

劳兹太太看着塔米梅一门心思地寻找工作，很不高兴。对任何跳过她去自谋职业的人，她都嗤之以鼻。因为大教授艾克

---

① 德鲁兹人，居住在叙利亚、黎巴嫩山中的一族，信奉伊斯兰教。——译者

拉姆·贾尔迪贝克①将为塔米梅找到理想的工作。她等着这个人从贝卡省巡视回来,当面托他来办这件事。

"这次他出门的时间够久了。"每天劳兹太太都朝教授的办公室张望,心情焦灼。这一天,她满面春风、容光焕发地走进塔米梅的卧室。

"星期六,教授到我家来吃晚饭,你也务必要来。"

星期六一整天,劳兹太太都在准备晚宴,忙得不亦乐乎。她觉得在铺着华丽地毯的客厅里举行这次宴会比较合适。她亲自布置房间,还下令搬来大桌子,桌子上面还铺了一块绣花台布。这是花了一笔钱请专人刺绣的。她不让塔米梅动手帮忙,但为了领受塔米梅的美意,就让塔米梅准备配料,同时,她又派卡尔西到市场采购腌食和各种调味品,随后亲自下厨房做菜,让栽娜卜在一旁帮忙。她的心里非常激动,简直无法掩饰内心的快乐。

"教授是一位忠诚的爱国者,他只喝本国的烧酒。"她一边忙活,一边寻思着。

贾尔迪教授来晚了,让大家着实慌了一阵。先是劳兹太太打电话问,随后是卡尔西打电话催,女仆栽娜卜则不停地朝大门口张望。塔米梅发现栽娜卜在这方面很机灵,不禁感到一种莫名的焦虑。

以前,她曾偶然见过教授本人。那天她和母亲正准备把贾比尔的行李运往美哈底,看到这个人正坐在劳兹太太的客厅里喝咖啡。劳兹太太先为母女俩做了介绍,然后起身去服药。她

---

① 贝克,为土耳其奥斯曼帝国给下属地方封建贵族的封号。
——译者

一面咬碎药片,一面用古老的北方话狠狠咒骂医生。教授笑了,不时发出有节奏而又礼貌的笑声。这是做律师的人惯有的笑声。随着笑声,他松弛的双颊抖动着,双眼在浓密的眉毛下炯炯发光。他看上去有四十开外,但外表依旧气宇轩昂。塔米梅还记得,当时他穿着雪白的绸衬衫,脖子上打着文雅的深蓝色领结。

仪表堂堂的艾克拉姆·贾尔迪终于来了。他的脸刚经过了修饰,显得春风满面,神采奕奕。入座后,他便以自己的方式调制饮料。

劳兹太太已为他做好了一切准备。他拿起一瓶白酒,往水晶瓶里倒了一些,然后又凭眼力,在酒里掺进一点水。他举起瓶子,察看颜色,再把瓶浸入冰桶,一边用手指转动瓶子,一边目不转睛地盯着塔米梅,夸张的表情和动作好像故意要博取她的欢心。还未等她开口,他就开始解释起所谓的"杯中物的艺术"。

他拿起一只小酒盅,把它斟得满满的,还要为塔米梅小姐也斟上一杯,姑娘谢绝了。劳兹太太却不放过她,一定要她陪饮,塔米梅勉强为自己倒了一点。

艾克拉姆·贾尔迪端起酒杯,咯咯笑着,一饮而尽。他又吃又喝,谈笑风生,兴趣盎然,话题渐渐转到塔米梅身上。他先问及她的一些琐事,接着就谈起政治。言谈间,他十分注意塔米梅的反应。

从谈话中,塔米梅得知他有意参加全国议员竞选活动。

他说起贝卡省的青年知识分子和他在农民中的支持者,那些人都希望他能战胜一直在当地独揽大权的封建把头而当选议员。不夺到议员这把交椅，他绝不会善罢甘休。这把交椅如今被休克塔·雅厄姆里贝克占据着。雅厄姆里的议员身份是从他父亲和祖父那儿世袭下来的。他的祖父在奥斯曼时代就是众议院的议员。

大家浅酌慢饮，谈兴渐浓。他们所谈的话题颇合塔米梅的口味，于是，她不由自主地也参与进来。她向教授发表了自己对于盘踞在全国很多地方，包括她的家乡的封建势力的评价。酒酣气热，教授已经略有醉意。塔米梅称呼他为教授，劳兹太太则称他为"尊敬的贝克"。教授的笑声也更加放肆。

"哈哈哈，劳兹太太，你深知我向来是反对贝克的，还是叫我教授吧。不错，干脆叫我艾克拉姆更好。"

他向塔米梅瞟了一眼。

* * *

劳兹太太惊叫起来：

"称你为贝克最好！难道你这个贝克不比其他贝克好？"

贾尔迪教授对塔米梅的想法深表赞赏，只是向她提出的诘问过多了一些，好像他是在替她的敌人来反驳她。话题略一停顿，他又谈起雅厄姆里之流的封建遗老们，还有他与他们之间产生的新老摩擦。席间，他慢慢喝着，还不时讲着一些逸闻趣事。

晚餐持续了很长时间。

劳兹太太好几次借故外出，回来时连声致歉，又不时地窥察留座人的神色。她不时找借口离开，回来时发现一切如常，脸上不由显现出遗憾无奈的神色。最后一次进屋时，她发现塔米梅把自己的椅子挪得离餐桌远了些，与这位贝克保持着相当距离。贝克脸上的笑容也收敛了很多。

贝克表示天色已晚，他该回去了。他强调说，无论如何都会把为塔米梅找工作的事放在心上。

塔米梅镇定自若，努力装出一副若无其事的样子。在劳兹太太离开房间时，贾尔迪教授曾经伸出手搭在塔米梅肩上。他并没说什么不入耳的话，也没做什么不得体的事，只是他闪闪的目光有点不太自然——并不是由于喝多了酒。塔米梅为了阻止他过分的冲动，首先打破了难堪的沉默。她对于自己由于私事而打扰他表示了歉意，然后一再强调，只要能让她继续攻读大学，任何工作她都乐意去做。劳兹太太抢在贝克前做出回答，她让塔米梅放心，一切她都会记在心上。劳兹太太送贝克出门，塔米梅站在背后，清楚地看见劳兹太太与贝克在使眼神做手势，互相示意：此事以后再谈。

四

在贝鲁特伊得里斯门附近的安东瓦图书馆里，塔米梅一边翻阅杂志，一边等候哈尼。他在回信中已经和她约好了时间。一进门，他就诙谐地说：

"久违！久违！这应该由假期和大学生们负责。他们好久都不举行游行了，小家伙们没有机会扔石头，我也就没有机会见到你了。"

塔米梅会心地笑了。见到哈尼坦率真诚的温柔笑眼，塔米梅就把一切忧虑抛到脑后了。和哈尼分手的日子虽然不长，但在经历了这么多坎坷之后，她多么需要欢畅地笑一场！她转身凝视，细细端详他含笑的眼睛，然后，走到自动售货前，投币买了一份杂志。她提议叫上一辆出租汽车，一起去海滨散步。

"用我的车吧。"他说。

他从衣袋中取出钥匙，挪动高大的身躯，抢先一步，大步流星地走向停车场。

"你愿意和资本家一起坐车吗？"

他骄傲地扬起眉头。"瞧！菲亚特125型！这是我父亲的礼物。"他去利比亚时，父亲答应为他买一辆汽车。

利比亚的夏天热得不可开交，他只住了一个月就离开了。临走时，父亲买了这辆最新型号的小轿车送给了他。汽车的颜色正合他的心意，那颜色，就像莫迪尔村在收获季节采下的橄榄果一样。

这件礼物到手的速度真快。其实当初父亲说定，在学期终了，拿到证书之后，他才能得到这辆车。

"要相信诺言。我向父亲许下诺言，已经得到了汽车，剩下的就是我要践约了。你看到报纸没有？我们已经为庆祝'十月节'做好了一切准备。黎巴嫩的'十月节'是接在法国的'五月节'之后的。"

她坐在副驾驶座位上，哈尼掌握着方向盘，汽车朝前方疾驶。

到哪儿去？

到她想去的地方，或到他愿意去的地方。白昼的一切都是美丽的，风和日丽，万里晴空，还有金黄的沙滩，湛蓝的大海，高大挺拔的棕榈树。整个大自然展现出生命的欢乐，就像他俩一样，青春年少，风华正茂。顷刻，塔米梅就沉浸在生命的喜悦中。是这辆崭新汽车的汽油味，抑或秋日清爽的海风令人陶醉，还是他看着她时散发出的那股沁人肺腑的健康气息使她心花怒放？她的心在胸膛里像小兔子一般欢悦、轻快地跳动，又如小鸟一样振翼飞翔，和这辆菲亚特车一起，飞向天涯海角。

哈尼谈到汽车、大学和世界，还有学生运动。

"疯了？——当然，这可能是一种疯狂。但是这场疯狂的后面，正酝酿着一场伟大的变革，这就是要打破人们至今还迷信和崇拜的价值观，造一切权力的反，同一切信条决裂，摧毁一切……"他们俩谈论着黎巴嫩的现状和世界政治，谈着"六月战争"和阿拉伯人所暴露出来的言行不一的弱点，谈论着落后的阿拉伯人与向宇宙星球进军的先进时代之间的巨大差距……

* * *

翌日，他们又去海滨浴场游泳。

她说，她爱大海。在大海中她沐浴着粼粼的波光。

他说，他爱高山。在高山上，他吮吸着大地的芳香。

他又谈起大学生鼓吹的革命。他说赖姆兹·拉尔德是狂热的鼓动者，塔米梅没有表示异议。他抨击拉尔德在《时代》周刊和《晨报》发表的文章以及他那本著作《主子与奴仆》。

"他鼓吹动乱，他散布怀疑论，把自由引向虚无主义！"他对赖姆兹·拉尔德遭到惩罚,感到有些幸灾乐祸。

塔米梅双眉紧蹙,紧紧抿着嘴,缄默不语。

她走进海边的小屋时,哈尼还跟在她后面说话。这是一间藤萝掩映的小屋,周围林木苍翠,绿树成荫。塔米梅掸了掸身上的尘土,脱掉外衣,把衣服挂在藤蔓缠绕的花饰窗棂上。很快,她带着春天的气息从小屋走了出来,穿着一件她喜欢的褐色紧身内衣,束紧的腰带,高耸的乳房,让她更显得亭亭玉立。在他面前,她毫不拘束地趴在海滩上,用双手撑住下巴,挑衅般地仰视着他,似乎心里在说:

"我就这样!"

"你知道吗?你的高鼻梁,是毅力和决心的象征。"

哈尼被看得脸上泛红,羞涩地说:

"我们玩沙堆吧!"

他俩趴在沙滩上互相逗趣。塔米梅抓起一把黄沙,在修长的手指间揉搓,又低头用她的一绺绺长发轻轻抚弄着闪闪发光的沙粒。

她真美!哈尼如痴如醉地凝视着塔米梅那双乌黑的大眼睛,看着那张秀丽的脸庞沐浴在飘逸的金发中,同时,还在倾听她娓娓动听的话语。

她谈起美哈底,谈起塞达,谈起她的抱负,谈起非洲,然后略一停顿,把手指插进沙子里,仿佛在沙地上写着什么。

她充满柔情地轻声说:

"我经常梦见自己躺在花丛中,这不是梦。人们都是死去之后被埋在花丛里,我是活着时被花丛掩埋,身上盖满鲜花。

这是我的花之梦。"

塔米梅自在地说笑着。她今天格外活泼，说起话来既爽快，又婉转，充满暗示。那双顾盼多情的黑眼睛，易于引起爱怜的眉梢，都那么富有挑逗性，那么富有魅力。

她的脸柔情脉脉地仰视着他。他闻着她身上散发出的阵阵幽兰般的馨香，不觉心旷神怡，真想说："你就是生命之花。"但是他克制住了自己，只是目不转睛地注视着她。塔米梅身不由己地靠近了哈尼：

"为什么我要给你写这些腻歪的诗，愚蠢的诗？"

他站了起来，她也跟着爬起来，俯下身子，在沙地上擦掉了什么。

"现在你对我坦率地说吧，你们工程师不喜欢诗吗？"

"不知道是谁说过，女人一旦获得自由，诗歌的王国就将从男人那里转到女人手中。等着这一天吧！你知道我希望什么？"

"希望女人获得自由。"她不假思索地抢着回答。

"当然，当然。这是毫无疑义的。不过我想说的是，我多么希望颁布一道命令，从所有阿拉伯国家的教科书中取消诗歌和诗人的内容。"

他用认真又略带几分愠怒的口气说着，好像他要向诗人复仇。塔米梅反驳道：

"人们像需要水和空气一样，需要诗人和诗歌。"

她又补充说：

"别的工程师恐怕也不会同意你的意见。"

"可这道命令对你在沙滩上写的诗不生效……如果我是个

领袖,要实施上述的命令,为了我们这一代,甚至好几代人的未来,就必须组织一个反诗歌委员会,直到有免疫力的、健康的阿拉伯新一代诞生为止。我们都染上了诗瘾,中了诗歌的毒。我们的诗在'六月战争'前比大麻烟更害人,甚至连政治报告中也掺杂着这种靡弱之音……可惜你并不关心政治。"

"谁对你说的?"

"昨天你在汽车上说的。如果你不关心政治,那就错了。要知道,政治随时会来关心你的。对我们来说,政治就像面包、空气和水一样重要。"

他俩一边说话,一边手拉着手,朝海滨浴场的一角走去。那里已经支起五颜六色的帐篷,放置了一些躺椅,还出售茶水和各色饮料。远远望去,那些帐篷就像盛开在金色海滩上的朵朵鲜花。海滨浴场上挤满了男男女女,他们都在帐篷里谈笑,要知道,在酷热的白天,帐篷里的阴凉是分外可贵的。

塔米梅一边啜着清凉的可乐,一边让哈尼谈谈对莫迪尔的印象。他说:

"莫迪尔村是美哈底村的姐妹花。很可惜你不了解莫迪尔村,我邀请你随时来访。你喜欢农村吗?"

"你记住我们的第一个分歧:我不喜欢农村。"

"我相信我们在许多事情上都是有分歧的。我喜欢莫迪尔村,你为什么不喜欢美哈底村呢?"

"它是腓尼基时代留下的老村落,像塞达这样的城市我也不爱住。我们在学校分成两派,有一次阿拉伯女生与腓尼基女生争吵起来,扭打在一起,互相揪头发,大家费了好大劲才把她们拉开。"

"你是哪一派的?"

"当时我才十二岁。我走进教室,举起手问:'老师,我想提一个问题。''请吧。'老师说。'阿拉伯人和腓尼基人有什么区别?'老师生气地叫我闭上嘴。我现在还想找一个能回答这个问题的人,至今我也不明白老师为什么要生气。"

"你找不到答案的。"

"你关心政治,你说呢?"

"我觉得你比我还关心政治。你看,你从小就关心政治了。"哈尼打趣道。

"阿拉伯人和腓尼基人到底有什么区别?"

"都是黎巴嫩人,但一个比一个蠢。你要知道,问题都是有时间性的。今天我们已经进入一个和以往截然不同的时代,人们有各种政治信仰,这些信仰都应该束之高阁。眼下我们面临的一个问题,就是以色列向我们提出的新挑战:要么生存,要么被消灭。在这种情况下,你还不想关心政治吗?"

* * *

"大学生为什么要介入政治?和我谈谈莫迪尔村吧,为什么你那么喜欢、那么留恋那个地方?莫迪尔村的纳巴特人又是怎么回事?"

"政治我喜欢,莫迪尔村我也喜欢,因为我关心那里的政治,否则一切就毫无意义了。至于那里的纳巴特人,这是超越一切政治的政治,就像镀锡匠哈斯布的故事比一切故事更有趣一样。你听着……"

他侃侃而谈,讲得娓娓动听。

塔米梅听得入了神。当她望着哈尼充满激情和爱恋的眼睛时,已经完全沉浸在幸福的海洋之中了。

哈尼热情地述说着,不时插入莫迪尔的一些趣闻逸事。塔米梅长到这么大,还从未听说过这样有趣的故事。哈尼的热情感染了她,她想去见哈斯布老师,拜访助人为乐的艾布·安特尔神父和顽固的老村长,参观修道院和修道院的冬青树,看看那里所有新鲜的、富于魅力的东西。他俩的目光又一次相遇,她真想吻吻这双满是笑意的眼睛。

哈尼还谈到了他的童年,他向塔米梅提起了他在冬青树下初学字母的故事。

塔米梅高兴地叫了起来,开心地笑着说:

"好一个莫迪尔冬青树下的毕业生。"

"我不但在冬青树下学习,还和藏在冬青树层中的琳黛谈情说爱呢?"

"琳黛是谁?"

"我幼年时的情人,我们相亲相爱,两小无猜,但我不像你想象的那么小,那时我已经八岁了。"

这段往事像烙铁一样烫疼了她,塔米梅不禁感到一丝妒意。

"后来呢?说下去吧。"

"我们一起玩耍,在冬青树下扮新郎和新娘,就这些。"

塔米梅性急地追问道:

"后来呢?"

"后来我就到贝鲁特的法里尔中学念书,再后来就如你所看到的,到优素福大学来了。"

"现在来游泳吧。"

哈尼刚想起身,一只有力的大手从背后伸过来,在他肩上拍了一下,他转过身:

"欢迎博士,我来介绍一下。"

塔米梅瞥了来人一眼,向来人伸出手去。那个人的大脑袋和近乎粗野的大眼睛,让她吃了一惊。哈尼坚持请他朋友入座。

尽管塔米梅未能掩饰自己的惶惑,但是经过哈尼介绍后,她很快对这位身材魁梧、为人坦率的哈拉勒·卡塞姆先生产生了好感。卡塞姆是哈尼中学时的同学,获得过两张大学文凭:美国大学物理系的硕士和国立大学的博士。他长得虎背熊腰,但性格温厚开朗,说话诙谐幽默。

卡塞姆伸手挠了挠脑袋,逗趣地说道:"这是美国'康副西'的产地。"

哈尼接着解释:

"是'朋党'中最顽固的'康副西'。"

卡塞姆点头称是。

塔米梅困惑不解地瞧了哈尼一眼。卡塞姆说:

"小姐,你应该先弄明白'康副西'是什么,这个词应该收入字典。"

他解释道:

"'康副西'是干裂、变空的松子果,而'朋党'一词,我留着让哈尼解释。"

"小姐不太关心政治,所以不用着急,以后再解释。去换衣服吧,我们一起下海。"

哈尼等着博士一起下海。博士来了,满胸浓密的茸毛把塔米梅吓了一跳,她羞涩地转过脸,纵身钻入波涛汹涌的海水中。她擅长游泳,一会儿就游到了远处。少顷,塔米梅钻出海面,甩着滴水的头发喊了起来:

"告诉我,琳黛现在在哪儿?"

她以为哈尼就在后面,可无人回答。塔米梅环顾四周,高声叫道:

"哈尼!哈尼!"

猛然间,她意识到自己第一次直呼他的名字,脸蛋倏地红了。

卡塞姆冷不丁回答她时,她吓了一跳,心里在想:"他哪是卡塞姆?简直是人猿。"卡塞姆指着远处,塔米梅顺着那个方向看过去,看到哈尼正用手劈开海浪,畅游在万顷碧波中。塔米梅沉下脑袋,迎着习习暖风,冲破层层绿波,向哈尼游了过去。

五

后来,他们又多次见面,彼此更加了解,也更加互相倾慕。

一天夜里,塔米梅从睡梦中醒来,泪眼涟涟,哭湿了枕头。她爱上了哈尼,却失身于拉尔德,这让她的内心矛盾重重。

她左思右想,愁绪万千,久久不能入眠,随即走到桌旁,拿起皮包,取出笔记本,笔尖在纸上沙沙作响。

10月20日，我喜欢哈尼吗？……为什么我怕叫他的名字？我在海上呼唤过他的名字。大海，大地，苍天，都已经听见我的呼唤了。

她放下笔，开始翻本子。不，这不是要发表的日记，也不准备给别人看，而是属于她自己的。因此，她给她的本子起了个名字，上面写着"流水账"。她的确是在记流水账，别无其他。

清晨，当劳兹太太进屋时，她朦朦胧胧刚要入梦，劳兹太太告诉她，昨晚等她等到很晚，要告诉她一个好消息：

"工作找到了！"

劳兹太太转告塔米梅，贾尔迪教授今天早晨八点半在办公室见她，那个时间去找他的老乡比较少。

她递给塔米梅一张写有这位贝克办事处地址的纸条。

塔米梅准时到达，发现贝克的老乡们比她还早了一步，从他们饱经风霜的粗糙脸庞和简陋的衣着上来看，他们都是贝卡省人。他们毕恭毕敬地向贝克鞠躬，态度十分恭顺，他们一定要让他当贝克。奴隶们需要贝克，尽管他们也恨他！当贾尔迪教授起身和她握手时，他指指众人，大家欠身给她让了座位。贾尔迪教授向她介绍说：

"这是我们在地方上的兄弟们，我们应该关心他们的问题。"

"难道她的问题比我们的问题更重要吗？贾尔迪贝克为什么会这样热情地接待她？"一双双疑惑的目光朝她射来。教授很快从抽屉里取出一张名片，边写边讲："码头工会，在码头工会打字。"他觉得为她找到的工作还不够满意,为此,他表示了歉意。

塔米梅屈身坐在办公桌对面柔软舒适的高级皮椅上,心中有点不踏实。

"白哈杰塔·阿玛尔先生是码头工会的总书记,你拿着这张名片去找他。"

他一边在名片上写着,一边抬高嗓门说:

"这是个好人,我和他谈起过你。每月工资是三百里拉,工作很轻松,一天只打两三小时的字。"

他并没有征求她的意见,就把名片交给她,而且殷勤地把她送到门口。塔米梅很想把名片还给他,拒绝这项工作,但此刻根本没有她说话的余地。

"塔米梅小姐!"

她转过身,看到他站在门外,露出欲言又止的神情。最后,他终于说道:

"没什么,没什么。"

然后,他垂下眼皮:

"祝你成功,塔米梅小姐。"

这算什么成功?在码头工会做点小事有啥了不起?可是,哈尼和她的意见却不尽一致。

"我不是对你说过,我们在许多地方看法不同吗?"

他开始历数这项工作的好处,他觉得,这是一个难得的机遇,宝贵的实践机会。他说,她可以借此机会了解劳动阶层的生活情况,也能了解国内的工作现状。现在,工会已经遍及各行各业,影响极大。她去做这项工作,就有机会了解工人的要求以及他们和业主的关系。对她来说，这个职业也许比其他职业更有好处，所以，她应该感谢那位教授，大律师。

感谢？工作一周后，塔米梅果然写信给艾克拉姆·贾尔迪教授表示感谢。她对工作表示满意，这让她有机会了解对她来说尚属新鲜的世界。她上班不久，就获得了待人宽厚的总书记的信任。第三天，总书记就允许她随意翻阅工会的案宗。

* * *

晚上，她连续几小时翻阅这些卷宗，得到了意想不到的乐趣。

哈尼已经回到莫迪尔，在那里度过暑假的最后一周。他说这是为了向夏季、向小朋友道别。哈尼这一派有大人也有小孩，这说明他深得人心。

"莫迪尔村小孩里面最大的一个十二岁，名叫葛多姆，我以后把他介绍给你，他是孩子王。你不是说好要来看看我们的莫迪尔村吗？"

她也喜欢孩子。她告诉他，自从在师范学院报名那天起，她就开始教栽娜卜学文化。

"栽娜卜也是一个葛多姆，她也应该成为'王'。如果你看见她如何努力地背记字母，你就会明白了。"

尽管年龄悬殊，但塔米梅和栽娜卜之间已经建立起一种只有小女孩之间才有的纯真友谊。在寂寞的时候，栽娜卜十分渴望和塔米梅在一起。她依偎在这个丰腴温暖的姐姐身旁，细听她亲切婉转的低语，就像沉醉在春风里，即使是为塔米梅打扫房间、整理床铺,她也能得到莫大的乐趣。同样,塔米梅也为能和这个善良可爱的小妹妹接近并且有机会教她识字而感到由衷的高兴。

劳兹太太执意要为贾尔迪贝克再举行一次宴会。

"我们要为塔米梅小姐庆贺一下,庆贺她找到新的工作。"

举行晚宴的日子已经选定。那天,公寓里隆重进行着各项准备工作,但塔米梅一早就出去了,直到午后才回来。她走进厨房准备帮忙时,看到一个缠着头巾外表猥琐的牧羊老汉正蜷缩在墙角的椅子上。那个人一动不动,也未起身向她请安。原来,他正倚着夹在两腿中间的手杖上打盹儿。劳兹太太向塔米梅点头示意:

"栽娜卜的父亲。"

女仆正在擦盘子,塔米梅问她多久没看到父亲了。

"一年了!"女主人代她回答。每年,这位父亲都要到劳兹太太家来一趟,目的是抓"钱",预领栽娜卜一年的工资,起初是五百里拉,现在已经加到了一千里拉,以后要多少,唯有安拉知道。

劳兹太太吞下一片药,嘟囔着抱怨道:

"我叫他10月份来,没想到今天他就来了。现在我们正忙得不可开交!"

她不爱多想这些烦心事,话题一转,谈论起塔米梅的工作。从这个话题,她又说起塔米梅那双纤软的手。她问塔米梅为什么不买个手镯来装饰一下,塔米梅回答说,她不喜欢首饰,戴上一块手表就足够了,如果这也算是一种装饰的话……

这个牧羊人什么时候才能起身？——他还在打鼾，而且鼾声如雷。钱已经拿到手了，在劳兹太太家里也吃过喝过，他还等什么？劳兹太太暗自思忖。

"你想想，我为栽娜卜添置一切，而他白拿一千里拉，却不给他女儿留一个子儿。"

"是吗，栽娜卜？"塔米梅问道。

栽娜卜生气地嘟着嘴，没有回答。她转身叫醒父亲，告诉他，今天这里客人来，太太正忙着呢。他打着哈欠，站起身，栽娜卜跟随他到了门口。他们没有告别的习惯，也许她有话要让父亲转告母亲。劳兹太太感慨道：

"栽娜卜这孩子倒是聪明，就是不太懂事。塔米梅小姐，你真有耐心。我在屋里听见你在教她念字母，看见你手把着手教她写字。"

栽娜卜还没有回来。

"这两个人的告别，怎么会用这么长时间？打哪儿来的这么多情分？以前她父亲走时，两人都板着脸，连告别的习惯都没有。我叮嘱过栽娜卜，父亲走时，女儿应该吻吻他的手，让他高兴高兴。双亲高兴，上帝也会满意。我也提醒过老头儿，问他为什么不亲亲自己的女儿，他只是勉强用胡子擦擦她的面颊。"

突然，从楼梯口传来一阵凄厉的尖叫声，是栽娜卜在哭。劳兹太太飞快地跑过去，塔米梅也紧紧跟在后面。

她们看到，那位父亲正挥着手杖，朝小姑娘劈头盖脸地打过来。贾拉勒·卡尔西根本挡不住他。他恶狠狠地飞起脚朝女儿踢去，女儿从楼梯口滚到了过道上。劳兹太太和塔米梅赶到时，栽娜卜已经满身是血。她狂跳着，不顾一切地冲着他喊：

"杀死我吧！弄死我吧！我情愿死掉！"

塔米梅跑过去，一把抱住她。她父亲挥舞着手杖，下了楼梯，一边恶狠狠地咒骂着，一边叫劳兹太太学着他的样子来管教栽娜卜。塔米梅拼命拉住狂蹦乱跳的栽娜卜，问她出了什么事，让她安静下来，并要为她包扎头上和腿上的伤口。栽娜卜一直在挣扎、抗拒，还在地板上打着滚。

"起来，栽娜卜！"

"我是栽娜卜吗？我是母山羊，母山羊就是我。甭管我，母山羊都比我强一千倍！"

她发疯似的嚎叫着。卡尔西说，他从办公室里听见叫声就跑出来了，不知道出了什么事。他看见这个老东西暴跳如雷，向栽娜卜举起棍子，厉声呵斥："手镯？手镯？"眼珠子都快爆出来了。劳兹太太不耐烦了，命令卡尔西把栽娜卜背进了房间。她还在不停地叫喊：

"我是母山羊！母山羊！你们把他叫回来，把我杀死在楼梯上好了。"

塔米梅让栽娜卜躺在她屋里的沙发上，为她包扎伤口。栽娜卜渐渐安静下来。这时，她们才弄清原委：原来，栽娜卜请求父亲为她买一对手镯——一千里拉的小手镯，那是她日思夜想的心爱之物，因为她今年的"身价"是一千里拉。她的父亲勃然大怒，火冒三丈向她吼道："小贱人！一千里拉是买母山羊的，不是给你买手镯的！"

六

今天晚上，劳兹太太神情沮丧，闷闷不乐。在她的家里发生了毒打栽娜卜的丑事，总么说也是大煞风景的。大家冷冷清清地进了晚餐。她的直觉告诉她，艾克拉姆·贾尔迪教授今天心情不佳，好像有什么心事。教授照例端起他的酒杯，却一言不发，喝了五六口闷酒，却苦笑了好几声。

劳兹太太盘问他为何闷闷不乐，他没有直接回答，却朝塔米梅转过头，彬彬有礼地说：

"如果这只是个人的烦恼，那我倒能担当下来。"

他说，一个月前，休克塔·雅厄姆里贝克一伙杀害了他本家的一个兄弟，当局掌握了确凿的罪证，捕了杀人犯。今天突然传来消息，说那伙人袭击了监狱，堵住狱吏的嘴，强迫狱吏打开牢门，最后还用铁棍猛击狱吏的头部，把他打得半死不活，而那伙人却逃之夭夭了。

塔米梅接着谈到了栽娜卜，把她的遭遇和雅厄姆里之流的罪行联系起来。她还详细地谈到栽娜卜的家乡安卡尔以及南方其他一些地区愚昧落后的状况。

塔米梅进屋入睡前，请求劳兹太太准许栽娜卜今晚和她同住一室。因为她刚刚经受过毒打，需要有人好好照顾。她说，栽娜卜可以睡在她房间里的沙发上。劳兹太太不但满口应允，还安慰了栽娜卜一番，并向塔米梅保证：贾尔迪贝克一定会对雅厄姆里那帮人下手。

第二天是星期日，塔米梅照例要回美哈底看望母亲，但此刻,她不能扔下栽娜卜一人不管,所以她必须一大早就去一趟苏尔邮局,给母亲发一份电报,告知她今天不能回家的理由。

* * *

这是栽娜卜一生中最幸福的一个夜晚。

尽管她还在抽噎,盖在身上的被子随着喘息上下起伏,但她已经忘了身上的伤痛,也忘了手镯和棍子。想到今夜能和塔米梅同住一室,明天塔米梅还能陪伴她一整天,她就感到无比幸福。因为塔米梅温柔的话语,轻柔怜爱的动作,宛若冬日的阳光,给这个自小备受凌辱又被家人当作摇钱树的女孩,带来了无比的温暖和安慰。

清晨,栽娜卜刚刚睁开双眼,就把目光射向女友的床铺,她发现塔米梅的床铺是空的。塔米梅是什么时候出去的?她不会很晚才回来吧?昨晚她已经答应栽娜卜,说她早上会回来。她把被子蒙在头上,等着塔米梅,不知不觉间又睡着了。突然,她被街上的一阵喧闹声惊醒了。每天到了这时候,街上都会响起一片喧嚣声。栽娜卜知道,那是清洁工开着垃圾车,开始清扫街道了。栽娜卜跪在沙发上,趴在窗口向大街上张望,清洁工们正在清运各家门口垃圾箱中的垃圾。他们把废纸和垃圾扫在一起,然后倒入卡车。卡车就停在窗外,触手可及。清洁工的领班正站在卡车上,拿着一根长棍翻腾着垃圾,妄想从中挑出一件可用的东西,或着发现遗落的首饰甚至失落的钱包。这并不是栽娜卜的猜疑。两天前,他们的领班像只公鸡似的伸长脖子,鬼鬼祟祟,东张西望。当四顾无人时——其实栽娜卜早瞧在眼里——他俯下身子，捡起一件亮晶晶的东西，塞进衣袋，然后转身捋捋胡须，高声呵斥别人，以此掩饰自己的所作所为。

今天，这个令人恶心的家伙竟然对这个美好的清晨和可爱的小猫发出了声声恶毒的咒骂。

栽娜卜俯身抓住窗户上的铁栏杆，看见一个清洁工朝卡车上扔了一个厚纸箱。箱盖敞开着，里面露出六七只小猫，有黑的、白的、黄的，还有花的。它们惊慌不安地尖叫着，互相挤压在一起。在这广漠无垠的世界上，栽娜卜感到自己和这些小动物一样，都是弱者，可怜无助，遭人欺凌。她和这些小猫可以相依为命。栽娜卜真想抱过一只，"给我一个黄的！"她几乎失声叫了出来。她真想亲手喂养它，给它喝水，抱它睡觉。可是，卡车上的领班却突然飞起一脚，无情地踩扁了纸箱，还倒上了一堆垃圾。栽娜卜咬紧嘴唇，竭力忍住愤怒的叫声。这时，双手拿着一只帆布袋的卡尔西从屋里走出来，袋里鼓鼓囊囊地装着什么东西。他嘟嘟囔囔地咒骂着：

"这可恶的母猫，跟着你的儿子一起滚吧！"

一个高个子的清洁工接住口袋，把它一下子扔进卡车里。

"把口袋扎紧！扎紧！"卡尔西大声嚷道。

但是，母猫已经逃了出来，一溜烟地跳下卡车，飞蹿到大街的另一头，去援救它的孩子——一只被丢下的小黄猫。栽娜卜的心高兴得蹦蹦直跳。她幸灾乐祸看着卡尔西和那伙人，只见他们气急败坏地跟在母猫后面追逐，一个人摔了一跤，另一个人在声嘶力竭地叫嚷，还有一个人急得直摆手。而母猫带着它的小猫,早已逃得无影无踪了。

母猫不知跑到哪儿去了,难道它把河岸边的乱土堆当成了藏身之处?

卡车载着清洁工跑远了。栽娜卜颓然倒在沙发上,为那些可怜的小生命感到担忧。蓦然间,她发现天已大亮,便赶快起身,把被子搬到厨房里她原先睡的地方,整理好床铺,然后走进盥洗室。镜子里映出自己裹着纱布的头,她不禁自叹命苦,觉得自己孑然一身,独立无助,不由自哀自怜,用手捂着嘴痛哭起来。

* * *

劳兹太太一觉睡到中午才起床,招呼女仆去收拾屋子。栽娜卜刚想进屋打扫,突然大门推开,塔米梅回来了。栽娜卜一见塔米梅,立刻破涕为笑。她自己也不知道为什么一见塔米梅就会这么高兴。塔米梅刚跨进门槛,门外就冲进一只母猫,嘴里还衔着一只毛茸茸的小黄猫。母猫在两个姑娘脚下钻来钻去,两只绿莹莹的眼睛滴溜溜地不停转动,好像在寻找安身之处。它很温驯,既不逃跑,也没有发出咪咪的叫声。栽娜卜举手示意,让塔米梅稍等一会儿。这只母猫突然把身子一扭,带着它的小宝贝儿跑出房间,通过狭窄的穿堂直奔厨房。栽娜卜蹑手蹑脚地跟在后面,看见母猫直奔墙角,钻进了栽娜卜的被窝。她赶紧关上厨房门,跑回女友身边,拍着双手,给她讲了刚才发生的那段趣事。

余下的事情,就是怎样设法得到劳兹太太的同意。如果劳兹太太发现了该怎么办？栽娜卜知道，她向来憎恶这类小动物。

但是塔米梅说，这件事情由她做主，母猫归她所有，小猫归它母亲。对于这种解决方法，栽娜卜感到非常满意。

两人一起为避难的猫咪安了个窝。

七

午后，劳兹太太听见有人敲门。栽娜卜正在塔米梅屋里做作业，劳兹太太不想打扰她，就亲自去开门，暗自思忖这个时间驾到的该是哪位贵宾。

"乌蒂塔！"

劳兹太太提高了嗓门，欢迎这位"不速之客"。

这种拜访并不令她感到惊讶。乌蒂塔声称，她只是来喝一杯咖啡，其实不然。她进门时的表情就很不寻常，似乎露出欲言又止的神色。她一步赶到劳兹太太面前，怒气冲冲地从走廊跨进屋内。她走得很快，带着一阵风，衣裙窸窣作响，真叫人担心那绷紧的衣裙会被一撕两半。劳兹太太看到她这副神态，料想一定发生了什么事情。不料，乌蒂塔却絮絮叨叨地讲起了她在红街电影院看到的电影，还绘声绘色地介绍起了故事情节。

老于世故的劳兹太太不是第一次和这种女人打交道。乌蒂塔已转身看着她，劳兹太太当然明白，她的出现并非偶然——无事不登三宝殿。

乌蒂塔注意到了劳兹太太有所察觉的神情，于是她装作若无其事的样子躺在沙发上,跷起双腿,她喜欢这样的姿势,因为这可以显现出她双腿的优美曲线。随后,她取出手绢,一面擦着胸前的汗珠,一面抱怨天热难忍,同时瞪着两只黑眼睛,在屋子里来回扫视。劳兹太太知道这双眼睛在寻觅什么。

两个女人就这样对峙着,时而相互偷觑一眼,时而曲意奉承,假笑敷衍,她俩都清楚,这是搏斗前的序幕。

乌蒂塔抢先发出了信号:

"你听说贾比尔的消息了吗?"

贾比尔·纳素尔!他也需要乌蒂塔太太来关心?那天晚上他走掉之后,杳无音信。

"他走了以后,就没人知道他的情况,也不知道那桩案子进行得如何。"劳兹太太摇摇头。

"有钱能使鬼推磨。铜钱一响,新娘进房。银圆一递,罪犯出狱。泰米尔·纳素尔到底犯了什么罪?走私?哈,真稀奇!他的儿子什么也不懂,只关心从哪儿弄钱。"

劳兹太太哈哈大笑。乌蒂塔却装腔作势地反驳:

"不要只认钱。世界上还有不少东西也会叮当作响的。"

"你倒说说看。"

乌蒂塔充满恶意地讽刺道:

"譬如心灵。我听见心弦也会发出悠扬的声音,我能从千百种噪声中分辨出心弦的音响。"

劳兹太太长叹一声,继续说道:

"这都是过去的事了,当然,我说的是我自己。你还正当青春年华,安拉在上,我早就变成了聋子。"

她抬头朝墙上那幅画看了一眼。

乌蒂塔没转过头。

她对这个故事很熟悉,不想再听一遍。这个人是劳兹太太爱情浪漫史中的最后一个情人,他抛弃了她,同的黎波里的一个姑娘结了婚,却花她的钱,在那个城里开了一家药店。这就是"新娘出钱,给人家招新郎"。乌蒂塔心里想出了这样一句俗语。劳兹太太有一次邀请乌蒂塔坐着出租汽车,陪她到的黎波里去玩。到了那儿,劳兹太太借口买药,走进一家药店。她每月至少得去的黎波里去玩一次,为了她的药片,她一吃药就想起他,真是旧情难忘。

即便到了现在,她依然不敢直视墙上的那张照片,因为她已经眼泪汪汪。乌蒂塔注意到了这一点,心里犯起了嘀咕:

"劳兹太太是真的哭了,还是想要改变话题?"

说实在的,劳兹太太自己也不知道。

无论如何,乌蒂塔可不像劳兹太太那么善于掩饰自己的感情,如果她抓住一个把柄,就会紧紧捏牢,再也不放松。

"拉尔德教授呢?"

拉尔德教授更不用提了,乌蒂塔叫他"疯子"。在他被判刑那天,乌蒂塔说的话,满屋人都听得见:"如果我是法官,我一定判他无期徒刑加终身苦役。"她不能忍受他的嘴脸……现在,劳兹太太却在袒护他:

"赖姆兹·拉尔德犯了什么罪?他只不过说出了真理。他的笔是支金笔。艾克拉姆·贾尔迪要他写文章揭露雅厄姆里之流。贾尔迪去探监时和他约定,一旦开释,俩人就一起去贝卡省。他要到处走走,亲眼看看,把耳闻目睹的都写下来公之于众。这也是我的看法。"

一阵令人难堪的沉寂。

乌蒂塔先打破了沉默:

"拉尔德教授的房间还包在他名下?"

劳兹太太干巴巴地回答:

"噢。"

乌蒂塔终于不耐烦了,她只能敷衍到这个程度了。刚才进门时,她就听到对面房里有动静,那是栽娜卜和另一位女性的声音。——"肯定是她!"乌蒂塔朝房子对门点点头,盛气凌人地对劳兹太太说:

"那是新来的房客,贾比尔的妹妹吧?我想见识见识她。"

她步步紧逼:

"叫栽娜卜来,给我们倒杯咖啡。"

她得意地注视着劳兹太太,看来劳兹太太只好屈从了。在俩人相持的过程中,乌蒂塔在第一回合便占了上风。劳兹太太出于无奈,只好告诉她栽娜卜和她父亲之间发生的摩擦,还有栽娜卜如何受到贾比尔妹妹的影响等。

可是,家中的消息是怎么走漏出去的呢?乌蒂塔究竟是怎么知道的?看来,她已经摸清一切底细了。

劳兹太太起身去叫栽娜卜。

塔米梅已经穿好了衣服,准备出门。劳兹太太把她介绍给乌蒂塔。乌蒂塔请她坐下,假惺惺地叫她喝咖啡。塔米梅说自己有事要办,急匆匆地朝大门走去,乌蒂塔恶狠狠地目送着她,转身对劳兹太太气势汹汹地叫道:

"安拉明辨一切!"

她咬咬牙,咖啡都没沾嘴,就起身告辞了,眼中的凶光暂时收敛了一点儿。

八

出门的路上,塔米梅随便翻阅着手中的一本《时代》杂志,她的目光落在用大号字印着《母山羊》这个醒目标题那篇文章上。

她开始认真地阅读。这篇文章记载了栽娜卜和她父亲之间发生的纠纷,牧羊老汉的特征,棍子,手镯,女儿的身价,安卡尔村,一切都写得具体详尽,只是作者未提真人真姓。这百分百是拉尔德写的,尽管文章的署名是"阿纳"。这种犀利的词句,一看就知道出自拉尔德的手笔。整个文章就是她向艾克拉姆·贾尔迪讲的那番话,连语气都很像,肯定是贾尔迪探监时,把她说的全部内容都告诉了拉尔德。

他还说了些什么?

今天她也抽时间去探监,想把事情弄明白。她刚一到,拉尔德就从栏杆后面劈头盖脸地对她说:

"回家吧,打上行李,今天就离开那个娼妇家。"

他以讥诮的口吻同她谈起为庆贺她找到工作而举行的筵宴,谈起艾克拉姆·贾尔迪对她的赞誉:"她的文化水平自然是无与伦比的!"这是艾克拉姆律师亲口告诉他的。律师还问拉尔德:"她真的喜欢您的著作吗?喜欢到何种程度?"好像律师想让拉尔德也为塔米梅高兴,或者请拉尔德允许他也对塔米梅……塔米梅想了解拉尔德的看法,并极力为自己表白,以消除他心中的疑团,拉尔德却说:"你从明天起就辞去这份工作吧!""我不放弃工作,也不离开那栋房子!"

* * *

塔米梅去上班了。今天她必须整理出一份关于码头工人禁抽大麻烟的报告。这是总书记白哈杰塔·阿玛尔先生交给她的任务。定稿前他让她再把文字润色一下,不仅如此,他甚至提出要她重新撰稿,让她把自己的想法也补充进去,明天做报告前先让他听一遍。可是,栽娜卜的事总是在她的脑海中盘旋,她无法静心在家工作,现在,拉尔德又扰乱了她的思路。

她怎么能放弃工作呢?

她怎么能离开那栋房子呢?

她觉得饿了,现在已经是午后两点了。她按了下电铃。艾布·阿齐兹整天不是抱着他的半导体收音机,就是埋头看报,这些报纸是他向小姐要来的。虽然都是旧报,但他很珍惜,晚上下班时,都会夹在腋下带回家。

塔米梅的每一餐,不是一盘埃及蚕豆,就是夹心面包,总是那么单调乏味。一个月三百里拉的工资,让她没办法挑肥拣瘦。开学以后,她还会担任家庭教师,那样至少还能挣到三百里拉,但那并不是固定收入,所以她必须在师范学院努力争取助学金。今年已经不行了。她长到这么大,还从来没有想到过助学金。助学金是发给穷人的,她想到过自己有一天也会成为穷人吗?

天啊！"穷并不是缺点。"可怜无知的母亲，她不相信自己的丈夫会有这个缺点。出于对丈夫的信赖，笃信安拉的诚意，她总是向主做祷告，希望安拉能从七重天降临到非洲地狱，把泰米尔拯救出来。在塔米梅看来，安拉似乎允诺过泰米尔："你去走私吧，你让纳素尔家声名狼藉吧，你和女奴们传宗接代吧！让你儿子仿效你，走你的老路吧！让贾比尔代你掌管财务吧！你传授给他那么多必要的知识，就缺一样走私了。放心吧，他能学会的。有其父必有其子。你们父子俩联合起来对付塔米梅吧，警告她，不要忘记美哈底村母亲的面包和她的母鸡的食粮！"

塔米梅吃着埃及豆，咀嚼着她的痛苦。她想到，总有一天哈尼会知道她父亲的丑闻，知道她是走私犯的女儿。

如果他知道她和拉尔德的那种关系怎么办？这太丢人了！

她感到不寒而栗。

这个阴幽的房间，这栋暧昧的房子，还有居心叵测的劳兹太太……她本来就不该跨进这间屋子。

* * *

晚上，塔米梅在房间内润色工会总书记的报告稿，劳兹太太敲门进来。她满脸堆笑，拿着一只打着丝带的精美盒子对塔米梅说："这是给你的礼物。"她要把礼物亲手交给塔米梅。

塔米梅打开盒子，里面装着一只亮晶晶的金表，还有一张精致的名片，名片上用金字印着"高等法院律师艾克拉姆·贾尔迪"。劳兹太太故作惊讶，拿起金表，翻来覆去仔细端详，还要把表戴在塔米梅的手腕上。塔米梅指着金表正言厉色道："请拿走吧！"她把表放回盒子里，又把盒子放在桌上。

劳兹太太还在絮絮叨叨：

"这个星期六，我们荣幸地请他来吃晚饭，我和他说好你也来。艾克拉姆·贾尔迪贝克为人慷慨大方，我生平没有见过比他更慷慨的人。你在他心目中占有特殊的地位，而我……"

她扑向塔米梅，想拥抱她，塔米梅厌恶地掉过头去。

"你是我的女儿，比我的女儿更亲！"

她激动地吻着塔米梅。

九

星期六晚上，衣冠楚楚、容光焕发的艾克拉姆·贾尔迪准时来到劳兹太太家赴宴。劳兹太太早已安排好了一切。和以往不同的，桌子上摆放的，都是由红街最豪华的饭店定做的美味佳肴，铺着雪白桌布的长方桌子布置得非常雅致，还摆着一盆鲜艳欲滴的玫瑰花。

劳兹太太焦灼地在屋里来回走动。塔米梅什么时候才能回来？今天她一点也不合作，明知道贾尔迪教授要来，黄昏时还要出去看电影。她说过，看完电影就回来。

劳兹太太不停地向窗外张望，不时地抬头看墙上的挂钟。

九点一刻……

九点半了……

劳兹太太越发不安起来。兴冲冲的贾尔迪教授见塔米梅没有来，不免有点扫兴。他默默无言地自斟自饮，喝了一杯又一杯。他满怀希望地耐心等待着。赠表是劳兹太太的主意。她亲自去了商场，选择了她喜爱的样式。律师详细盘问了表的下落："怎么样？她都说了些什么？"劳兹太太不耐烦地打断了他的话：

"要紧的是她已经接受了礼物。这只表的价钱简直可以把她的人都买下来了。你想想，七百里拉。"

她又向他重复了一遍表价，想让自己的良心得到安宁。她当然不会说她已经把表价压到了六百里拉，多余的钱被她塞进了自己的腰包。为了这块表。她费神操心，应该得到这笔酬谢。

劳兹太太窥视着律师的神色，见他对表价并不在意，才放下心来。她神色自若地吞下一片药。等得颇不耐烦的贾尔迪教授转念一想，说道：

"我认为她在恋爱。"

"和谁？赖姆兹·拉尔德？你那位穷光蛋记者朋友？难道她爱他那一头无用的长发？真是天大的笑话。凭什么她不爱你的金表和你黄金般的荣誉？"

直到十点钟，塔米梅才慢悠悠地走了回来。

刚才她去了玛丽小姐那儿。玛丽住的那套公寓真好哇！那里有两个房间，一间厨房，既雅致又干净。房子里有一种勤劳朴素、自食其力的气息，室内一切都和谐动人。在玛丽那儿，塔米梅感到自己的呼吸非常畅快，那里的空气是纯净的，人是自由独立的，不会有寄人篱下之感……

塔米梅已经把一切都告诉了玛丽：劳兹太太家，贾尔迪教授，找工作，赠表，还有等她回去陪客吃饭。讲到这儿，她停顿了一下。不，她不能不告诉玛丽她正在热恋，爱得简直发了疯。谁？她未提他的名字。她快乐得眼里闪着光，压抑不住心头的喜悦和激动。

"以后，以后，我会把你介绍给他。"

关于送表的事，塔米梅自有主意。

玛丽同意她的决定，下一步就是执行了。

塔米梅一手拿着表盒，另一手拿着皮包走进客厅。

没等艾克拉姆·贾尔迪起身问好，她就把礼物还给他，并表示道歉致谢，劳兹太太目瞪口呆，吃惊地站起身，想把盒子塞给她，还想说些什么，但是塔米梅转身就走了。劳兹太太追她到门口，被塔米梅正言厉色呵斥一顿。

"别来这一套，工作我可以不干！"

她跑出去，愤愤地把一切告诉了玛丽。

劳兹太太家的门被敲得砰砰响，贾尔迪本想回避一下，但出于律师的尊严没有这样做。他走进客厅，端坐在角落里。无可奈何的劳兹太太扭着肥胖的身躯，慢慢起身打开门。气势汹汹的乌蒂塔猛地把她推开，旋风般冲进门廊吼道："她在哪儿？她在哪儿？"乌蒂塔气得双眼直冒火星儿，柳眉倒竖，两眼圆瞪。她径直朝塔米梅的房间奔去。唉！但愿他正躺在这婊子的床上。她推开门，扑了个空，退了出来。但她还是不放心，又跑回房内，把毯子枕头都扔到地上，又打开柜橱，弄得柜门砰砰直响。然后，她跑到浴室、厨房，又闯进劳兹太太的房间,最后朝"一号房间"奔去。劳兹太太已经把门锁死。乌蒂塔威胁说要砸门,还要叫警察。劳兹太太只能把门打开,看到丰盛的宴席场面,热气腾腾的酒菜,乌蒂塔简直气疯了。劳兹太太一个箭步直奔餐桌,想把金表盒藏起来,乌蒂塔眼疾手快,一把夺了过来。"这是什么?"她打开盒子,看到里面有一只金表,还附着一张名片。乌蒂塔快要气疯了。她是个厉害的尤物,知道自己该干些什么。她旋风般地返回客厅,一手拿着金表,一手拿着名片,把这些东西一股脑地塞在她的情人贾尔迪的鼻子下,然后用尽全力,狠狠地打了他一记耳光,又转身去找劳兹太太。劳兹太太正好从厨房出来,同她撞了个满怀。她勃然大怒,朝劳兹太太脸上狠狠吐了一口唾沫,然后扬长而去。

　　劳兹太太擦着脸上的唾沫,自认晦气,只能忍气吞声。乌蒂塔却扬扬得意,胜利而归。在第二个回合中,她再次战果辉煌。

　　不过,究竟是谁走漏了风声呢?这个奸细是谁?劳兹太太百思不得其解。

十

　　夜深了,在玛丽家里,两个女友还在促膝谈心。塔米梅告诉玛丽,她决定辞去现在的工作,离开现在住的那栋房子。那栋房子空气污浊,充满了令人作呕的霉味。劳兹太太外表慈善,实质上虚情假意……谙练豁达的玛丽竭力劝慰她不要想得太多,让她安静下来。踌躇了片刻,玛丽委婉地说:

"那个男人干的事儿还没有坏到这种程度,不值得你那样做。你不了解男人,表还给他就罢了,工作的事情以后再说。至于住处,你就住在这里好了,两间屋子,你一间,我一间。"

她恳切地说,自从塔米梅来到贝鲁特之后,她早就有意邀她共居做伴了。虽然这样想了,却一直拖延至今。玛丽拉着塔米梅的手走进厨房。

"我们准备明天的早饭吧。"

她打开冰箱,取出了食品。

玛丽真挚的友情似一股暖流,温暖着塔米梅的心房。

玛丽转过脸时,看到塔米梅热泪盈眶,两个女友不由拥抱在一起。

厨房里顿时热闹起来。俩人热切地谈论着今后的计划。

劳兹太太自知理亏,没有坚持要她的房客留下,她也实在找不出理由为自己的行为开脱。这件事情发生后,塔米梅离开这里,也是意料之中的。感谢安拉,在那条母狼赶到之前,塔米梅总算早一步脱了身。

贾拉勒·卡尔西说过的那句话在劳兹太太脑际萦绕:"说不定你们痛恨的东西,对你们来说反而是好的。"她气得咬牙切齿,恶狠狠地咒骂他是"地狱中的魔鬼"。总有一天她会找到机会报复的,那个泼妇乌蒂塔的账也得算清楚。等着瞧吧!这件事肯定是卡尔西一手策划的,而这个策划者就住在她的房子里。

栽娜卜帮助女友捆扎行李,突如其来的离别让她痛苦万分。她的心里好像有千言万语要对塔米梅倾诉。可现在,她又能说什么呢?她拿起塔米梅的鞋子,这是柜子里的最后一样东西了。她看了看塔米梅,然后把鞋子揣在怀里,大哭起来。塔米梅登上了汽车,从车窗里伸出头,亲吻了栽娜卜,在她耳边悄声说了些贴心话。栽娜卜化忧为喜,眼里闪烁出了光亮。汽车开动了,她挥舞双手与塔米梅告别,直到汽车从她的视野中消失。

栽娜卜无精打采地上了楼梯,借口打扫房间,走进了塔米梅住过的屋子。她懒洋洋的,不想干活,只是颓丧地坐在床上,感到形单影只,怅然若失。"大眼睛妈妈"来了,身后跟着"小虎"。这是她们为母猫和小猫起的名字。母猫的名字是塔米梅起的,小猫的名字是栽娜卜起的。两只猫一起跳到床上,依偎在栽娜卜身旁。

十一

塔米梅一直在师范学院坚持学习。她的大学生活过得相当愉快。哈尼·拉耳是唯一能和她分享快乐、分担忧虑的人,也是她唯一能袒露思想的兄长。她不时会去监狱探望赖姆兹·拉尔德,但两人见面时总是感到很别扭,很陌生。他们之间的共同语言越来越少,一层无形的隔膜横在其中。分别时,他们常常发生口角,总是不欢而散。课后,她常和哈尼去海滨散步,或一起去看电影。塔米梅爱看情节曲折的影片。这类光怪陆离的电影颇合她的口味,而哈尼却并不喜欢。塔米梅说:

"看电影时,我好像身临其境,和电影里的主人公同命运,共呼吸。一离开影院,我就回到现实生活中来了。一个人能身临其境地体验另一种生活,哪怕只有短暂的一小时,也是饶有兴味的。"

她和他谈起工会工作，谈起粗野的搬运工，谈论混杂着汗臭和垃圾臭的海风。尽管如此，她还是喜欢她的工作，喜欢工地上的那些穷哥们儿。因为这项工作在精神上赋予了她新的希望、新的安慰和新的憧憬。她到工人住宅区做家访，参观工人食堂。他们吃的是大豆、鸡蛋和辣椒，抽的是毒品——最多的是大麻烟。那些工人大多住在小胡同，或栖身于在码头停泊的船上。他们避开巡警的稽查，整晚都在吸着大麻烟，这让工会为杜绝大麻烟所做的一切努力都付之东流。哈尼感慨不已地说：

"他们过的是另外一种生活。"

他俩经常去听报告，或去俱乐部参加座谈会。卡塞姆·哈拉勒也常和他们一起去。哈尼有不少好朋友，塔米梅已经一一结识了他们：身材魁梧、精力充沛的艾哈迈德·阿德南，哈尼称他为"健康之父"，还有卢特菲·泽哈拉维，艾布·哈马赛，还有金发碧眼、身材窈窕的莱姆雅·莎龙。

"莱姆雅·莎龙陪着艾布·哈马赛，但她的眼睛却老盯着你！"塔米梅戏谑地对哈尼说。哈尼扬扬眉头，没有理会。

这个季节有太多报告会、辩论会、座谈会可以参加，也有太多富有魅力的新鲜事物可以了解。

卡塞姆说：

"贝鲁特像热锅一样沸腾了。阿拉伯各国首都都像热锅一样，最要紧的是我们在热锅里煮些什么。"

艾布·哈马赛滔滔不绝，慷慨陈词。

"自从'六月战争'以来，阿拉伯人被失败压抑得抬不起头来。他们胆怯、退缩了，有时哀求，有时威胁。他们夸夸其谈，空发议论，实力却在逐渐衰竭。而以色列还霸占着西奈、约旦河西岸、戈兰高地和耶路撒冷。以色列的飞机在我们头上吼叫，炸弹在阿拉伯国家的国土上横飞。"

哈尼说：

"黎巴嫩绝不会吝惜自己的力量。"

他盯着地板深沉地说：

"游击队打击了犹太复古主义者，更击中了我们的心灵，他们用子弹唤醒了我们的觉悟。"

塔米梅饶有兴趣地聆听着，她很喜欢听他谈论政治。

* * *

塔米梅还希望能听到哈尼在班上高声朗诵。他在朗诵的时候，目光炯炯，声音洪亮而清晰。但愿有一天她也能进优素福大学工程系学习。他能同意吗？她想坐在他身边，或者坐得离他远远的，坐在课堂的最后一排，两人就像陌生人。她不必同他说话，只要能看着他就够了。看看他神采奕奕的外表，听听他幽默诙谐的谈吐，或者给他写张字条，叠起来，冷不防扔过去。字条上写些什么呢？写她在沙滩上乱涂的东西吗？或者写她在流水账上记的东西……或者什么也不写，就把字条朝他头上扔过去，就像小家伙用石头打她一样。那时，他会转过头来，她也能凝视他的眼睛，那双含情脉脉的笑盈盈的眼睛，于是，世上的一切都变美了，生活也变得更充实、更有意义了……

"我们的阿语教授把'达德'念成'达尔',你应该到师范学院来,和我在一个班上念书,听听我们的教授教你'达德'语。"

哈尼打趣道:

"也许'达德'这个字母本来就是这样,后来它发展了,脱离了'达尔'①。也许你们的教授想从字母表中省略'达德'②,或者想让字母变得苗条一点。"

塔米梅开怀大笑。她和他谈论她的男女同学,谈论她读过的那些书。他俩海阔天空地自由畅谈,又谈起艾布·阿齐兹·雅法维。

"我还没有告诉过你关于我的'爱情故事'。搬运工艾布·阿齐兹·雅法维,是我形影不离的情人。大家把他叫作'带钩的人'。"

她娓娓动听地讲述起来。

* * *

"带钩的人"——雅法维像其他搬运工人一样,肩上总是搭着一根绳子,绳子的一端挂着一个大钩。搬运东西的时候,这个大钩可以勾住口袋,甩在背上。为什么大家会给雅法维起这样一个外号,无从知晓,也许因为他爱把钩子搭在胸前,而不是像其他人那样吊在背后。他愿意别人叫他艾布·阿齐兹。他的儿子阿齐兹,在工会当看门人兼收发员和警卫。我们给他起

---

① 为阿拉伯语字母。——译者
② 同上。

的外号是"狮身人面像"。我一叫他外号,他就说:"对不起,小姐,我不叫'狮身人面像'。"他整天懒洋洋地坐在办公室门口的桌子后面,抱着一个半导体收音机,两眼瞅着天际,若有所思。"'狮身人面像',你在想什么?"有一次,我问他。他朝我转过那张平静的棕色面庞和梦幻般的眼睛,默默无语。

一天晚上,"带钩的人"走进工会办公室,站在门口。他说他想和我说几句话。当时,他儿子"狮身人面像"有事出差了,我一个人待在办公室里。我应该向你介绍一下"带钩的人"艾布·阿齐兹。他身材魁梧,臂力过人,能扛起只有起重机才能扛起来的东西。他长着满脸络腮胡子,面孔乌黑,眼里总是布满血丝,沾着煤灰的大嘴一咧,露出两只凸出的大黄牙。他打着赤足,钩子像项链一样在他袒露出来的宽厚胸前闪闪发光。我叫他走过来说话。

他上前一步,两步,屋里顿时充满了他的身上散发的刺鼻气味。

"雅法维,你不是和我说好,不再抽大麻烟了吗?"

"带钩的人"咬咬嘴唇,嘟嘟囔囔:

"就是为了这个,我才来这儿的,我得告诉你,我不能戒烟。"

我说:

"这样不好!你的同伴都戒了,你为什么不戒?"

他苦笑了一下:

"你相信他们?他们的烟都是从栈房后面小铺的地窖里偷运出来的,他们说戒烟,只是骗骗警察的。他们说政府派警察还不够,工会还派特务来监视工人。他们怀疑你,说那是你的主意。他们还这样说：'这个鬼东西从哪儿掉到我们头上来的！我们要干掉她，干掉她手下的特务！'他们不喜欢你，小姐，不喜欢你。"

"那你呢？艾布·阿齐兹？"

"我不一样，我喜欢你，但我不能戒掉大麻烟！"

"那你先对我说说，你为什么和他们不一样？你先说说，然后再说大麻烟的事。你过来，坐到我身边来，说说为什么喜欢我。"

"我说我不能戒掉大麻烟。反正这是一码事，要么是'她'，要么是大麻烟。她不会回来了，绝不会回来了。现在你懂了吗？"

当时我说，我一点也不明白。我想知道是谁"不会回来"时，他的喉咙哽住了，老泪纵横，也许除了以泪洗面外，他还没有洗过脸。他坐在椅子上唏嘘抽泣，把一切通通说给我听。

他说的她，就是他的女儿。1948年以色列人在雅法，当着他的面杀死了她的爱女。他永远不会忘记那一天在城郊橘子园里发生的惨剧。那天清晨，他的妻子顶着水罐，带着两岁的儿子阿齐兹去泉边汲水。以色列士兵闯进橘子园。他们用枪抵住雅法维的胸膛，胁迫他离开他的屋子，企图奸污他的女儿阿特兰。赤手空拳的雅法维和三个以色列士兵厮打起来。

艾布·阿齐兹·雅法维讲述这个悲剧时，表情沉重，声调干涩，满脸泪痕。

后来，以色列人给他戴上了手铐，把他绑在门柱上，把阿特兰拖进屋里。他听见女儿的惨叫声和他们的咆哮声，心如刀割。咆哮声越来越高，还夹杂着辱骂声。突然传来一声枪响，阿特兰不再出声了。屋里又爆发出一阵野蛮的狂笑声。两个以色列人走出来，给他松了绑，把他推进屋。他看见阿特兰躺在地上，已经死去。一个士兵扑在她身上，还想侮辱她，想得到在她活着时没得到的……艾布·阿齐兹疯狂地扑上去，要撕碎这个野兽。两个士兵把他拖开，把他们的同伴推到车上，车开走了。

"她和你年龄差不多，有和你一样的身材和棕色皮肤，也像你一样，走路时头抬得高高的。我一看见你，就好像看到了阿特兰，所以我喜欢你，可我不能戒烟。"

这个"带钩的人"真的当了我的保护神。两天后，已经天黑的时候，我走出办公室，发现两个搬运工在跟踪我，我改变了路线，两人就不见了。我以为这是我的幻觉，但是，突然之间，我和他们面对面相遇，那两个人凶狠地朝我扑来。在那一瞬间，我看见"带钩的人"扑向他们，好像天兵神将从天而降。他把他们打翻在地，投以老拳，并向安拉发誓，如果以后他们还要加害于我，就要他们的命。

他是从哪儿出来的，我不知道。我只晓得从那天起，他就扔开工作，蹲在办公室门外的台阶上守护着我，只要我在工作，他就不离开那里，如果我外出，他也跟着我，直到我到了车站，上了汽车，他才回到同伴那儿，和他们一道抽大麻烟。

哈尼长叹一声，不胜感慨道：

"这完全是另外一种生活。我对你说过，你喜欢的电影和小说都是精神上的大麻烟。可怕的是，人们过着截然不同的生活。就像现在我在贝鲁特住的这间屋子，我也非常不喜欢，因为这是租来的，它不属于我，我也不属于它。"

"那我们回莫迪尔怎么样?你不是工程师吗?你为自己在贝鲁特设计一栋房子吧。等着吧,我喜欢在那间不属于你、你也不属于它的屋里拜访你,你欢迎吗?"

哈尼窘迫地默不作声。

是什么勇气促使她说出了这种傻话?她想用笑声掩饰自己的窘迫。他佯装没有注意,只是说:

"我想有一天,贝鲁特和世界上所有的人都会变成工程师,不一定要设计房子和大楼,而是帮助造物主重新设计这个世界。"

"造物主助手阁下!"

他帮她掩饰过去了。她笑得更开心了。

他继续说:

"首先要塑造心灵。你不相信人是灵魂的工程师和生活的缔造者吗?"

说这话时,他凝视着她,表情严肃,目光深沉,第一次没有露笑意。他不让她说什么,她也欲说不能。突然,他开口了:

"你想到我家来看我?我们要在贝鲁特的四所大学和学院中成立学生联合会。你参加师范学院学生会吧!你当选学生会领导成员以后,就来我家吧!"

十二

赖姆兹·拉尔德刑满获释。这天早晨,他回到红街的住处,劳兹太太告诉他,艾克拉姆·贾尔迪贝克已为他预付了三个月的房租。拉尔德听了,默不作声,既未表示谢意,也没有加以评论。

在他看来，钱与人们重视的其他东西一样，是不值一提的。

当天在海边，艾克拉姆·贾尔迪请他共进午餐。吃饭时，两人详细讨论了反对休克塔·雅厄姆里贝克的计划，并制定了具体步骤：拉尔德到贝卡省去，在贾尔迪的庄园住一周，在全区巡游一番，然后写下他的见闻。律师交给记者一叠文件做参考，这是一群见证人收集的。但是，拉尔德需要休整几天才能外出旅行，因为监狱生活已经严重损害了他的健康。他面容憔悴，看起来十分疲惫。

晚上，塔米梅在红街灯光黯然的咖啡馆里和拉尔德见面。她在他出狱前一天去探望过他，约定今晚会面。和以往一样，她在他对面坐着，用手支撑着上身。他贪婪地喝了一杯又一杯威士忌，只吃了一点晚餐，只是开怀痛饮。他说自己在狱中只感觉缺少杯中之物。至于女人？女人——他未明确提到她——他轻视她们，他也轻视自己。他不相信爱情。

"你把我写给你的关于爱情的玩意儿都忘掉吧，烧掉吧！"

他说他在狱中长了不少见识，增加了不少见闻。

"我要把这些统统写下来。"

他要发表文章，论述自己对当局、对各国政府、对法院、对监狱、对囚犯的观点，阐明自己对大地上的飞虫和爬虫的看法。

"请相信我，人是世界上最卑鄙的东西。"

他藏在镜片后面那双眼睛似乎蒙上了一层云翳，他的嘴唇在哆嗦，手指神经质地弹着桌子，好像在拨弄琴弦。

嫉妒，毫无疑问，他在嫉妒。他凝视着她，目光中闪烁着邪恶的火光。他要刨根问底。他充满怒气的目光似乎在逼迫她坦白，要她把一切隐私赤裸裸地倾吐出来。

她和他谈起她的工作。她指天发誓，说她和艾克拉姆·贾尔迪的关系没有超越工作范围。不到不得已时，她绝对不会说出礼物的事情。她详细地谈了她住在玛丽家的情况，谈到了她俩在学校的友情，谈到了两家长年累月的旧谊。但是她没谈师范学院，没提大学和学习的事，好像这是与他无关的另一个世界，一个摆脱了丑恶的现实生活、充满美好憧憬的世界。

* * *

塔米梅叙述着这一切，听着自己说话，好像是听另外一个人在陈述。她知道，她忙于说这些，是为了避免即将发生的事。就在这个咖啡馆后面，几步开外，在那间屋里，那张床上……

她感到一阵战栗，不由闭上眼睛。一件童年的往事涌上心头。

在美哈底，她家房子后面的山沟里，有一棵无花果树。当时塔米梅只有十一岁。一次，她想攀上无花果树去摘果子。对这美味的果子，她早已垂涎三尺。母亲曾嘱咐过她，告诉她不许上树，所以，她必须在没有被母亲发现之前抓紧机会行事。她光着脚只顾往上爬，没想到脚底沾着的冰凉的露水让她脚下一滑。她想攀上一根树枝，抓住的却是另外一根。这样一来，她的身体悬在半空，下面就是深不见底的山谷。她挂在树枝上，摇摇晃晃。她想把脚勾在无花果树上，却办不到。这时她已精疲力竭,脚下的深渊已经向她张开了血盆大口。

深渊里,疾风在呼啸,它似乎在呼喊:

"你松手吧!"

她突然松开了一只手,作为对这可怕叫声的回答。是她自己松开了手,还是这只手不听她的旨意,她已经无从知道。现在,她全靠一只手拉住树枝,只觉得天旋地转,气喘吁吁,浑身直冒冷汗,眼睛死死盯着山谷。"妈妈!"她失声惊呼,想闭上双眼,却做不到,只能睁大充满恐惧的眼睛,凝视着万丈深渊。这种恐惧只是一瞬间的事情,她还是活了下来。

这件事情已经被她忘却多年,不知为什么,此时又浮上心头。她只有在和同伴闲谈或笑谈童年幼稚的时候,才偶尔回忆起这件事。后来,她的母亲终究还是知道了,又疼又恨地把她数落了一顿,贾比尔却在一旁幸灾乐祸地添油加醋。那一次,安拉饶恕了她。她发誓,以后再也不干这种蠢事了,可是现在,她好像又开始犯这种愚蠢的错误了……

赖姆兹·拉尔德心不在焉地听着她说话,好像置身于另一个世界。

他正在想他所憧憬的那个时辰,那时他们两人都默然无语。

尽管她在走之前,还想用谎话来为自己寻找一个借口,但最终,她还是身不由己地站了起来,跟着他走到了一个他所熟悉的地方……事毕,塔米梅痛苦地写下了一页日记。

一月二十九日

有生以来,我第一次感到死亡的冷酷。我看见没有灵魂的爱情躺在床上。死亡的爱情像一具尸体,散发着臭味,狰狞可怕。

十三

"全世界的学生都在奋起革命,黎巴嫩的学生,你们什么时候开始行动?"

这是赖姆兹·拉尔德被释放后在《晨报》上发出的第一篇号召。这个号召在许多俱乐部中产生了强烈的反响。它像一颗火星,燃起熊熊烈火,使方兴未艾的学生运动蓬勃发展起来。

黎巴嫩大学刚刚建立不久,机构体制都不完备,还需要不断完善,然而,它充满着一股初生牛犊不怕虎的叛逆精神。在活跃的学生运动中,它成了急先锋。大学生行动起来,提出了要求,并宣布罢课。

师范学院成立了学生们集会和磋商的组织,他们在大厅里和广场上开了多次会议。塔米梅被大家一致推选为学生会的领导成员,因为她工作积极,成绩优秀。哈尼冷静地观察着师范学院的活动。师范学院的学生运动比较自觉,也比较稳妥。因为它远离席卷贝鲁特其他院校的党派纷争的漩涡,它提出的要求也很具体。首先在招生方面,要取消各派人数均衡的规定,还要求普及卫生保健制度,要求提高教员的教学水平,并吸收学生会代表参加校务管理委员会。

尽管这些要求都很正当,但当局迟迟不予答复。罢课者们一再提出要求,却没有任何反应,于是有人提议举行游行,有人认为要坚持自己提出的要求。运动在不断扩大,其范围已从学生运动扩大为爱国运动。学生会组织了一系列报告会,邀请著名教授和学术界泰斗做了关于社会、文化、历史的专题报告,其中有一个报告会是专门论述古代和现代宗派主义的。这是塔米梅提出的建议。哈尼对此也颇有兴趣,很想听听。

塔米梅问哈尼:

"你们大学准备罢课吗?"

"我们认为工程系没必要罢课。"

塔米梅回答:

"你们那儿情况不同,我认为罢课总会因为不同的原因席卷所有的大学的。"

"我们即使要罢课,也必须有明确的目标。在师范学院,你们的要求很正当,我们支持你们。"

关于宗派主义的报告结束后,学生们在师范学院的咖啡馆里召开了一次会议。会上人们不断提到布鲁特美国大学的名字。学生们围在长桌周围。一个学生摊开一份报纸,给大家念着《乌塔路克报》编辑部对美国大学研究生所做的调查报告。这家报纸对研究生院的学生提出了两个问题。

读报人提高了嗓门:

"第一个问题是:对不同教派子女通婚,你持赞成还是反对态度?"

"对文明婚姻,即自由婚姻,你是赞成还是反对?"

全场一片寂静,大家都在侧耳恭听。这个问题提得很及时,很关键。多年来一直藏在大家心头的问题,至今才被公开提出。文章号召有文化的青年一代要用科学的态度来分析这个问题。塔米梅紧倚着哈尼说：

"在弟兄们中间研究婚姻问题和研究跳出樊笼的爱情，看来比我们研究其他问题有趣得多。"

她想问他："你呢？你的意见如何？"这时，一个人挤进会场，硬生生从他俩中间穿过。哈尼抑制住怒火，盯住这个人。塔米梅却把身子闪到一边，佯装没有看见。这个人挤到桌前，重重地把手肘压在桌上，支着头，然后抬起下巴，打断了读报人的话，说：

"名字，名字，报上难道没登人的名字？"

大家轻蔑地让他安静下来，读报人阴沉着脸，注视着这个不速之客。大家嚷道：

"念下去，念下去。"

读报人继续往下念：

"这儿有具体数字说明问题……"

不速之客又插嘴道：

"请你给我们读出这些数字。"

读报人没搭理他：

"绝大多数男女学生都认为不同教派的子女可以通婚，大多数人也支持自由婚姻。但由于教派不同，支持者的人数多少也不同。另一方面，信仰同一宗教的人中也因性别不同而存在差异。下面是调查的主要结果：78.6%的学生支持自由婚姻，21.4%的人反对自由婚姻。"

他略微停顿了一下，让听众能记住这些百分比，然后继续念道：

"这些答案很说明问题。因为它表明了新一代对当今形势和传统观念的立场。它意味着人们的思想已经发生了很大的变化,这个变化的重要性在于,它出现于大学,产生于即将创造新社会的一代精英中。"

会场上爆发了雷鸣般的掌声。一部分人建议在黎巴嫩大学和贝鲁特的其他高等院校也进行一次这种调查,就调查结果提出具体要求,并提交给当局,要当局拟定成法律条文。不速之客用拳头在桌上重重一击,人群中爆发出激烈的争论:

"这些都是废话!"

"数字不是废话?"

"都是虚构的数字!"

"数字不可能虚构出来,数字就是客观事实。"

"事实就是要有具体的人,我要看看有这种思想的人。我要看的是面孔,不是数字。"

"你是什么意思?"

"你指的是什么?"

四周到处是愤怒的斥责声。

"我的意思是,要这些男女大学生的名字,他们父母的名字,他们家属的名字。我只提这个问题,我要求答复。"

塔米梅心里猛地一跳,脸色稍微有点变了。她感到如坐针毡,想离开会场。猛然,这个人转身指着她,粗暴地问:

"譬如塔米梅,你是从美哈底来的伊斯兰教什叶派教徒,你是不是要给从莫迪尔来的天主教马龙派教徒哈尼·拉耳做老婆?"

他粗暴地把手搭在哈尼肩上。很显然,这个无赖在故意寻衅滋事。他的举动就像石子被丢进了水塘,桌子周围的人都骚动起来。所有人的目光都盯住了哈尼和塔米梅。一点红晕倏地从她的脸颊中央透出，很快扩展到眉心眼梢。既含羞又惶恐的心情，逼得塔米梅只想哭。

"把手拿开！"

哈尼努力抑制着愤怒的心情，冷冷地说。他锐利的目光逼视着桌子前面的那个无赖。那个人迟疑了，缩回手，站了起来。

全场鸦雀无声，空气异常沉闷。一场风暴正在酝酿。

这场风波必须平息，于是有人劝解道：

"我们的目的是进行科学探讨，和具体的人没有关系，不要进行人身攻击。"

其他人凝神屏息地仔细倾听。

哈尼的同学谢里夫认为有必要扭转一下局面。为了缓和会场的紧张气氛，他毫不在意地晃动着肩膀说：

"我们这儿就缺《乌塔路克报》的编辑先生。他在这儿就好了，可以给我们解决难题。"

哈尼看着他的朋友，没有吭声。

这时，读报人和他的两个同伴站了起来，他们厉声训斥，把那个无赖轰出了会场。

会议至此告一段落。

哈尼和塔米梅快快不乐地离开了。

哈尼问她：

"你认识他吗？"

"侯赛因·古姆耳。"

她告诉哈尼，那个人是她的远方亲戚，也是美哈底有名的无赖。在她哥哥外出时,他还是她哥哥在美哈底名义上的代理人。

暮色渐浓,哈尼提议坐车去兜风,松弛一下刚才的紧张情绪。

十四

汽车朝的黎波里疾驰。

他俩刚刚离开安托里斯门,一股温暖的海风就迎面扑来。连续几天的阴雨过后,天气已经骤然晴朗。万里长空,一碧如洗,空气十分清新。海边非常寂静,海浪有节奏地拍打着沿岸的礁石。偶尔传来几声汽车喇叭的鸣叫,打破周围的寂静。

哈尼没有提刚才发生的事,也没对那件事加以评论。他想起他的家乡莫迪尔村。他告诉塔米梅,一周以后他必须回去,村里的小朋友正等着他安排节日活动。圣诞节的时候,小学生们要演出话剧《宗教的骄傲》。

"如果葛多姆邀请你,你来吗?"

他很随意地问道,就像问她是否要一杯可口可乐那样。他没有看,脸上也没有任何表情,看来,他正沉湎于自己的遐想之中。

她怎么会不接受……葛多姆的邀请呢?

哈尼勉强笑道:

"编剧是美国学校的老师,镀锡匠哈斯布,他就是来自纳巴特的伊斯兰教什叶派教徒。在莫迪尔村,他和神父们住在一起。他把他的小弟弟马哈茂德从纳巴特接过来了,和他住在一起,这个小弟弟也是他的学生。告诉你,马哈茂德和他的哥哥长得一模一样……两周前的星期日,发生了一桩令人伤心的事。"

哈尼喉头哽塞,声调也变得低沉了。他沉默片刻,转过身子,指着东方的山坡。那面的山坡上,矗立着一尊巨大的雕像。

"那是黎巴嫩女神,你知道吗?或者叫哈里斯女神。上星期日,我们带小朋友去哈里斯瞻仰黎巴嫩女神。大伙儿带着干粮,边走边唱,就这样无忧无虑,心情舒畅地远足,但没想到,那天发生了一桩不幸的事。杰努教员那天有事,没有和我们同去。我们一路唱着歌,步行到一个山谷。一条湍急的河流拦住了我们的去路,大家必须涉水过河。我们几个大人站在小河的卵石上,接应着小朋友们,把他们一个个搀扶过河。我领着大孩子走在前面,没走几步,就听到后面有人呼叫:'哈娜·苏莱曼掉到河里去了!'哈斯布老师立即跳进河里去救孩子,我也飞跑过去。这时,哈娜已经被哈斯布老师救上了岸,哈斯布已经全身湿透,像只落汤鸡。哈娜边哭边指着已经被冲到河中间的马哈茂德。哈斯布老师跳进水里,抱起他的小弟弟,蹚着水上岸。马哈茂德开始手脚抽搐,哈斯布让他躺在地上,尽全力为他做人工呼吸,并派葛多姆到附近打电话找医生。不幸的是,马哈茂德还是离开了人世。哈斯布老师默然无声。我和莫迪尔村民从小朋友那儿得知了事情的原委:马哈茂德和哈娜是形影不离的好朋友,他俩一定要手挽手过河,不料一个人脚底一滑,俩人一起掉进了湍急的河水。哈斯布老师来不及顾及弟弟的安危,先去救哈娜,然后才返身去救马哈茂德,但已经太晚了。"

塔米梅的心情难以平静,她被哈斯布老师崇高的精神深深感动。哈尼突然一笑,又感伤地说:

"本来我不应该向你谈起这件事,因为我想到了你们村里的古姆耳……"

哈尼凝视着塔米梅:

"你们村里的古姆耳就像我们的村长一样,是六十年前土耳其人哈克美塔贝克的徒子徒孙。大学生们要革命,这是黎巴嫩赋予我们的使命。伊斯兰教和天主教徒的纷争一直持续到法国委任统治时期。黎巴嫩独立后,各教派之间出现了和平共处的杂技式平衡的局面。目前各教派联合的时代已经到来。《乌塔路克报》向我们提的问题实质上就是黎巴嫩当今面临的问题。"

突然他刹住了车,说:

"请下车。"

他拉住她的手朝海边走去。红日西沉,寒气袭人。海风夹着浪花飞溅的水珠迎面扑来。塔米梅的心潮像海浪一样,澎湃起伏。

大海的呼啸声震耳欲聋,海风拂面而来,吹动着她的秀发。哈尼拉住她的手,她无意中迸发出一声呼喊:

"哈尼!"

她的喊声,惊起了在他们四周飞翔的一群群海鸥。

她是因害怕而叫喊,还是想向他挑战?抑或是情不自禁地叫出了声?

塔米梅嘴角沾染着海水的咸味,她深深陶醉,感觉自己好像变成了一只海鸥，和群鸟一起，在海洋与长空中振翅高翔。她真想长出翅膀，和她的爱人一起飞向天涯海角。

可是，哈尼突然松开了手，径直往前走。他的身影衬着暗蓝色的天幕，显得分外高大。在黏湿的沙土上，塔米梅吃力地追赶着他的脚步。她喊他，但他并不回头。稍停片刻，面对海风和海浪，她拖长了声音叫道：

"哈尼！哈尼！"

她只听到了海浪拍击的声音和海风的呼啸。她感到一阵战栗。海浪在咆哮，狂风折弯了芦苇纤细的腰肢。她追赶着，追赶着，突然感到瘫软无力，于是倒卧在了沙滩上。

哈尼转身朝她走来。她依旧匍匐在地上，不想起身。他俯下身子，双手抱住了她。她想笑，结果却恸哭起来。

她全身簌簌发抖，哈尼把她抱上汽车时，她伏在他怀里，不说话，只是嘤嘤啜泣。

他轻轻抚摩着她的金发。蓦地，她转过身来，伸开白皙丰满的手臂，抱住他的脖颈。她大胆地拥抱并且炽热地亲吻着他，用哽咽的梦呓般的话语和一行行热泪，倾诉着一直凝聚在心底的思念。

十五

这天上午十点钟，塔米梅应该去师范学院学生会开会，讨论罢课事宜。在当局接受了学生们的大部分要求之后，罢课似乎应该停止了。

不管罢课进行与否,今天塔米梅都不想出去。她要躺在床上好好休息,等玛丽回来和她谈谈。玛丽昨晚和她通过电话,说她有一个紧急的外科手术要做,今晚不能回家。现在已经过了上午十一点了,玛丽还没有回来。

塔米梅顺手拿起一本诗集《恶之花》。她能背诵波德莱尔[①]的大部分诗歌,熟悉诗中描写的无底的深渊、炽热的空气和滴着血与酒的刀刃。她喜欢这些诗,开始翻阅起来。这首诗?不是,不是这首,而是另外一首,和这一首完全不同。那简直是一首歌,是发自内心的歌唱。不是声嘶力竭的呼喊,也不是恶毒的咒骂,那首诗处处洋溢着热爱生活、享受生活的欢乐气氛,充满了田园牧歌式的欢快情调。那首歌在歌唱天真无邪的童年,歌唱无忧无虑的快乐,歌唱大雨后温暖的阳光,歌唱旷野的花朵,歌唱落入网中的蓝色小鸟……她翻啊,翻啊,却没找到那首。

难道她是在别处的诗集中读到过那首诗?吟唱那首诗的诗人是谁?也许是尤特?对,就是尤特。她想站起来,走到屋脚的书架前去找,那儿放着一排好书。但是她感到慵懒无力,又沉重地倒在床上。

她闭上眼睛,想起萨拉哈·莱白基的诗:

"最好的诗就是吟唱,没有修饰也无韵律。"

刺耳的电话铃声惊醒了她,谁会在这时候打扰她呢?她不想搭理任何人,塔米梅不在这儿。这些讨厌鬼,她不在这儿!不在贝鲁特,也不在塞达,不在美哈底。电话铃还在响,持续

---

① 法国著名象征派诗人。——译者

不断,固执地响个不停。

可能是哈尼?她记起来了,她给过他电话号码。她跳起来,拿起听筒。

是赖姆兹·拉尔德!

血涌到了脸上,她感到有些惊恐不安。他约她今晚出去,说等着她。他重复了好几次,说他等着她。她没有回应,挂断了电话。随后,她穿上外衣,准备外出。过了一两分钟,电话铃又响了起来。毫无疑问,这还是他,这次她没有理会。

她出去参加学生会会议。

晚饭时,塔米梅和玛丽推心置腹地交谈着。

玛丽说:

"塔米梅,如果你没有像贾比尔那样专制蛮横的哥哥,也没有像古姆耳那样的哥哥代理人,那么你和你朋友的爱情还是甜蜜的。还是把哈尼和另外什么人从你心上抹掉吧,我希望你的爱人不是他们这种类型的。"

每晚,两位女友都促膝长谈,直至深夜。

十二月十四日

在社会上确立地位之前,我首先必须在生活中确立自己的地位。哈尼不同意我的观点。今天我们又发生了分歧,他说:"脱离社会的生活是不存在的。"

今晚她有些心神不宁。哈尼还在莫迪尔,没打电话来问候她。

她不耐烦地用手敲着旁边的桌子,把桌子上一叠精致的名片一张张抽出来。那都是些出席座谈会、报告会和俱乐部活动的请帖。

有一张请帖是邀请她到维斯塔·胡尔大厅听报告的，报告的题目很吸引人：《青年诗人谈青春》。

她去晚了。这次会议是以贝鲁特美国大学女学生们的名义邀请诗人出席的。塔米梅进去时，主持会议的女主席正在讲话。她站在门旁，环顾全场，然后贴着墙走过去，想找一个位子悄悄坐下。忽然，她瞥见拉尔德坐在最前面一排，不觉全身战栗，立即退到后座。大厅里座无虚席，坐满了女大学生、社会名流和名媛淑女，还有作家、记者和来自各个大学的学生。卡塞姆·哈拉勒看见了她，立即点头表示欢迎，他自己则倚墙站着。卡塞姆·哈拉勒的位子正好在角落里，是别人看不见的好地方……

诗人开始吟诵，圆润洪亮的声音在大厅里回荡，也在人们心中引起了共鸣回响。

革命吧！我愿你起来革命。

对奴役女性的东方，对满口仁义道德的东方，对熏烟缭绕的东方，进行革命吧！

革历史的命，战胜幻想！——不要怕任何人——革东方的命，它把你当成床上的佳肴。

我们这些男人，是个人主义的典型，内心充满着封建占有的淫欲……

妇女们，你们对我们为何保持缄默？为什么？你们中难道没有一个人能面对安拉,对我们给你们的一个耳光回敬两个耳光?

妇女要求的自由首先是爱情的自由。

你有权利对男子说:"我不爱你。"不必感到惊慌,也不要让男子把你的头按在尿盆里。

我们要还女性以女性的肉体,至今,她还在被历史、传统和宗教的桎梏所束缚……

诗人刚刚吟诵到这儿,大厅里就骚动起来,有人跺脚,有人大嚷,有人挥拳抗议,有人吹哨捣乱。

"我们抗议!我们抗议!我们不同意这种观点。"

塔米梅回过头来,看到了侯赛因·古姆耳的一个同学。这些人真是无孔不入。

这个人倏地站起,用尖利的目光环视四周,心怀叵测地挑拨道:

"你们听见没有?你们大男子汉受得了这种诽谤吗?"

邻座的人拉了一下他的袖子,嚷道:

"坐下!"

许多人都露出蔑视的神情,对他喊着:

"住嘴!"

他心有不甘,还在叫嚷:

"我不能沉默,我绝不沉默!我们男子汉的名誉是神圣的,是不容亵渎的!"

维持秩序的女学生从会场的各个方向赶过来。女主席登上讲台,表情严肃地宣布:

"没有比自由更神圣的了。谁不同意,谁就可以滚出去!"她向诗人点头示意,诗人继续念道:

我们要把女性的肉体从种种道德和胸衣的束缚下解放出来。东方的男子把他们所有的道德都紧紧绑在女性的肉体上,而不是绑在他们自己的身上。

东方的男人在撒谎,在偷盗,在作伪。他们在大路上行窃,却把自己装得比天使还要纯洁。他们在女儿或妹妹的抽屉里乱抄乱翻,翻到一本爱情诗,就揪住她们的辫子,像杀母鸡一样杀了她,并把诗集扔在法官面前。

……那些道貌岸然的伪君子还会说:
"我在鼓励妇女们自由恋爱。对,我就是这样!
我鼓励你们去做最美好最高尚的事。
我鼓励你们把自己提高到人类的水平。"

全场掌声雷动,兴奋的议论声此起彼伏。

诗人的演讲在与会者中引起很大的反响。在诗人走下讲台时,大家蜂拥上前表示祝贺。卡塞姆·哈拉勒在人群中挤出一条路,塔米梅趁机溜了出去。

十六

这是"狮身人面像"阿齐兹第一次逾越向小姐问好和"小

姐,听你吩咐"这句话的界限,与她交谈。他走近塔米梅的桌子,请求允许他提前下班。

"小姐,请原谅我。我家的一个朋友从雅法来,正等着我。我要去看看他。"他说。

他让她临走前把门锁上,然后把钥匙放在门口的擦脚垫下。不等她回答,他就已经把钥匙交给她了。塔米梅注视着他,发现他一改先前懒散软弱的模样,变得刚毅自信起来。他的目光中流露出一种她从未见过的大胆神情。他的请求中,有一种不容置疑的自信。她只好接受了钥匙,又低头开始打字。

她感觉到他还在身旁站着,头也不抬地随口说道:

"再见,阿齐兹。"

"怎么?人家都知道你叫我'狮身人面像',小姐,你不会忘了吧?"

她瞥了他一眼。她从未注意过他有这样宽阔的前额。他的额头在黝黑的面庞上闪着亮光,眼睛里露出令人敬畏的光芒,取代了过去那种迟钝、麻木的眼神。

"塔米梅小姐,别忘了,你曾经这样叫过我。"

他转身走了。

* * *

一个小时后,塔米梅收拾好桌上的纸张,准备回家。这时,门口突然出现了艾克拉姆·贾尔迪教授的身影。

他向她问好,说自己是因为有事和总书记约好才来的。他得知白哈杰塔先生不在办公室,就表示要等他一会儿。他说,总书记过一会儿就会来的……他顺便还想问问塔米梅小姐对工作是否满意。

他诚惶诚恐地对在劳兹太太家里发生的一切表示歉意。他问到了她的新家。他知道她和玛丽护士住在一起，他还问到了她在大学里的功课。他翻着桌上的纸张，犹豫、踟蹰，随后突然下了破釜沉舟的决心，不加任何开场白，直截了当地向她提出了求婚的要求。

他说他已经和那个女人断绝了关系，也没太伤害她。他说自己要找一个生活的伴侣和家庭主妇，找一个他在政治斗争中的助手，也为他的女儿找一个小妈妈，为齐娜找一位良师益友。这是日夜萦绕在他头脑中的念头，总之，他就是想找一个妻子。他说她具备这些条件，她所拥有的，甚至比这更多。

他说他不要她马上回答。他要去一趟贝卡省，住一周左右。这次旅行与这个地区的前途有关，和他本人的前途也关系重大。他准备竞选议员。他说，不久人们将读到赖姆兹·拉尔德写的揭露休克塔·雅厄姆里之流的文章。他说，他的家乡和安卡尔、和南方以及黎巴嫩的其他地方一样，都盘踞着封建势力。他继续说：

"我们应该做许多事，许多事。"

塔米梅未作任何回答，就跑回公寓，把一切都告诉了玛丽。她反复地说：

"他说我们应该做许多事。做许多事？这意味着我和艾克拉姆·贾尔迪教授要做许多事。"

然后，她半嘲弄半伤感地哼起歌来。

玛丽半开玩笑半认真地说：

"他给你一周时间，你就考虑考虑吧。"

"我对他说，我不需要时间，也不想考虑。他拉住我的手想亲吻时，我从桌旁抽身起来，他也就扫兴地走了。"

十七

"劳兹太太简直疯了！这个疯子！"

是我自己疯了！我耳软心慈，居然听了她的馊主意。

真是妇人之见。如果一定要向乌蒂塔报仇雪恨，难道必须同塔米梅结婚？

为什么他要进行这次愚蠢的访问？

为什么他不留在办公室？在去贝卡省之前，他应该把所有的事都处理完毕。他本来决定今晚通宵工作，完成他为乌姆兰银行行长写的辩护词——法院规定，本月21日，也就是他从农庄回来的第二天，就要开庭审理此案。到了农庄，他肯定无暇顾及乌姆兰银行行长的事，而要专心与雅厄姆里之流周旋。

乌姆兰！乌姆兰银行！老天爷！

在黎巴嫩最大的银行——安塔勒银行倒闭后，又一个银行倒闭了！真是连锁反应。这种连锁反应震撼着黎巴嫩的经济，在全世界都引起了反响……

众神已经陷入伪造、诡计、偷窃的深渊。

面具已被撕碎，伪装已被剥去，道貌岸然的神灵，最终还是露出了罪犯的嘴脸。

塔米梅有自己的爱情、前途和生活。她才二十岁，我已经快四十了，家里还有齐娜——另一个女人的女儿……

疯了！简直疯了！

乌姆兰银行行长阿尔福尔德戴着一副眼镜，看上去仪表堂堂，文质彬彬。今天早晨贾尔迪去探监时，看见他摘下了眼镜。尽管只有一瞬间，却已经足够看清他的本相了。他真像齐娜放在枕头边的那本童话故事《小红帽》里面的大灰狼。

谁见过狼的眼睛？银行行长摘下眼镜时，贾尔迪觉得自己看到了狼的眼睛。那双眼睛闪着凶残、贪婪、自私的邪光。

艾克拉姆·贾尔迪教授开车回家的途中，这样自我安慰着。

向乌蒂塔报复吗？难道和这个女人一刀两断就算了结了吗？

乌蒂塔自私贪婪，欲壑难填，令他十分厌恶。他已经为她开了一家大型的服装店——"乌蒂塔服装店"，难道她还不满意吗？

如果他一定要结婚，怎么能向一个会影响他名誉的姑娘求婚？几天前，他和劳兹太太沉瀣一气，要劳兹太太向他出卖这个姑娘的名誉和肉体。聪明又正直的塔米梅，怎么可能这么干呢？

难道她真的爱上了赖姆兹·拉尔德吗？

或许她爱上了赖姆兹·拉尔德，所以才拒绝做艾克拉姆·贾尔迪的妻子。

想到这里，一种比嫉妒更刺激、比复仇更迫切、比痛苦更强烈的感情刺痛了他。他的情绪颓丧到了极点。

他无能,他没出息,他失败了。

他不会忘记塔米梅在码头工会门口送别他时脸上出现的微笑。上次参加议员竞选失败后,朋友们来安慰他时,脸上流露出的也是这种微笑。

但是,塔米梅的微笑含义更广,她的微笑中带着讥诮和轻蔑的神情。当塔米梅以透视灵魂的冷漠审视他时,他感到非常恐惧。在这种目光下,他平日为吸引塔米梅而表现出的绅士风度已经荡然无存。在人生的天平上,他的分量等于零。

他是一个失败的、卑劣的男人!

艾克拉姆·贾尔迪抽打着自己的脸颊……也许他应该挨乌蒂塔的耳光,也许他天生就应该挨耳光!

今晚在哪儿过夜呢?要出去,不在自己家里,也不在劳兹太太家,不在任何笼子里。要走出内心的樊笼,逃到天涯海角。

母亲在门口迎接他。他对母亲说:

"今天我出去吃晚饭。"

他进屋去换衣服。

但是,他很快又关上了衣橱门。母亲进屋时,他懒洋洋地躺在床上,只觉得意兴阑珊,万念俱灰。他说自己不想出去了。母亲几次催他去吃早已为他准备好的饭菜,他都粗暴地拒绝了。然而,不一会儿,他又以乞求宽恕的眼神与母亲和解了。他不想伤害母亲。望着母亲憔悴的面容、疲惫的身影,还有哀伤的眼神,他觉得心里实在过意不去。母亲有什么过错?他感到这样还不够,就笑着问齐娜在哪儿。

"齐娜睡了。孩子,你应该结婚,该结婚了。"

贾尔迪对母亲流露出绝望的神色,但她已经走了。

他回想自己的生活,心中满是愁思:妻子死后六个月,母亲就提出,让他尽早再婚。现在已经过去一年多了,这件事一无进展。母亲也懒得和他谈论这个问题。她和他一起说乌蒂塔的所作所为,他就生气。"你应该摆脱乌蒂塔。"她以老年人的执拗脾气每天都会提起她。

整整一年零三个月过去了。妻子的音容犹在,她的声音依旧回荡在他耳边,她的面容也时时在他眼前闪光。他的眼前又浮现出那一幕触目惊心的景象:翻倒在地的汽车,路上的血泊,仰卧的尸体……那天晚上的惨叫声撕破了夜空——当时,他正从贝卡省回到贝鲁特。每天晚上,齐娜发出的"妈妈!妈妈!"的绝望叫声在小房间里不绝入耳,撕裂着他的心。他觉得仿佛有一种凄苦悲哀的空气笼罩着他的全身,让他感到孤寂、凄楚、空虚、愁闷。可怜的小齐娜是多么需要母爱的温暖啊!

他走进齐娜的小屋。

十八

房间里亮着灯。自从惨剧发生后,他们听从医生的嘱咐,房间里整夜都要开灯。齐娜患了阵发性恐惧症,常在夜间惨叫。她总觉得窗帘后面那些黑暗的角落里隐藏着什么幽灵。有时,她会突然发抖,惊恐地叫起妈妈来。

父亲走近小床,看见齐娜睁大双眼,凝视着天花板。

"齐娜,你在看什么?"

她没有跳起来搂住父亲的脖颈，等待他报以亲吻，也没有回答父亲的询问。她柔嫩的棕色脸庞，在屋内黯淡的光线下，像冬云一样灰白。她细嫩的下巴朝着他。她的眼睛——那双酷似母亲的含笑的褐色眼睛——正凝视着天花板。

"你在想什么？"

"没想什么。"

他俯下身子。齐娜叫道：

"爸爸！"

这次，她的声调中饱含着忧虑。一阵令人不安的静寂笼罩着小屋。她停顿了一会儿，问道：

"爸爸！人为什么要活着？"

贾尔迪感到一股寒流朝他袭来，全身的血好像都冰凉了，这正是无情的法官提出的最棘手的问题。过去女儿提出过类似的问题，母亲去世后，她提的问题更发人深思了。孩子是多么天真！过去她问：

"人为什么要死？"

现在她又问：

"人为什么要活？"

过去，他曾经用她祖母的话、用她老师的教导、用她在天主教义上背下来的现成答案来回答她。当时她满意了，或者说，看起来满意了。

人们所以要死，是因为他们要到天上去。她妈妈现在就在那儿。那么，"人为什么要活"这个问题，他该怎么回答呢？

孩子有时会提出一些令大人困惑又引人深思的问题，常常一句话就能打碎成人的偶像,一句话就能扯下人生舞台的帷幕。齐娜今年刚刚八岁,就已经开始提出这样的问题,长此以往,他真的不敢想象。

他笑了,这种笑,是强颜欢笑,还是发自内心?

"齐娜,活着的目的,就是你和我,我们一起生活,相亲相爱。"

"可是有的人没人爱,我知道,有许多人都没人爱他们。"

又是一把利剑戳破了笼罩着丑恶现实的轻纱。她是从哪儿学来的?从《儿童童话故事》里读到的吗?

"你说说。"

"有的人,爸爸妈妈都死了,他们家里没人了。还有的人像西塔那样,他们没有家了。"

"政府会给他们安排父母,安排家的。"

"政府是谁?"

小女孩不能理解。不过,这个问题还比较容易解答。艾克拉姆·贾尔迪是个学者。关于政府问题,他不知做过多少次报告。什么是政府?政府应该怎样?政府的职能是什么?他要给齐娜来做报告……

"为什么政府不到校门口去?"

她告诉父亲,他们校门口的人行道上,有个人拖着流着血的肿胀的腿,向行人伸着手。他的另一只手是断的。

"这是乞丐。"

他说。

他告诉女儿,可以叫政府——也就是叫警察——到校门口去,把乞丐带走。

"把他们带到哪里？"

"把乞丐带到有人喜欢他的家里，我也喜欢他们。睡吧，齐娜。"

她让他吻了一下，但是她躺下去时，并不满意父亲的答案。

* * *

清早，齐娜穿着衬衫，赤脚走进父亲的房间，问道：

"爸爸，月亮在哪儿？"

贾尔迪睁开眼睛，一把把她拉过来。

"孩子，月亮在我怀里。"

她挣脱了父亲，告诉他，老师在班上说：

"十年后，我们要到月球上去旅行。"

齐娜又问他："妈妈在天上，住得离月亮近吗？"她叹了口气，她等不及了，所以现在就想死去，然后到天上去，现在就去看妈妈，现在……

"过来，把昨天学的语文课文背一遍给我听。"

背课文打断了小姑娘的话，却把小姑娘带到更渺远的意境。昨天的语文课教的是一首诗《盲童》，诗人描述一个盲童坐在家门口，询问着：

"白天是什么颜色？小鸟是什么样子？太阳、月亮是什么？大海、天空是什么？……"

齐娜大声地背着诗，一个字也没错。

"爸爸，你说，为什么安拉要造就盲童？"

"在你这样的年龄,不要提这种问题。"

祖母叫她穿好衣服,坐车去上学。父亲还在自言自语:

"孩子,等你长大以后,会找到能回答你的问题的人,也会找到让你满意的人。为什么安拉要造就盲童?为什么会发生地震和洪水?为什么安拉会允许战争和杀戮、传染病和瘟疫?为什么安拉用精神创造了人,却又用双手来扼死他们……"

* * *

齐娜出门上学前,贾尔迪又把女儿叫过来,告诉她,他要去一趟农庄,然后,他抱起女儿,把她举向空中,一次,两次,三次,又亲了亲她的双颊。

"爸爸,我忘了一件事。"

他睁大眼睛问有什么事,齐娜告诉他,她见过一个女乞丐,怀里抱着一个赤身裸体的很脏的小孩,他们身边,到处是乱飞的苍蝇。每天早晨和晚上,她坐车经过十字路口时,都会看见这个乞丐坐在屋檐下,有时还能听到她的小孩在哭。齐娜联想到她的朋友莎尔米。她被学校开除了,因为她家付不起学费。女孩们说,她爸爸是穷人,只付了第一学期的学费,第二学期就付不起了。莎尔米的爸爸是警察,齐娜在校门口见过他好几次。

"政府就是警察,警察就是政府……"

父亲和老师都把齐娜当成小孩,齐娜感到很委屈。齐娜的眼睛像是在说:

"你在撒谎!你在对我撒谎!"

"齐娜,你要我对政府说些什么?"

"没什么,没什么。"

她急忙下楼了。

十九

《晨报》在发表调查报告的前几天,就向读者发布了一则引人注目的广告:赖姆兹·拉尔德先生要去贝卡做巡访。这次巡访既不是按美国方式进行的,也不是一次公费旅行。广告中说:

"他将走访每个家庭,探索人的心灵。他将深入村庄后面,到由愚昧、贫穷和疾病造成的废墟中进行调查。"

拉尔德住在了贾尔迪家里。这是当地唯一的一栋石砌的房子,这栋房子坐落在一个小小的山丘上。这儿有四五个小山丘,屹立在广阔无垠的平原上。

今天清晨,他刚到这儿,就登上平台眺望。眼前是一片荒芜的土地。毫无疑问,这家主人的姓氏,就取自这一片荒芜偏僻的平原,贾尔迪的本意就是"荒芜之地"。

这儿的景色十分荒凉,狂风怒吼,飞沙走石。严酷的大自然对人类似乎怀有敌意,想要把人驱逐出去。

贾尔迪强调说:

"在这里,冬天常常风雪交加,太阳是罕见的稀客,夏天又酷热难耐,暑气逼人。"

这里土地贫瘠,树木稀少。那些黑色土坯砌成的茅舍,蹲伏在旷野上,看上去黯然神伤。

远处出现了一个移动的黑点,那是一头瘦牛,正在田野上徘徊,寻觅牧草。

袅袅炊烟——生活的唯一象征——从这些茅屋顶上冉冉升起。简陋的茅屋和缕缕青烟,勾勒出一幅田园生活的朴素图画。贾尔迪家的屋子有两层。楼下住着在他家的农庄干活的农民,还有他们的女人和孩子。贾尔迪贝克一回来,他们就围拢过来,听他吩咐。贾尔迪把阿巴·纳吉布一家介绍给拉尔德:

"他是我的本家兄弟。住在村东头的农民都是我的本家。他们以种植小麦和药豆为生计。冬天,他们就把药豆晒干,当作口粮。雅厄姆里家族住在村西头,在我们附近。"

阿巴·纳吉布忧伤地说:

"他们种的是金元宝——大麻。"

贾尔迪当着客人的面感激纳吉布:

"你为我们的调查报告提供了丰富的素材。我们一道去看看雅厄姆里家族的土地好吗?"

* * *

翌日,《晨报》发表了第一篇调查报告,题目是《金元宝》。赖姆兹·拉尔德的文章提到了大麻的种植,证实了大麻田的位置,还引用了农民的话,谈到了大麻种植业和雅厄姆里家族控制下的大麻生意,谈到了一些走私集团在国外按他们的意图进行的交易。

拉尔德发动的攻势在按计划进行。

他发表的揭露性文章一篇接一篇：

《在乡村污泥中嬉戏的裸身儿童》

《沾着鲜血的口粮》

《磨尖的匕首和骚乱》

《有权有势的雅厄姆里家族：官家的帮凶》

《贾尔迪家族的被害子弟与无辜的牺牲者》

拉尔德发表了五篇调查报告，结束了他的攻势。最后，他还发表了一篇题为《给政府的照会》的文章，呼吁各位部长到省里巡视一番，亲眼看看黎巴嫩人在幸福的共和国的偏僻地区是如何生活的。

塔米梅颇有兴趣地读了这些文章。第七天，也就是拉尔德教授在贝卡省完成调查任务后，她拿起报纸，看到报纸的头版位置用大号字体赫然登载着以下消息：

《大律师艾克拉姆·贾尔迪教授遭到野蛮攻击》。

《律师协会召开紧急会议，研究对策》。

这则报道的主要内容是，三个蒙面暴徒埋伏在扎哈拉和西图尔之间的通道上，等着大律师和著名记者。他们知道这两个人要乘坐贾尔迪教授的汽车一起回贝鲁特。途中，拉尔德教授在扎哈拉下车，应朋友之邀去吃午饭。汽车经过上述地区时，这伙暴徒从葡萄园窜出来，用棍棒和匕首威胁贾尔迪教授，要他说出同伴的去向，否则就要他的命。如果不是一队巡警恰巧路过这里，他们几乎要把他掐死了。那些暴徒已经逃之夭夭，巡警跟踪追击，抓住了其中的一个。他供认自己是雅厄姆里一派的人，并说出了他的同伙的名字。受重伤的贾尔迪律师被送往美国医院，至今没有脱离危险。

二十

节日来临。

1968年的开斋节和圣诞节接踵而至。那几天，城镇里到处是一派节日气氛。大街小巷彩带飘舞，男女老幼服装一新。清真寺和教堂也装饰了一番。家家户户张灯结彩，到处弥漫着一片欢乐的气氛。所有大、中、小学一律放假。塔米梅也回到美哈底，陪伴母亲过节。哈尼回到莫迪尔，给小朋友们带来一个意外的喜讯。

节日里，小乡村也变得像大都市一样热闹非凡。格都勒村、美尔奇村和邻近村庄的孩子们，都集中到莫迪尔村来参加体育比赛、游艺活动和庆祝会。这些活动是在哈尼的指导和哈斯布老师的带领下，在"咱们的老谢赫①"的祝福中，由孩子们自己组织的。如今，"咱们的老谢赫"这个外号已经盖过了修道院院长的称号。自从伊斯兰教什叶派教长在神父中受到欢迎以后，有些伶牙俐齿的人就给修道院院长起了这样的外号。开始大家只是暗中称呼，后来就逐渐传开了。对于这个戏谑的称号，艾布·安特尔并不介意，还时常捋捋胡须，引以为乐。

哈尼和哈斯布老师着手为节日做好了一切安排。孩子们聚集在修道院的地下室里，因为学校正准备重建校舍，所以，这里被当作了临时学校。孩子们把这个阴暗破旧的地下室变成了

---

① 谢赫，伊斯兰教的长老。——译者

快乐喧闹的天堂。墙上挂着五彩缤纷的图画,那是他们自己的美术作品,墙角装饰着他们从修道院树林中砍来的青翠的槲树枝。体育比赛的日子到了,孩子们在早晨或者在晚上,汇集在广场上游戏喧闹。

中午,他们打开干粮袋,狼吞虎咽地大嚼他们从家里带来的食物。修道院也备有招待客人的饭菜,有热气腾腾的扁豆加菜豆汤,还有香喷喷的苹果和糖果。"咱们的老谢赫"摸着黑胡子,笑盈盈地来看望孩子的时候,孩子们总是会雀跃欢呼。

星期日,校务委员会开会讨论大事,其中一项是由财务委员会做出今年的预算,另一项是募捐委员会的委员们必须在春季筹措到重建校舍的款子。地皮是由修道院捐献的,位于村东侧。那儿有一片杉树,俯临大海,景色宜人,正好位于格都勒村和美尔奇村中间。

* * *

在哈尼一派中,葛多姆在小朋友中间名声最大,威望最高。葛多姆是格都勒村人。莫迪尔村的夏布卜想和他争雄,美尔奇村的泽比格也要和他比个高低,但是都赶不上他。葛多姆天性勇敢,为人正直,诙谐幽默,有卓越的组织能力,因此在小朋友中的领导地位很快就确立下来了。他最先倡议购买圣诞老人彩蛋。节日前几天,他就把这个想法告诉了哈尼。那天,葛多姆兴冲冲地来找哈尼。

"葛多姆,有什么事?"

那个少年摊开了夹在腋下的报纸。报社要在圣诞节为七十名八岁到十四岁的孩子组织一次从贝鲁特到塞浦路斯的旅行,并规定节日前几天发行的报纸作为彩票使用。

葛多姆胸有成竹地说:

"我们向学校财务委员会借了二十五里拉,一起购买了一百份报纸。如果有一份中了奖,我们不去旅行,把奖金交给委员会,让他们为我们每个人订一份报纸,剩下的钱由我来处理。"

孩子们从哈尼那儿得知他们中了一张彩票的时候,高兴得拍手欢呼。按照计划,葛多姆把订报剩下的奖金分成了三份,一份分给格都勒村的孩子,一份交给夏布卜,分给莫迪尔村的孩子,另一份交给泽比格,分给美尔奇村的孩子——每个孩子分到手两里拉,共计一百二十四里拉。自己村子里那份,还给财务委员会二十五里拉之后,还剩下一百九十九里拉。

"我们用剩下的钱买圣诞礼物。"葛多姆建议。

报社在贝鲁特的橄榄树百货公司举行了盛大的庆祝会。上千个孩子和他们的父母都参加了。他们看见圣诞老人从空中徐徐降下,戴着圆锥帽,背着沉甸甸的大口袋,和神话里一模一样。这次活动邀请了军队来协助。他们借给报社一架直升机。直升机在广场上翱翔几圈之后徐徐降落,圣诞老人在雷鸣般的掌声和欢呼声中从飞机上垂降下来。广场上充满天真欢乐的气氛,即使是在贝鲁特,这也是盛况空前的。

在莫迪尔,在美尔奇,在格都勒,都没有直升机,哈尼一派还没坐过飞机呢。尽管如此,他们还是亲眼目睹了圣诞老人的从天而降,就像葛多姆和他的同伴在电视里看到的那样。

* * *

圣诞节前,天气晴朗,万里无云。圣诞节那天,午前十一点,忽然彤云密布,雪花纷飞,转眼间,一个粉雕玉琢的银色世界呈现在人们眼前。葛多姆高兴地宣布,雪是上帝为人们预订的礼物。天气很冷,孩子们的小脸儿冻得通红,但他们还是兴奋地搓着小手,哈着气,用圆润的歌喉唱起了赞美主的颂歌。按照预先的计划,孩子们在地下室里,葛多姆下令,教师们执行,并在一旁巡查。孩子们像一群被关进羊圈的小羊羔一样,互相推搡、拥抱,还不停地叫喊。门关上了。他们从祭坛上取来烛台,点亮了蜡烛。高低错落的烛光,迷乱地摇曳着,把地下室照得一片通明。

突然,远处传来了嘹亮悦耳的号角声。大门洞开,孩子们蜂拥着奔向广场。他们昂头观看,眼里迸射出兴奋喜悦的光芒。只见圣诞老人从最高的一棵橄树上徐徐降下,他戴着圆锥帽,背着鼓鼓的大口袋,银须飘拂,和孩子们在电视里见到的一模一样,与贝鲁特的圣诞老人也没有什么不同,太好了!孩子们欢呼雀跃,欣喜若狂。因为圣诞老人是在飞舞的雪中徐徐降落的,贝鲁特的圣诞老人即使是从六十架直升机上降落的,也没有从雪中穿越来得亲切。

其实,这个把戏非常简单,不过是两个孩子抓住绳子的一端,把扮成圣诞老人的葛多姆慢慢地放下来。此时此刻,孩子们的欢乐达到了顶峰。

二十一

1968年12月26日——令人难忘的一天。

早晨九点,塔米梅和玛丽小姐乘坐出租汽车前往莫迪尔村。她俩商量好了一起去,这是玛丽先提出来的,塔米梅喜不自胜地拍手赞同。

"我把你介绍给哈尼。"

在村中的广场上,塔米梅向一个手里牵着女孩的女人打听哈尼·拉耳先生的家住在哪里。

"是大小伙子吗?他家住在村子尽头。向左拐,路旁最高的那栋房子,门前有棵大杉树。"

两位来客有点儿莫名其妙,不由交换了一下疑惑的眼光,塔米梅追问道:

"哈尼先生,哈尼·拉耳先生。"

"是的,是的,我们都叫他'大小伙子'。小妹妹,全村的人都知道他叫'大小伙子'。"

玛丽笑了:

"你遇见的第一个人会指引你一辈子,是吧?塔米梅,我们到'大小伙子'家去吧。"

塔米梅不想坐车到哈尼家去,因此让出租车司机把车停在了村外。她和玛丽步行,边走边观察,这样才能对莫迪尔村加深印象。村子里,古老的屋舍掩映在路旁鲜艳的蔷薇花丛中,那些房子有的四五栋挨在一起,也有散布的独栋房子,还有六七家小店铺。商店里陈列着很多货品,琳琅满目,天花板上甚至还悬挂着皮鞋和各种日用品,可以供村民们选购。在路上,她们看到青年男女三五成群,身着节日盛装,喜气洋洋地去出席学校召开的庆祝会。向远望去,无边苍穹深邃安静,金色的旷野辽阔坦荡,逶迤的群山凝重深沉。阵阵凉风从山谷吹来,沁人心脾。

"村里最高的一栋房子!"

塔米梅伸手指向一棵耸入云霄的杉树,和玛丽踏上一条陡峭的土路,朝最高的那栋房子走去。这栋老旧的房子由于风雨剥蚀,已经变成了灰色。房子的正面俯瞰大海,前面有一扇拱门,还有一个大阳台。阳台下面,一部分做了凉棚,另一部分覆盖着铁皮,下面停放着那辆"菲亚特"汽车。

"哈尼就住在这儿!"两人说着,来到这栋房子前。

* * *

哈尼的伯母待人和气又慈祥。她端出盛满节日糕点的盘子,盛情款待两位女客,然后又回到厨房忙碌。塔米梅戏谑地用刚刚发现的绰号称呼哈尼:"大小伙子!"这是他对她隐瞒的秘密,他却连珠炮似的进行了一番解释:

"我们每个人都有外号,什么'咱们的老谢赫''船长''水银''狮子'等等。我们这儿的人有给别人起外号的习惯,每个人都有外号,这些外号都和他自己的特点有关系。我不知道是谁给我起了'大小伙子'这个外号,我才五岁时,我妈妈就这样叫我了。"

"大小伙子"挺起胸膛,看着塔米梅的眼睛,接着说道:

"'干杉果',就是你认识的卡塞姆·哈拉勒,我们就给他起了这个外号,今天早晨他还不知道你要来呢。"

塔米梅四下看了看,客厅里的光线很柔和,布置陈设古色古香,风雅质朴。舒适而古老的家具图案,温暖的木质天花板,装饰着鲜花的窗台,所有这一切都令人倍感亲切,让人有一种回到家里的感觉。

"如果你俩同意,今晚就让卡塞姆来这儿一起吃饭。"

对面的墙上挂着一张哈尼母亲的照片。她的脸上半挂着面纱,秋水般明亮的眸子,与哈尼的笑眼一模一样。墙上还挂着一支古老的长枪,这也引起了塔米梅的浓厚兴趣。

哈尼解释道:

"这支枪被称为'易卜拉欣·来也塔',和埃及的帕夏易卜拉欣有关系。这要追溯到帕夏统治黎巴嫩的古老年代了。据我的曾祖父说,在帕夏镇压村民,解除了村民的武装后,我的曾祖父同黎巴嫩人一起奋起反抗帕夏。这支枪就是当时武装暴动时使用过的。"

塔米梅深情地抚摸着枪筒和墙壁。她真想在屋子里面到处走走,走进厨房,看看他的房间,看看他的床,闻闻挂着他的衣服的衣橱,再向他的伯母贾米拉——那个脸蛋儿圆润、说话娓娓动听的慈祥老太太——打听她在给哈尼做什么吃的,还有他都喜欢吃什么。

* * *

十点一刻,临时用作剧场的地下室挤满了村民。哈尼负责接待，把两位女客介绍给他的大小朋友。他拉住她俩的手走到前排，把她俩介绍给他的祖父艾布·优素福。老人已经七十五岁了，但身体硬朗，精神矍铄，就像一棵苍劲的橄榄树，挺拔的鼻梁，正如老人的意志和决心。

塔米梅怀着崇敬的心情凝视着哈尼以及他身旁的老人们。她很想跟每个人说说话。

"这些是我们一派的名誉成员：莫迪尔村、格都勒村、美尔奇村的'图腾'①们。"

哈尼指着老人们说。

"什么？又是外号？"

"这个外号不是我们起的，而是我们的朋友赖姆兹·拉尔德先生在他那本《主人和奴仆》中给他的主人起的外号。卡萨姆·哈拉勒负责解释。"

听到赖姆兹·拉尔德的名字，塔米梅陡然冒出一身冷汗，感到一种无以名状的烦恼缠绕着她。演出开始的头遍铃声响起，接着是第二遍，第三遍……一阵阵的铃声让她心烦意乱。"镀锡匠"哈斯布老师出现在舞台上。他是庆祝会的司仪。他先是致欢迎词，然后提及宗教的光荣和奥斯曼的子孙后代……接着说起由这位亲王完成的统一祖国的大业……他都说了些什么？还说了什么关于莫迪尔的话？塔米梅迷迷糊糊的，眼前好像蒙了一层白翳。卡塞姆提到了哈尼·拉耳的名字，大家都在向哈尼·拉耳鼓掌祝贺，塔米梅也不由自主地和大家一起鼓掌，但是并没有朝他看一眼。……卡萨姆·哈拉勒上台开始演

---

① 图腾，原始社会作为种族或氏族血统的标志，并当作祖先来崇拜的动物或植物等。——译者

讲，题目是"黎巴嫩的两代人"。关于新的一代，他都讲了些什么？她没听进去。现在，他又讲起年老的一代，"防腐的"一代。他微笑着对他的俏皮话表示歉意。掌声响起时，她看到哈尼正看着她，一股热血瞬间涌上她的头顶——哈尼邀请她，难道是为了向她扔石头吗？

塔米梅的脸红一阵，白一阵，她怀着恐惧的心情，尽量不朝哈尼的方向看，只盯着报告人，竭力想让自己镇定下来。她也没有注意玛丽。为什么玛丽要用力握住她的手？她的指甲都嵌进玛丽的膝头了。在这地下室里，她感到气闷，她想出去，她要逃走，她不想再看戏，也不想听报告……大厅里爆发出一阵大笑。孩子们笑出了声，老年人乐得用手杖击地，玛丽笑得前仰后合，瘫倒在她肩上。

塔米梅说：

"我对你说过，他是幽默家。"

她自豪地说。其实她并没有听清那个笑话，只是想说些什么来掩饰自己的不安。报告人继续谈到"防腐的"一代的逸闻趣事，提到了这一代人不可磨灭的功绩。

"我们的'图腾'们！朋友们，相信我，是他们缔造了我们可爱的祖国。你们不知道什么叫图腾吧？图腾是一种神，是奇妙而可怜的神。在遥远的古代，原始部落把图腾当成他们氏族血统的标志。我在美国《纽约时报》上看到，科学家们正在对它进行研究。他们认为图腾实际上是祖先的象征，是年长的象征。我们必须说，部落的长者们都很崇拜它。学者们还没弄清原始部落的年岁是指什么，十之八九就是指整整一生——重要的是，图腾是神圣的……尽管平时人们都不许碰它，但在年终时，人们还是用长矛把它杀了，而且放在火上烤热了吃……世界上新的一代正在革命，黎巴嫩有人发出号召，号召儿子革老子的命。革命是必要的，但是我对你们重申，在我们国家，我们绝不会把我们的父亲和祖父烤热了吃，这是绝对不允许的。"

玛丽会心地笑了，忐忑不安的塔米梅默不作声。

* * *

戏演完了。哈尼领着她们信步走到学校广场，也就是修道院的广场，带着她们绕着古老的檞树林转了一圈，指着檞树说：

"这儿是哈斯布老师小时候和他的父亲镀锡匠睡觉的地方。"

塔米梅情不自禁地靠近他说：

"这儿也是你和琳黛玩的地方吧？你没请她来开庆祝会吗？琳黛小姐在哪儿？"

她本以为他会发出尴尬困窘的笑声，却未料到，他竟然向右转过身子，黯然指点了一下广场后面的公共墓地，用喑哑的声音说：

"在那儿。"

他茫然地看着她，像梦游一般怅惘地说：

"已经十年了。"

塔米梅像被电击了一样，骇然倒退了一步。

卡塞姆来了。哈尼恢复了常态，邀请她们去吃晚饭。玛丽说：

"今晚六点前,我必须赶回医院值夜班。如果塔米梅愿意的话……"

塔米梅很想了解哈尼内心深处的东西。她偷看他的眼睛,窥察他的神色。他为什么不笑?不,他在笑,那只是她的幻觉。但是,她为什么会感到忧虑不安?她没做过多考虑,就突然冒冒失失地问哈尼:

"如果我留下,你送我回贝鲁特吗?"

他正忙着和卡萨姆说话,所以没有回答。玛丽直截了当地说:

"塔米梅在开玩笑。我们坐的出租车正在等我们呢。"

她拉着塔米梅的手向主人告别。

在归途中,塔米梅懊丧地把头埋在玛丽胸前,嘤嘤啜泣。她总是会有这样愚蠢的想法,给他出难题。

两人疲惫地回到公寓,在厨房里啃着干粮。玛丽还在逗她:

"艾克拉姆·贾尔迪教授的手术已经成功。医生允许他接待来客。我去跟他说,我和一个名叫ＸＸＸ的姑娘住在一套公寓里,怎么样?"

塔米梅举起手,捂住她朋友的嘴巴,没有回答她的嘲弄。但是,她躺在床上之后,却又辗转反侧,难以入眠。她凝视着天花板,似乎在寻找那两颗蓝莹莹的星星般的眼睛。

二十二

玛丽对塔米梅隐瞒了真相。

她没有把贾尔迪教授讲的真话告诉塔米梅。律师说，他对自己的那次冒失行为很后悔，而且补充道：

"塔米梅是个好姑娘，但是她不属于我，我也不属于她。"

谈话到此中断了。在去医院的途中，玛丽一直在想：贾尔迪教授为什么两周以来没有再谈论这个话题？天哪，是否因为他已经知道了塔米梅和赖姆兹·拉尔德的关系？她有点幸灾乐祸了！但是，她马上又为自己产生这种卑劣的念头而感到恼怒。

不过，她的恼怒是真的吗？

那种像小偷一样潜入她心房的暗喜是从哪儿来的？

"塔米梅是个好姑娘。好姑娘，好姑娘。"

也许这个"疯"记者和艾克拉姆·贾尔迪教授一起住在农庄时，就向大律师透露了一切。塔米梅曾经告诉她，那位记者是无所顾忌的。他说过："要让说谎的正人君子名誉扫地。"

他是这么教塔米梅的。玛丽不喜欢这个人。在医院，她见到过他两次。他是来探望贾尔迪教授的，进屋时不声不响，坐下时也不开腔，走时和来时一样，从不打招呼。他戴着一副神秘莫测的黑眼镜，仿佛生活在另一个世界里。他呼吁革命，革命，对这个社会时刻心怀仇恨，而且恨得咬牙切齿。塔米梅怎么会爱上他？看来，塔米梅已经生活在幻想中了。

"幻想，诗歌，虚幻的爱情，诗意朦胧的恋爱，爱情的诗篇……这一切都是一样的。"玛丽小姐内心觉得轻快起来。她走进贾尔迪教授病房时，脚步很轻松。

教授坐在床上，头上缠着绷带，右手用纱布吊在脖子上。光线暗淡的房间里，他的眼睛在浓眉下闪闪发光。

她一进门，贾尔迪就向她问好，看来，他正在等她。

"昨天齐娜问起你，她和她祖母一起来看我了。"

那个小女孩真可爱！她爸爸叫她"齐齐"。她长着圆圆的棕色小脸，眼眸聪明含羞，舞姿也特别美——她正在学芭蕾。

"齐齐，给我们跳一下。"

在父亲的一再要求下，她跳了一段芭蕾。突然她停下舞步，天真地询问玛丽小姐什么时候能拆去她父亲头上的绷带。她父亲抚摩着她的头发，戏谑地回答："你亲亲玛丽小姐，你不让玛丽小姐亲你的脸蛋，她就不拆绷带。"看到齐齐，玛丽心头就仿佛升起一片蓝色的星光，清爽又温柔，久锁在心头的母爱像瀑布一般倾泻出来。

玛丽拉开窗帘，打开天窗，让明亮的阳光照进房间。

艾克拉姆·贾尔迪知道，今天应该是她的休息日。他深情地凝视着她，嗅着她身上散发的馨香。这种香味盖过了室内的花香。早晨，她把那些花从室外搬回房间，放置在桌上和四周的墙角里。她在想这一大束晚香玉兰该放在哪儿。

"这束花送来有一个小时了。"

她取下花上的卡片，交给贾尔迪教授。

又是一束花，是仆人送来的，还带着晶莹的露珠。花，花，每天都有美丽又清香扑鼻的花。她一边摆着花，一边啧啧称赞。她笑着，对教授交友的广博不胜钦羡。她走近教授，拿下他嘴里衔着的温度计。贾尔迪教授举起右手，轻轻捏住她雪白柔嫩的手腕，告诉她，他不喜欢病房的花香，在这间屋子里，他只喜欢一种香味。她的脸唰地红了，一直红到耳根。她挣开手,把温度记在本子上。

玛丽小姐已经成了贾尔迪教授的特别护士。医生为他的手臂动手术时,她站在医生旁边,为他包扎伤口。他的肩部骨折,伤口疼痛难熬的夜晚,玛丽小姐彻夜不眠地照顾他、安慰他。手术后的第二天,在关于塔米梅的话题中断两周后,她又开始谈起塔米梅。经验告诉她,感情上的安慰是一剂特效药。另外,由于她和塔米梅的关系非常好,玛丽认为,有关塔米梅的话题,能给他们的谈话增添乐趣。

* * *

但是,贾尔迪教授对塔米梅的话题已经不感兴趣,而且,这个话题好像会让他心烦。他想让玛丽讲讲自己。

他俩就这样随意地交谈,以此消磨长夜。她坐在对面的椅子上,静静地听他讲述自己的生平,又从袭击他的事件议论起政治。"雅厄姆里一伙是贝卡省的瘟疫。"他愤愤地说道。赖姆兹·拉尔德写文章揭发他们的罪行,只是暴露其一斑。他们想杀他,但是不会得逞。即使他们侥幸达到目的,也只会激起更多人的仇视,加速他们的灭亡。

后来,他又谈起自己的生活:他的妻子已经惨死,他很爱她。她是他伯父的女儿,他俩青梅竹马,自幼相互倾慕。根据当时亲戚联姻的传统,他俩结为夫妇。

现在,他最操心的是他的母亲和他的女儿。

他又讲起自己的童年,回忆起恬静的农村生活。他在扎哈拉念小学,在贝鲁特和巴黎上大学,在巴黎获得法学博士学位。他在学院、在街头、在戏院追逐女性。他向她坦白了一切。

一天晚上，他向她提起了乌蒂塔，并做了解释。他告诉她，乌蒂塔在他出事后，想来医院探望他。他让别人向她转达最后的决定：断绝他们之间的一切关系，从此以后不再见她。说到这里，他喟然长叹：

"人的心要分成多少瓣啊！"

贾尔迪仰头倒在枕头上，闭上了眼睛。一种同情和爱怜交织的感觉突然袭击了玛丽的心。但她压抑住自己的感情，默默无言，悄然离开了他。他也没有要她留下。

* * *

贾尔迪闭上眼，几年前的一幕幕景象又历历在目：齐娜，农舍，家乡老屋的平台，还有那个秋雨渐浓的早晨。

秋雨连绵的清晨，他走到平台上，极目远眺被雨水洗濯过的大地。空中飘着蒙蒙细雨，那种景象清幽又寂静。

齐娜也在平台上，那时她才五岁。她已经比他先起床了。她什么时候醒的？齐娜一手打着雨伞，另一手拿着一只杯子，正在接雨水！

她在平台上跑来跑去，像小鸟一样在跳跃。她伸出杯子，又挪近唇边，失望地摇摇头。

她又试了一次，把杯子伸向老远，向左，向右，但还是没有接到。

她跑了两三步，站在平台边沿上，把雨伞和杯子都放在地上，然后朝天空仰起头来。

她张开小嘴，尝着空中飘洒的雨珠。

二十三

塔米梅再次走进那座昏暗的咖啡馆。

她坐在咖啡馆的一角，注视着成双成对的男女顾客。他们有的交头接耳，窃窃私语；有的兴致勃勃，谈笑风生；有的在众目睽睽下接吻拥抱，旁若无人。座位旁边都有高高的屏风，可以挡住邻座的视线。每个座位都是一个小小的独立王国——温柔的爱情乡。微弱的的灯光伴着缠绵的音乐，或如塔米梅所纠正的，是缠绵的音乐伴随着微弱的灯光。她扫视四周，又看看天花板上暗淡的灯泡和装饰墙壁的各种图画，感觉自己就像在翻阅一本以往读过的旧书，有时在回忆其中的某些篇章，有时又在某些段落上停顿下来。装饰着恶俗的纸花罩的红灯、蓝灯、黄灯、绿灯都在闪烁。有一个纸花罩撕裂开了，裂口正面对着她，灯光从破口处毫无遮拦地倾泻出来，就像不忠实的眼睛。

每个座位的桌子上，都放着一部电话机，这是这家咖啡馆的特点。她忽然想起，这家咖啡馆的名字就叫"茶和电话室"。在这儿，侍者会给你端上一杯茶，让你打电话约会。顾客们对茶是无所谓的，就像此刻坐在角落里的那位姑娘。很明显，她关心的是另一件事。侍者在一刻钟之前就给她端来了一杯茶。她正在打电话，茶凉了她也不管，只是把听筒贴住耳朵，倾听着，咯咯笑着，有时轻声低语，然后把听筒紧贴住下巴和胸口，再三亲吻,最后,她抓起钱包,向大门冲去。

另一位额前的刘海儿几乎遮住眼睛的姑娘,正手捧话筒坐在另一个角落里。那个和她通电话的人好像有点可怜,得不到别人从女友那儿得到的安慰和快乐。姑娘不开玩笑,也不娇声低语,取代亲吻的,是愤怒的叫声。她双手交替地翻转着那个听筒,不耐烦地把听筒从这儿移到那儿。她捏住电话线,绞着,敲打着,甩着,忽而双手抓住听筒拼命摇撼,像老师摇晃一个犯了错的小学生的肩膀。电话听筒就像落入狼爪的绵羊,被恶狼翻来翻去,要掰碎它的骨头,然后细细咀嚼……突然,她平静下来,一下扔掉听筒,让它悬在空中。她盯着听筒看了半天,然后重重地把它按在电话机上,最后自哀自怜地号啕大哭起来。

咖啡馆里,人们谈笑风生,缠绵悱恻的音乐伴随着幽暗的灯光。

塔米梅看着手中的电话,怎么回事?他是睡觉了,还是不高兴了?她自我解嘲道:也许是累了。好像过了很长时间,他才走近电话机,又好像费了好大劲,他才抓住话筒,像贴着她的耳边一样小声说:"十点十五分。"她没有回答。他又重复道:"十点十五分。"

十点十五分,拉尔德来了。

她着了魔似的站起来,跟着他走。人是多么复杂而又可怜的动物。尽管她的内心憎恶这种做爱,却身不由己……

* * *

钥匙旋转门锁的声音。

拉尔德走进去,她也跟了进去。

他摘下眼镜,哈哈笑了。为什么这样笑?她没问他。

她自问:看,为什么情人们——包括夫妻在一起要关紧门窗?这能让他们自由一些。那天晚上诗人在维斯塔·胡尔大厅做报告时,讨论过自由,爱情的自由,还讨论过尊严,爱情的尊严。但是为什么他们脱去衣服时,就没有自由,也毫无尊严了?他们脱下衣服时,也剥去了他们在人们面前的虚假面具。

另一个面具——另一种生活。人是戴着多种面具的,人是戴着化装面具的动物。

美哈底和她的母亲,大学和她的功课,哈尼和大海,这个房间和眼镜,都是塔米梅多变生活的多棱面。好像他一摘下眼镜,她就变得赤裸裸了。

"今天从阿姆斯特丹传来的最新消息说,百万人崇拜的偶像——电影明星约翰·里努纳和日本美女横田结婚了。"

他放肆地大笑起来。他喝醉了吗?他伸手帮她脱衣服。

"关门时我想起来了……约翰和横田到阿姆斯特丹度蜜月,到达阿姆斯特丹的第一天,就召开了记者招待会,宣布他们在和平之城阿姆斯特丹度蜜月很幸福,他们希望能在那儿生个儿子。他俩说,他们很高兴,因为他们能通过记者,通过广播电台、电视台的记者宣布,他们要把旅馆房间的门敞开,谁都可以进来看他们怎么做爱。"

塔米梅甜蜜地闭上了眼睛……

风,风,从海岸上吹来的习习凉风。

在蓝色的夜空下,面对着风,她觉得自己的肉体被一双有力的手臂托起来,一次,两次,三次……

恍惚迷离中,她的脑中浮现出另一种情景:

在散发着新车气味的汽车里,她被另一个人拥抱在怀里。代替这盏光线摇曳的红灯的,是那双微笑的眼睛和那令人心醉的一吻。她欲飘欲仙,如醉如痴。

在大海上空,她像海鸥一样长上了翅膀。和海鸟在一起,在大海与天空间回旋翱翔。

* * *

她没注意到白灯已经点亮,而她正赤裸裸地躺在房间里。

她伸手拿过亵衣穿上,然后又穿上了甩在椅子上的裙子。

穿上衣服的她,就像戴上了一副面具——借来的面具。

她站在门口,感觉自己好像忘了什么,踌躇片刻,然后向楼梯上走去。她慢吞吞地下楼,好像一步步在数台阶,一直走到大门口。风从外面扑过来,她裹紧大衣,径直向前走去。

她必须走到大街上才能坐车。这条小巷没有出租车,街灯也很幽暗。她慢慢地走着,只听见自己橐橐的脚步声。

这种感觉,就像夜里一个人走在送殡的行列中。

送殡的哀乐声在她耳边响起,这是沉默的乐声。

队伍在她后面,她在队伍中间走着。

她沉默着,队伍也沉默着。

万籁俱寂,只有沉默的乐声。

突然,一个声音在叫她的名字,这声音犹如惊雷轰鸣,令她毛骨悚然。随着一声吼声,一个影子猛扑过来,一件尖锐的东西直刺她的面颊。她抬起手掌招架,同时大声呼救。伴随着划破寂静的恶毒的咒骂,第二下击打又冲她而来。

"不要脸的贱货,这下一定要宰了你!"

她从街灯下走到十字路口,手上全是血,鲜红的、热乎乎的血在灯下闪着光。

几滴血流到了她的嘴角上。

她舔了一下,那滋味又苦又咸。

这是生和死的滋味……

二十四

塔米梅哥哥的代理人侯赛因·古姆耳击中了目标,第一下刺得很准,正好刺在塔米梅的脸颊上,一道垂直的伤口,从眼睛下方一直延伸到耳边。第二下被她用手挡住,没有击中头部,而是落在袖子上,只在手腕上留下轻伤。

为什么行凶的人不把这件事做彻底?为什么不干脆把她宰了?第二次刺过来的时候,就是这么叫嚣的。

"革命吧!但愿你起来革命!"诗人是这样号召她和她的姐妹们的。

怎么革命?去游行或者贴标语!

在哪儿?在大街或在广场上。

她革命了,这就是革命的代价。

她捂住脸回到公寓,又打电话到医院。玛丽小姐连忙带着医生过来给她救治。医院里人多嘴杂，除非一定要去医院不可，不然在这种情况下，到医院就诊是不明智的。医生查看了伤势后，叫她放心。安拉保佑，伤势不重。

医生走后，玛丽连忙安慰她。

"伤口会恢复的，不会留疤。相信我吧，伤口不会留下疤痕的。"

出于高贵的同情心，玛丽用温柔的话语和亲切的微笑竭力安慰她，塔米梅扑在她怀里，痛哭着向她坦白了一切。

第二天早晨，医生来为她换药，她坚持要在镜子前面打开绷带，想看看伤口。看到伤口之后，她的脸上显现出恐怖的神色，只感到一片空虚。大家屏息凝神，屋子里一片肃静。

玛丽首先打破了沉默，开玩笑地和她打岔。

"晚饭你做了什么吃的？今天中午我有事，在医院吃午餐，扔下了你一个人。大夫，她可是个好厨师呢。从今天起……至少有十五天，可怜的玛丽可以吃上热饭菜了。大夫，小姐还擅长写诗呢。"

医生也来解围。他瞥了塔米梅一眼，笑道：

"真的，塔米梅小姐。玛丽小姐对我说，你整夜写作，晚上应该休息啊。"

塔米梅一声不吭，心如刀绞。

大家约好，塔米梅的伤口愈合之前，不会让她出门。两个人都祝她早日痊愈。她能痊愈吗？他俩走后，塔米梅又站起来，走到镜前。她很想拆掉绷带，仔细看看自己的脸。她不是瞎子，玛丽在骗她，医生也在骗她。伤口扎得很深，面积也很大，伤口愈合时，皮肤肯定要皱缩起来的。

这一来，自己不是要破相了吗？塔米梅伤心欲绝地倒在床上痛哭起来，不仅仅是因为担心失去美丽的容貌，更多的是哀怨，一种久久绝望后的哀怨。

她已经被打上了烙印。从此，她将带着这烙印——刻在脸上的明显标记——去见所有的人。如果她出现在师范学院，或者会场和大街上，人们都会注视着她，用手指戳着她的脊梁骨：这个妓女！这就是证明！

这千万只手中，有哈尼的手，千万双眼睛中，有哈尼的眼睛。古姆耳刺伤的好像不是她，而是那双含笑的眼睛，那双眼睛的灵光被永远熄灭了，从此他的眼睛不再对她闪烁出笑意，永远不会了。

对她来说，这就像熄灭了心中的明灯，心中的太阳。

她越哭越伤心，好像要把这么多个日日夜夜魂牵梦绕的酸楚，一下子倾泻出来。

这个凶手为什么不把事情做得更彻底呢？为什么不一刀结果了她呢？

她只是众多受难姐妹中的一个。每天她们都在家里、在大街上被伤害，有的人还被扔到垃圾箱里。

侯赛因·古姆耳没做利索的事，正是她现在最想完成的。

怎么做？办法有很多，匕首、毒药、阳台……什么办法都可以用！

她的脑海中闪过一个念头。玛丽挂在厨房的小药箱里放了一些急救药。这些急救药中，有一瓶药水可以让她得到真正的解脱。

她跑进了厨房……

晚上玛丽回家时——她特意早点回来的——正诧异塔米梅怎么没像平时那样来接她。进门之后,她叫了一声,但没有人答应,她的心里立刻泛起疑云。她跑到塔米梅的房间,发现房门已经反锁,敲了一下、两下,没人回答。玛丽不觉惊恐万分。

难道她……

玛丽后退一步,用尽全力,把门撞开。

眼前的一幕让她惊呆了。

塔米梅躺在床上,僵卧不动,身边放着一瓶碘水。玛丽惊慌失措,马上跑到电话机旁,接通了医院的急救电话。

第三章

主啊，为什么我呼唤你，你却不答应？

——哈吉安斯

一

塔米梅没有完成她想要做的事。她躺在床上，女友玛丽彻夜守护着她。医生让她吃药，还让她喝一种味道令人作呕的药水。

她的嘴唇，交织着生与死。正如曾经的那一天，那一刻，美哈底的无花果树上曾经有过的生死搏斗一样。

1968 年 12 月 28 日

我想把生活吐出来，他们却强迫我吐出我吞下的死亡。为什么玛丽回来得这么早？难道她不能迟点回来吗？为什么深渊在母亲的手臂前消失了？为什么？

远处沙滩上的浪花本想让黎明的曙光最后拥抱一下自己，随后就消逝，但是，执拗的命运又把它重新卷入湾流，让它再次拍击肮脏的码头堤岸，推拥城市的垃圾。

她睡得迷迷糊糊，但她心里明白，自己是烧昏了。在半昏迷状态中，她的眼前交替出现各种幻景：美哈底，塞达的学校，红街，劳兹太太。这是红街还是安德里斯大门？她听见有人叫她：

"甜美的原野之花！来吧，甜美的原野之花。"

她极力想弄清她在哪儿，但睁不开眼睛，眼皮沉重得像铅块。她明明看见劳兹太太在她面前忽左忽右地闪现，好像有几十个劳兹太太围住她。她们亲昵地跟她说话，向她做手势。她们每人额上都有一盏红灯，里面有熄灭的蜡烛。她们的脖子上还挂着用老鼠做成的项链，老鼠的眼睛闪着钻石、翡翠、绿松石和玛瑙的光芒。

"来吧，甜美的原野之花。走近一点，让我们给你戴上项链。"

其中一个劳兹太太脱下项链，把她套住。

"我要闷死了！我要闷死了！"

塔米梅双手拍打着被子。玛丽走过来，为她盖好被子。

"睡吧，睡吧，你应该睡觉。"

她恍惚看见自己离开码头……但是今天她没去上班。她记得很清楚，她今天没去上班。那她怎么会到码头去的？她在码头的马路上走着，看见肥大的老鼠从墙洞里钻出来，从地下室爬上来，从船舰中窜到岸上，还排着队。

老鼠和她一起走。她拐弯，老鼠也拐弯。她走过一条街，最后躲到了拱门下——毫无疑问，她这是在展览馆市场，不然这些拱门是从哪儿来的？——在拱门下，一个婴儿在一块破布上不停地翻身，老鼠就在这块破布上钻来钻去。

搬运工们仰卧在水泥地上打鼾，老鼠正在拨弄他们的胡子。老头蹲在墙角拼命地咳嗽，老鼠舔着他们的痰。

一个少年躲避着一个变态狂的追赶，少年踩到了老鼠，老鼠发出可怕的吱吱叫声。变态狂追上了少年，她想拦住他，没想到，那个家伙却朝自己扑了过来。她拼命地逃了。

老鼠也跟着她跑……还超过了她……

成群的老鼠登上了宫殿的台阶——颇有几分庄严地登上了台阶。

它们盘踞在银行大门上，把尾巴缠在铁栏杆上，摇摇摆摆。看，老鼠正攀上教室的大圆顶，爬上大礼拜寺的尖塔。胜利万岁！胜利万岁！悲鸣的钟声响了起来，响彻长空。

塔米梅睁开眼睛，玛丽在哪儿？她的额头上汗水涔涔。她想抬起手来擦汗，手抬起来，又无力地垂在胸口。听！那是什么声音？

是心脏怦怦的跳动声吗？

还是敲门声？

抑或是钟摆的嘀嗒声？

她注视着对面墙上的挂钟。这是她搬过来那天送给玛丽的礼物。

"你难道不知道米哈依尔·努尔迈[①]写的《喔喔钟》的故事

[①] 米哈伊尔·努尔迈，黎巴嫩著名作家，也是叙美派的代表作家之一，对新阿拉伯文学有重要贡献。——译者

吗？我读过这个故事，非常喜欢，就想到这件礼物，为你买了喔喔钟。这座钟是用公鸡的喔喔啼鸣来报时的。"

"喔喔！喔喔！"

撞击声越来越响。墙壁开裂，天花板被戳破，掉在她头上。

"把窗户关上！把窗户关上！"

她惊恐地大叫。

玛丽从厨房跑过来，看看发生了什么事。她摸摸塔米梅的额头。塔米梅盯住天花板大叫：

"窗子！窗子！关上窗！堵住天花板上的洞！乌鸦！乌鸦！"

"你在说胡话，塔米梅，睡吧，我跟你说，你一定要睡觉。"

她拍拍塔米梅的肩头。

但是乌鸦还在用黑翅膀拍打着窗户，用嘴啄着窗户玻璃。

"你们没看见它丑恶的嘴吗？它的爪子悬在你们头上。它要从天花板上落下来。你们没看见它蓝色的爪子正悬在你们头上吗？"

突然，乌鸦冲进了屋子里。

它们是从哪儿进来的？

黑压压的一群乌鸦在床上盘旋，又俯冲下来，快要掉到她脸上了！她霍地从床上跳起来，穿过乌鸦群，窜出窗户，在空中遨游……

很快，她落在了烈士广场上。"带钩的人"雅法维跟在她后面，挥舞着绳子，绳子的影子越过她，在空中舞动，驱散了追赶她的乌鸦……

空气突然变得稀薄了。她感到呼吸困难,想停下喘一口气,但是,她身不由己地走到纪念碑前。老鼠围着纪念碑的台基,满地乱爬,爬满了烈士广场。广场空寂冷清,空无一人,没有汽车,没有口哨,也没有喇叭声。

只有死寂的月亮照着广场。

老鼠在月光下嬉戏。成群的老鼠从山上跑下来,从海底爬出来,从四面八方聚拢过来,在烈士雕像下游戏,又在雕像的腿上、肩上、头上爬来爬去,围着他们的脖子,啃着他们的眼睛。

广场的四面八方好像都在摇晃。

"我们的广场!"

老鼠吱吱地叫着。它们在狂舞,在跳跃,一个跟着一个。

它们在地上滚来滚去。

尾巴翘上了天空。

脑袋杵着大地。

成堆地翻滚,又笑又哭。

在死老鼠身上,它们抱卧在一起,又不断出现新的小老鼠。

一只领头的老鼠直起两只脚,立在纪念碑顶上,贼眼滴溜溜地转着,扭着肥胖的躯体,张牙舞爪。它刚要扑下去,雅法维已经伸出铁臂,用铁钩一下子就把它钩住了。

塔米梅目瞪口呆。忽然,那条绳子围住了烈士雕像,绳子的影子在苍穹划出一个奇异的弧圈。

* * *

喔，喔，喔。

天亮了。

天色有些惨淡。天空中翻腾着令人感到压抑的黑灰色云层。这一天，发生了一个重大事件——以色列人袭击了贝鲁特的国际机场。大兵们由战斗机保护着，从空中降落。他们烧毁了十三架停在地上的民用飞机。以色列人扬言，这是对巴勒斯坦敢死队队员在雅典袭击他们的一架飞机而进行报复。以色列人的行动是在夜里一两点钟进行的，他们没惊醒主人，也没有遭到任何抵抗。

二

在大学生们看来，机场事件十分严重。他们为祖国失去尊严而感到耻辱，人人同仇敌忾，义愤填膺。他们提议罢课，得到首都、中心城市以及穷乡僻壤的学生们的热烈响应。学生们向当局提出了具体要求：首先，必须彻查机场事件，其次，要在全国实行义务兵役制。当局迟迟不予答复，学生运动很快从罢课发展成静坐、绝食和游行。政局动荡，内阁辞职，新内阁取而代之。政府派军队包围了学校，禁止学生外出。传播知识的学府变成了监狱。

塔米梅蛰居在公寓里，感到度日如年，烦闷不已。她的伤口没过几天就痊愈了，但是伤疤还在，这更让她心烦意乱，不时站在镜子前端详。

她猜得对，在有亮光的时候，疤痕很明显，她完全猜对了。

善良的玛丽不住地安慰她：

"我给你扎上绷带。如果有人问起，你就说脸上长了疮。等伤疤完全平复之后，再把绷带拆掉。我跟你说过，过一段时间会好的。让我来给你想办法。"

玛丽像一个大姐姐一样细心照料着她，还不时为她讲笑话解闷。埃米娜来探望女儿，玛丽编了一套谎话，老实的母亲居然相信了。为了让塔米梅安心休养，玛丽去医院上班时，就拿起电话听筒，让电话处在占线状态，切断外界与塔米梅联系的渠道。玛丽在家时，电话就由她来接听，回绝对于塔米梅的各种邀请。她总是说：

"塔米梅小姐在美哈底，要等到大学复课时才回来。"

塔米梅独处一室，犹如一只困兽，心情焦灼。她只能夜以继日地啃着一叠叠报纸来消愁解闷，不论是阿文版、法文版，还是英文版的晨报和晚报，什么都不放过。她看着报上那些激动人心的消息，感到再也坐不住了。她的心早已飞到学校，她想参加学生会的活动，和哈尼一起，和大家一起，投身于火热的斗争之中。

但是，她与哈尼之间已经竖起一堵无形的墙。带着这道耻辱的伤疤，她怎么有脸见他？用什么办法才能掩盖侯赛因·古姆耳的恶行留下的痕迹呢？难道让她撒谎，说这是对《乌塔路克报》的调查进行辩论而造成的后果？

只能祈求安拉庇护了！

这是何等的奇耻大辱！她用手羞愧地遮住脸。不可能！她不可能堕落到这种地步，不会撒这种弥天大谎。哈尼不会知道的，不能让哈尼知道。对她的诅咒，她自己一人承担。但是这诅咒不仅针对她、也是针对他，针对所有人的。

她落寞沮丧，心灰意冷，感到无地自容。

一天早晨，她对玛丽说，她要去美哈底休养几天。玛丽用令塔米梅感到满意的方式为她扎好了绷带。

去美哈底之前，她必须绕个弯到工会办公室一趟，去取锁在柜子里的文件，然后把柜子钥匙交给白哈杰塔先生。工会给她一个月病假，但是假期也可能无限期延长。如果工会需要雇用另一个秘书，就需要打开那个柜子，因为里面锁着不少档案卷宗。

已经上午十点了，办公室里却空无一人。她很诧异，为什么办公室的门还锁着？阿齐兹每天八点前就会把门打开的。这个"狮身人面像"到哪儿去了？

她跑到邻近的办公室，想打电话到总书记家询问，突然白哈杰塔魁梧的身影出现在门口。他为塔米梅开门，并告诉她：

"机场事件发生后的第二天，'狮身人面像'就不辞而别了。他在办公室给我留下一张纸条，上面写着：'我走了，不一定什么时候能回来。'我问他父亲，他去哪儿了，他父亲告诉我：'阿齐兹参加了游击队，为妹妹报仇雪恨去了'。"

三

哈尼·拉耳和他的同学一起热情地投身于当前的斗争之中。他在大学工程系和其他系的学生会骨干中进行活动，并到其他大学去联谊。罢课已经全面展开，事情千头万绪：委员会开会，发表声明，做报告，办广播，出墙报，到各处召集会议。一切都带着浓厚的火药味，体现了学生运动的激烈和单纯，也暴露出青年人偏激的弱点。四所大学发表声明，宣布声援罢课，号召不同语言、不同国籍、不同政治派别的学生们行动起来，汇成势不可当的洪流。可是没过几天，学生运动就失去最初的纯洁性，一泓清水被混进来的形形色色的政治渣滓搅浑了。从派系团体刮来的阵阵阴风，从下流场所散发出的污浊臭气，玷污了纯洁的学生运动。利欲熏心的野心家和政治掮客混进了学生队伍，出于他们的私欲和党派利益，对学生运动进行操纵，把学生们的头浸进意识形态的染缸，从极左的颜色染到极右的颜色。

哈尼和朋友们多次召开会议，商榷学生运动事宜。在学生们中间，民族的良知在觉醒，很多人都在摸索前进的道路。大多数人尽管表面上有知识，但实际上还是被陈腐的观念所束缚，因而显得思想迟钝，行动盲从。执政者们懦弱无能，对于动荡不安的形势，只能提出委曲求全的妥协办法，否则就一筹莫展。单纯的学生们却兴高采烈。在国际上，他们为联合国安理会一致通过关于谴责以色列野蛮侵略行径的决议而叫好。在国内，民众向政府提出的部分要求已经被满足，学生也为此欢呼。他们拥护义务兵役制草案，声明他们全力支持游击队，而其他要求……

哈尼用沉稳有力的声调说：

"民众的其他要求即使不能马上实现，也应该让学生了解它的内容，这样才能决定赞成与否。这绝不单单是政府的事。"

学生们希望提高学生运动的水准。在阿拉伯大学和美国大学，部分学生在教室中绝食，有几十个学生因饥饿昏倒而被送往医院。只有他们的亲戚才来过问他们，其他人都留在教室，能坚持的尽量坚持。一天，两天，三天，他们终于坚持不住，倒在床上。当局害怕工人也参与进来，所以出动全副武装的军警把学校团团封锁。这些政治消防队员们在竭力扑灭大学校园内的革命火种。就这样，工人和其他阶层的人们只能远离广场，远远观望学生们的情况，就像观看电影广告一样。

学生运动面临夭折的危险。有人提出：

"我们要复仇！"

各所大学的学生意见不一，校园内外纷争不已。

* * *

那天晚上，哈尼应邀去了"辩论俱乐部"，出席"自由学生联盟"召开的辩论会。

这是贝鲁特几十个俱乐部中的一个。所谓辩论就是在开会期间让大家充分发表意见。被邀请的政界人士、学者、学生、艺术家、工人齐聚一堂，这就使得大会带上了全民团结的色彩，符合时代的潮流。

哈尼和他的朋友卡赛姆·哈拉勒、艾哈迈德·阿德南、卢特菲、泽哈来一起走进会场。哈尼环视了一下——会场里大约有五百人，其中有各大学的学生，还有为数不少的中学生，有的看上去还不到十五岁——这里到处人头攒动，满是喧闹声。很明显，他们当中，有的人是来看热闹的，也有的是来挑衅寻事的。但是，会场的气氛还是非常热烈、明朗、欢快的。他选了一个座位坐下，朋友们也围着他坐了下来。

讲台上摆着一张黑色的长桌，桌子后面放着三把椅子。桌上有一只手铃、一个水壶和三个水杯。有人在第一排与讲台阶梯间来回走动。过了一会儿，从侧面幕布后面走出一个中年人。哈尼和他的同伴们都没见过这个人。他也是学生吗？这个人又矮又胖，满脸横肉，脸上堆着假笑。他蹒跚地走出来，会场上响起了致敬声和对"自由学生联盟"的欢呼声。他举起双臂在空中交叉，表示团结战斗，然后鞠躬致谢，头都快碰到桌子了，随后又把头发猛地朝后一甩。他向来宾致欢迎词，并要大家推选一名大会主席。话音刚落，坐在大厅侧面的一名学生就站到了椅子上，用响亮的声音宣布：

"在这儿，我们大家都是兄弟。我们心里都明白，谁有资格得到这份荣誉。他应该是我们进步运动的先驱，是我们光荣旗帜的旗手，是我们无可争议的领袖，他就是'自由学生联盟'的主席。我代表大家提议……"

不少人举手表示赞同。

"我们同意！我们同意！"

许多人鼓掌，也有不少人举手高呼，要求表决。有人抗议道：

"我们没有领袖，我们不晓得领袖！"

全场哗然。

俱乐部的"消防队员"跑来维持秩序，反对者安静下来。"自由学生联盟"的主席登上讲台。

随后，他们用同样的办法确定了两名秘书。尽管存在分歧，但主席还是行使了职权，摇铃帮助维持秩序。这时，前排站出一个人，主席和他握手，表示祝贺。随后，主席转向来宾，说联盟已从各地收到不少来信和电报，他要右边的秘书宣读一下从的黎波里、塞达、扎哈拉、苏尔、纳巴特，甚至从大马士革和开罗寄来的信。这些信件都要求学生坚持罢课，坚持斗争，直至胜利。

"斗争到胜利！斗争到胜利！"

主席叫大家安静下来，他自己正襟危坐，向大家做起报告来：

"今天在这儿聚会的不是刚出娘胎的毛孩子，而是走向未来的男子汉！（掌声）未来的大门已被关闭，我们宣布要罢课一年。我们是新一代的先锋，要打碎身上的枷锁！（喊声：我们要打碎枷锁！我们要打碎枷锁！）我们决心坚持斗争，不管付出什么代价，我们决不后退。"

他讲了大约二十分钟，越讲越兴奋，额上渗出了涔涔汗珠，脸上也泛起了红光。他的报告在听众中引起了热烈反响。演讲完毕，他让联盟研究委员会代表发言。一个又高又瘦的人跳上主席台，他那张像鸟一样的尖尖的瘦脸上戴着一副眼镜，眼里射出阴郁的光芒。他拿着一叠纸，冷冷地向大家宣读：

"贝鲁特有四所大学。贝鲁特美国大学于1866年成立，格底斯·优素福大学于1875年建校，附设高等师范学院的贝鲁特大学于1953年建校，阿拉伯大学于1960年建成。格底斯·优素福大学在1954年还成立了东方研究中心和高等文学院。"

发言人提到了研究委员会拟订的各种计划，并进行了比较。他宣读了一串统计数字：美国大学里，有45%是黎巴嫩人，55%是外国人；格底斯·优素福大学里有82%是黎巴嫩人，80%是外国人；阿拉伯大学里有20%是黎巴嫩人，80%是外国人；黎巴嫩大学里有67%是黎巴嫩人，33%是外国人……

如果按宗派划分……（台下响起叫声：打倒宗派主义！我们不要宗派数字！）

台下同时也有人叫嚷：

"谁是外国人？"

"你指的外国人是谁？是阿拉伯人吗？"

"我们反对这种提法。"

主席摇铃，发言人别有用心地继续说：

"如果按宗派划分，问题就更加严重。比如说，黎巴嫩大学的穆斯林学生占学生总数的50%。贝鲁特的阿拉伯大学连一个天主教学生也没有。"

全场哗然，有人抗议，有人打哈欠，他们说大会不是研究统计学的。发言人只能收起讲稿，发言还没有结束就匆匆走下讲台。

"令人遗憾。"

哈尼不快地说。

第二名发言人把会场的气氛一下子扭转过来。他以军人的步伐雄赳赳地登上讲台，挺直腰板，提高嗓门说道：

"我们要向国家提出控告，要求惩处头号叛徒。我们要革命！革命！革命！革命！除此以外，一切都是空话。"

"打倒叛徒！革命万岁！"

这时，主席宣布了一项喜讯：

"我们中间有位学生来自兄弟友邦叙利亚。(欢呼声：叙利亚万岁！叙利亚万岁！)他专程从霍姆斯而来……"

一阵喧扰让他讲不下去了。吵闹声是从哈尼前面那一排发出来的。一个高呼"叙利亚万岁"的人和他的邻座发生了争执，因为邻座那个人高呼万岁时怪腔怪调，带着恶意的讥讽，说"叙利亚"时发音很轻，让这几个字变成了令人不能忍受的、带有侮辱意味的语言。两人越吵越凶。"消防队员"过来把他俩分开。队长向主席做了个手势，主席请那位叙利亚学生到台上演讲，并要大家鼓掌欢迎。这位叙利亚贵宾宣读了自己拟好的讲稿。他先以巴尔迪河畔革命学生的名义向"自由学生联盟"致敬，然后揭露了以色列犹太复国主义的罪行，转而抨击帝国主义和殖民主义，抨击打着王国旗号与共和国旗帜的反动派和地方主义。他号召大家粉碎阻力，取消国界，摆脱从海湾到大西洋的全体阿拉伯人的困境。

他的讲话使全场的气氛活跃起来。

"万岁！万岁！"

"黎巴嫩万岁！"

"独立自主、自由的黎巴嫩万岁！"

许多人跳上椅子，大厅里，欢呼声和起哄的声音混成一片。两派发生争执，几乎要动手打起来。主席伸着胳膊拼命地摇铃，突然灵机一动，叫道：

"游击队万岁！游击队万岁！"

"消防队员"们也随之高呼游击队万岁助威。这是两派都同意的口号。争执总算告一段落。坐在主席台右边的秘书俯身在主席耳边咕哝了几句。主席的眼里顿时放了光，兴奋地起身宣布：

"兄弟们，现在我们请大作家、自由学生联盟大会的名誉会员赖姆兹·拉尔德教授讲话！"

会议厅顿时一片安静下来，所有的人都在侧耳倾听。

* * *

赖姆兹·拉尔德是学生运动的热烈鼓吹者。他的文章在各种会议上传诵，他的讲话也在许多杂志上被引用。他瘦削的身影在讲台上一出现，大家就报以暴风雨般的掌声。他既不答谢，也没有向大家瞥一眼，脸上一副傲慢不逊的神情，对大家的热烈情绪似乎视而未见。大家都凝神屏息地注视着他。

"自由的学生们，你们是奴隶！（离哈尼不远的地方有个人鼓起掌来，另一个人却推了一下他的肩膀）但愿你们没有进行这种无声无息的全面罢课！但愿你们没有宣布这次未得到允许的运动！我希望你们对着虚伪的嘴脸大喝一声，我希望你们能捣毁盗贼的老巢，那样的话，一个月之后的你们还是你们。"

报告人开始号召大家起来推翻政府，态度也从温和的谴责变成了蛊惑人心的煽动：

"同学们，他们将要打开仓库，他们已经打开了。他们让你们挑选发给人民的拐杖，让你们变成跛子和残废。你们要对准他们唾骂：'我们不要你们的烂棍！我们不要你们的制度！我们要背叛你们虚伪的宗教！'"

他转过身，走了一步，两步。大家以为他的发言结束了，蓦地,他又转身回来,眼里迸射出热情的光芒。

"自由的学生们,如果不推翻封锁住你们的这堵墙,你们就会第二次变成奴隶。他们躲在墙后包围你们,扼杀你们。我号召你们不成功便成仁。你们去看看越南的和尚吧,他们把肉体变成了争取自由的火把;去看看日本,看看捷克斯洛伐克,革命者不愿投降,宁愿自焚牺牲。难道在黎巴嫩的奴隶当中没有一个活人吗?死就要死得正气凛然,永垂青史。"

拉尔德教授的话像迅雷一般,让听众忽而蹙眉沉思,忽而情绪激昂。演讲结束,他从讲台上走下来,在欢呼声和鼓掌声中穿过人群,没有朝大家瞥上一眼,径自走出俱乐部。联盟的一名警卫把他护送到了大街上。

哈尼和他的朋友们以为会议已经结束,或者即将结束,准备走了。但是,几十个人站到了椅子上,而且越聚越多。大家慷慨陈词,各抒己见,这个提出要帮助游击队筹措活动经费,那个提出应该根据教派招生的制度,第三个人提出要统一祖国教育,第四个人建议要关闭外国学校,还把大多数外国学校形容成特务巢穴和走狗窝。这犹如火上浇油,周围的人群情激愤:

"你指的是哪个学校?哪个大学?"

"说出名字!"

"说出名字!说出名字!"

喧哗吵闹声此起彼伏,叫喊的声音越来越高,大家纷纷责问:

"你是指法国还是指美国?是指阿拉伯大学还是伊斯兰教或天主教的学校?"

会场上一片骚乱。有两个人在一边交起手来，发出一片恶毒的谩骂声。哈尼穿过人群，跑过去将两人分开。两人当中的一个是侯赛因·古姆耳，他正和另一个人辩论《乌塔路克报》的调查，由此发生激烈的争执。古姆耳被哈尼斥责了一顿，灰溜溜地退出会场。哈尼拉了一下卡塞姆的手，示意他也出去。但是卡塞姆要哈尼稍等片刻，他告诉哈尼，他想讲几句话。就这样，他摇晃着大脑袋，登上了讲台。

他静立片刻，大伙儿随后安静下来。

"有一件事情，报告人给忘了，可黎巴嫩人对这个问题是颇为关注的，尤其是青年学生。我想谈谈我的弟兄们的看法，大家允许我说吗？"

台下开始嚷嚷起来：

"说吧！请快说吧！到底是什么事？"

"超短裙。"

他煞有介事地说着，这个答案引起了哄堂大笑，会场里紧张的气氛一下子缓和下来。卡塞姆拿起主席台前的手铃，摇了几下，又继续讲下去：

"辩论超短裙似乎没有什么必要。因为大家对此已经有了默认的态度。我以优素福大学毕业生的名义宣布，我希望我们大学和兄弟院校的学生会成员召开大会，研究罢课问题。我希望能停止辩论。因为这和辩论超短裙一样，纯粹是浪费时间。"

他不屑地摇晃着大脑袋走下讲台，朝大门走去。哈尼和朋友们在那儿等他。

会议宣告结束。

四

　　回到美哈底，塔米梅整天蜷缩在屋里，心里充满了悲哀。她不想出门，不想见阳光，更不想大学和贝鲁特以及世界上的一切。母亲端来吃的，她不理不睬。母亲苦苦央求，她才勉强吞咽几口。

　　第三天，她们收到了哥哥贾比尔寄来的一封信。对于母亲来说，这是头等大事。这封信是寄给母亲的，里面还附上了几句温柔体贴的话。信中提到，他的父亲仍在受审，他已经解雇了父亲店里的雇员，因为他们伪造账目，偷窃店里的财产。现在他自己当了店主。结尾附笔说，他通过哈吉法多鲁汇去一千里拉，"希望得到慈母的祝福"。

　　塔米梅再也不愿陪同母亲去塞达见那个哈吉法多鲁。埃米娜只好独自去那儿取钱。现在，她的精神重新振作起来，喜不自禁地对女儿说：

　　"安拉赐给你一切，我的女儿。说吧，你想干什么？你想结婚吗？我是你的母亲，你对我说吧，我来给你挑一个意中人。"

　　埃米娜在等待女儿回答，没料到，女儿当头给她浇了一盆冷水。塔米梅将遮掩伤疤的绷带一把扯掉，扔到母亲手中，像母狼一般对母亲嚷道：

　　"你想让我结婚？给你吧！"

　　她把自己所有的隐私都一股脑地说了出来，包括那些丑事。她说到侯赛因·古姆耳，说到赖姆兹·拉尔德，甚至提到了哈尼·拉耳，像河堤决口一般滔滔不绝。

"你想让我结婚？给我找一个合适的丈夫吧！从你胳肢窝里给我找，从你对安拉的虔诚祷告中为我找，从火狱中给我找个好丈夫，让我和他订婚！祷告吧！为远在非洲的泰米尔·纳素尔祷告吧！为你亲爱的丈夫痛哭流涕吧！你是一个有德行的女人，对他无限忠诚，为他守活寡。你知道千里外的丈夫在搂着谁睡觉？你问问侯赛因的母亲，你问问我同班那个在我抽屉里塞纸条的女孩：'把铿锵的诗句献给你的黑妹妹。'安拉知道我有多少妹妹，知道他有多少黑的、白的、各种肤色的小老婆生的孩子，而你却把青春埋没在美哈底，埋在墙角的鸡窝里，翻着脏东西，闻着臭气，把他扔给你的一点残羹剩饭，感恩戴德地拾起来，津津有味地咽下去，然后心满意足地躺下去。为你的儿子贾比尔祷告吧！贾比尔也只是扔给我们一些酒宴上的残羹……你叫我写信给贾比尔？叫我给他写回信？贾比尔是店主了！……你等着吧，只要贾比尔代替父亲变成店主，你就等着喜讯吧！你说吧，我该给他写些什么？我该怎样感谢这个亲哥哥？他揪着他妹妹的头发，就因为妹妹喜欢上大学，不喜欢鸡窝。他还威胁他的妹妹，如果她胆敢从美哈底朝贝鲁特瞅一眼，就要宰了她。当你为贾比尔祷告时，也别忘了为侯赛因·古姆耳祷告。贾比尔走了以后，侯赛因在大家面前，在你的安拉面前，成了贾比尔的全权代表。而我，我已经叛逆了。我是大逆不道的！为了你圣洁的安拉，你站起身来把我赶走吧！"

埃米娜像遭到电击雷轰一般，惊骇地后退几步，她的身子晃了几下，只觉得天旋地转。

"把门关上!"塔米梅叫道。

母亲没关门,也没有转身。

"我对你说把门关上。"

突然变了脸色的母亲一下子转过身去,伸出手,狠狠地打了塔米梅一记耳光,然后呼的一声把门关上。

* * *

半夜,塔米梅醒来,百感交集,羞愧难当,她伤心地哭了。她去了洗漱间,这只是借口,其实她是想走近母亲的卧房。她朝门缝里张望,只见埃米娜坐在床上,窗外射进一道惨淡的光,照在她苍白的脸上。她呆若木鸡,两眼失神,神志恍惚地端坐在黑暗中,在惨淡的光线下,酷似一尊悲伤的石像。

只有那呆滞而又充满恐惧的目光,才能更让人辨认出她是一尊活人。那道目光像钉子一般,扎进了塔米梅的心。她想打开门,扑在母亲的怀里,祈求她的宽恕。这时,埃米娜突然移开被褥,想站起身,塔米梅连忙返回了自己的卧房。

第二天早晨,她和平时一样,埋头浏览寄到美哈底的报刊。有关罢课的消息林林总总。有的大学已经开课,有的继续关门。学生之间议论纷纷。大学当局向学生发出公告:"今日复课,学生各归各班,悉听自便。"学校让学生们自己选择。报上还登载消息说,治安警察已经在校门口进行监护,保障大家的选择自由。一批极端分子在学校附近纠集队伍,阻止闲人进入。但是,政府和学校都不希望在学生中间发生冲突,也不希望局势恶化。

在这样的关键时刻,她怎能带着这副模样回到哈尼身边?

母亲没有理睬她,也不叫她吃饭,只是在屋里踱来踱去,连正眼都不瞧她一下。

突然,母亲闯进她的屋子,怒不可遏地扑向她的报纸,把它们撕得粉碎,又扑向画报,将它们扔出窗外。塔米梅从未看见过她生这么大的气。

五更时分,塔米梅被射进窗子的强烈光亮和刺耳的声音惊醒。

声音越来越大,警报划破了长空的寂静。伴随着一道道耀眼的光亮,又传来一阵震耳欲聋的爆炸声。如果不是房门打开,听到母亲的惊叫:"打仗了!打仗了!安拉至大!安拉至尊!"塔米梅还以为自己是在做梦。

她从床上跳起来,光着脚跑到窗前。几盏白灯在漆黑的夜幕上移动,是飞机!两架,三架,有四架飞机在美哈底上空盘旋,第五架飞机在做低空掠飞,几乎擦着屋顶飞过。飞机在空中时隐时现,其中一架朝着塔米梅和紧抓着窗框的埃米娜俯冲下来。母鸡在鸡窝里惊恐地咯咯叫着。埃米娜想冲出去,女儿一把拉住她的胳膊,把她按倒在地。

轰炸还在进行。刺眼的光亮驱散了黑夜,把整个屋子照得如同白昼。埃米娜用双手捂住脸,伏在地上向安拉祷告。

母鸡发疯似的在鸡窝里拍打着翅膀,不停地撞着篱笆。塔米梅看出母亲想站起来,便一把揪住母亲的衣角,不让她动弹。但是埃米娜挣脱了女儿的手,爬到窗口,跪在窗下,双眼注视着天空,向安拉祈祷。塔米梅闭上眼睛,一种对母亲内疚和怜悯之情油然而生,她几乎忘了空袭。飞机又来了,投下炸弹。一颗炸弹在房子旁边炸开了,强烈声浪的冲击,震得墙壁直晃,一股浓烈的烟雾冲进了窗户里。母亲绝望地叫着,仰面躺下。塔米梅小心翼翼地走近母亲。母亲立即扑过来,抱住女儿大哭起来。女儿也紧紧搂住母亲的脖子,眼泪像决堤的江水,带着委屈、哀怨、痛苦,一下子倾泻出来。

她俩就这样躺着,只听见两颗贴近的心的跳动声和压抑的呼吸声。烟雾消散之后,飞机的呼啸声也渐渐远了。"平安无事。"塔米梅说道。她擦擦眼泪,站起身来。埃米娜也站了起来。

东方现出一片红光,她俩跑到平台上。

"阿卢西妈妈家着火了!"埃米娜叫道。

母牛拖着绳子和木桩惊恐地在土道上奔驰。埃米娜冲出去,看看阿卢西家发生了什么。塔米梅先跑了出去。火焰从阿卢西家的屋里往上冲。弥漫的烟雾,挡住了视线,她们什么也看不见。她俩摸索着大门,却找不到。一条火舌喷出来,烧灼着塔米梅的脸。她看见房子前面的墙已经塌了,石块把门堵住了,她高声呼喊,却没人回答。埃米娜围着房子绕了一圈,回来告诉塔米梅:"阿卢西被埋在瓦砾堆里,她的母亲……"埃米娜把头靠在窗框上,烟雾遮住了她的视线,但她在窗口还是模模糊糊地辨认出了他们母子俩——阿卢西的妈妈用尽全力,想把阿卢西从乱石堆中拖出来。塔米梅跟着母亲跑过去,窗户还在,但四周的墙已经裂开了。塔米梅用双手推着窗框,最后用肩猛地一撞,冲了进去……

* * *

全村的幸存者都参加了死者的追悼会。大家互相转告：全村有八人丧生，其中有三名是游击队员；受伤的有十四人，还有几栋房子被毁，四十头牲口惨死在瓦砾堆里或在田野里走失。从与以色列交界的村庄逃出来的难民诉说：他们夜里被强烈的探照灯光刺醒，四周亮得犹如白昼。扩音器里传来用本地口音发出的命令，让村民走出来，到广场或到坟地上去集合——"违抗命令者一律枪毙！"很快，屋里就围满了犹太人，他们用机关枪对着村民的胸口和脊背，命令他们排好队，然后宣读游击队和支持者的名单，让他们站出来，把他们推上卡车，送往以色列。

难民们说，犹太人第二次袭击时没有遇到任何反抗。几个月前，在头一次袭击时，犹太人杀死了三个村民，其中有一名妇女。由于她拉住她的独子——十四岁的儿子——不让犹太人带走，犹太人野蛮地击毙了这名妇女，然后把这个孩子和其他人质一起送到以色列。一星期之后，他们挖掉少年的眼睛，用吉普车把他送到边界，让他回来现身说法，以此恐吓那些与游击队有关联的人。少年在被俘时受尽了折磨，他亲眼看见自己的同胞，包括他的父亲和叔叔遭到残暴的拷打和折磨。这一切对少年稚嫩的心灵造成了极大的伤害，他被放回来的时候，已经又哑又呆了。

塔米梅默默地站在平台上，倾听着参加追悼会的人叙述的一切。美哈底已经被悲哀笼罩得喘不过气来，哭泣声此起彼伏，在天地间回荡。

黎巴嫩士兵们带着枪坐着汽车来了。在这以前，曾有一辆架着高射炮、坐着一队游击队员的汽车从村前驶过。他们穿着迷彩服，手持自动步枪，凝视着尘土滚滚的大道。

屋里传出阿卢西母亲的号叫声与众人的恸哭声，悲号痛哭响成一片，令人心碎肠断。塔米梅转过身，匆匆走回自己的房间。她不想再朝可怜的阿卢西看上一眼。阿卢西的家已经被炸毁，那位母亲没有地方为儿子开追悼会，甚至没有被褥来遮盖阿卢西的尸体，只能求助塔米梅家。埃米娜为她腾出了一间屋子，并且为她准备了被褥。

五

光阴荏苒，斗转星移。塔米梅已经有了肉体和心灵上的两处创伤。这次以色列人对美哈底的罪恶袭击，比古姆耳的匕首更卑劣、更无耻。它深深地刺伤了塔米梅的心，因为面对杀人者的是温顺的手无寸铁的村民。文明社会的道德与法律，都难以惩治这帮罪犯。

她第一次爱上了故乡美哈底村，爱上了这里善良温柔的村民。

塔米梅和她的母亲时而吵架，时而和解。

两人的心态也时常发生变化。有时塔米梅仿佛变成了母亲，不时要顺着埃米娜的心意，安慰她。难道这不是自欺欺人？母亲年纪这么大了，还生活在梦幻中，生活在无知的幸福中。其实，无知者的愚昧，也是一种幸福，有了知识之后，有时反而会失去这种幸福感。埃米娜在这"幸福的天堂"已经浑浑噩噩地度过了大半生,想到这里,塔米梅不再埋怨母亲,反而对母亲产生了深深的怜悯和同情。

母亲还在不断地祷告:

"安拉至尊!你们不能对仁慈的安拉失望!"

塔米梅在想:"我凭什么蔑视母亲?凭什么让她对仁慈的安拉失望?"

幽暗的灯光、喃喃的祈祷,让周围的一切显得更加凄楚,仿佛可怜的妈妈也隐遁而去了,塔米梅耳边只剩下一片祈祷的声音:

"安拉至尊……安拉至大……"

塔米梅坐在桌前,以母亲的名义,写了一封信寄给远在非洲狱中的父亲泰米尔。信写好后,母亲要她念一遍,并坚持要女儿写上每天晨昏她和安拉的对话。但是塔米梅并未满足母亲的要求,却在这封寄给父亲的信里,向这位同胞,向美哈底村以及南方各村成千上万的同胞描绘了一幅触目惊心的惨景:以色列的空袭和阿卢西母亲的悲惨遭遇。她未提及贾比尔,也未提及哈吉法多鲁的那笔援款——来自安拉奇迹的一千里拉。

一千里拉有什么作用?如果没有码头工会给她的那笔工资,她和母亲靠什么生活?今天,她又收到工会寄来的一个月假期的工资,还有总书记的附言:"最诚挚地祝你痊愈。如果需要,工会同意你续假。"但是假期总是有限度的。她必须尽快赶回贝鲁特,回工会去上班,还要当家庭教师。今后她要更努力地工作。她绝不会动几内亚汇来的一千里拉。贾比尔寄钱,可以说是公鸡下蛋,绝不会有第二次的。

她不再上大学,也不去见哈尼。

突然，从当天送来的一叠报刊中，她发现了一封贝鲁特的来信。

亲爱的塔米梅：

多日不见。正如我希望的，你一定痊愈了。这几天，我需要你回到我身边，有要事相商，吻你。

玛丽·艾布·海丽

她真的痊愈了吗？

她直奔镜前，犹豫了几分钟。忽然想起了什么，就从衣橱中拿出玛丽为她准备好的几种化妆品，朝脸上搽去。她在美容方面一直不太讲究，至多用一点化妆眼影，从不用其他化妆品。这是她生平第一次涂脂抹粉。

塔米梅料想她的朋友不会带给她什么坏消息。玛丽到路口来接她。两个好友久别重逢，分外亲切，热烈地拥抱起来。玛丽后退一步，像演戏一样，把塔米梅从头到脚打量一番，戏谑地说：

"塔米梅，你说，从莫迪尔来的天主教马龙派教徒，怎样才能拒绝从卡福尔·宰鲁尔来的什叶派穆斯林艾克拉姆·贾尔迪的求婚？"

塔米梅困惑不解地看着女友玛丽，竭力想从玛丽的眼神中探个究竟。玛丽这个鬼丫头沉默着，继续演她的戏。塔米梅按捺不住，叫了起来：

"这就是你所说的要紧事？别开玩笑了，先告诉我，我现在能外出见人吗？能去见哈尼吗？"

塔米梅探出受伤的脸，让她细细端详。玛丽对她信誓旦旦地说：

"一点儿痕迹也看不出了。"

她捧住塔米梅的双颊，问她究竟是哪边脸颊受伤，她想吻吻受伤的这一边，但却找不到了。她们一起回到家里。玛丽让塔米梅坐下，刚想说出自己的秘密，塔米梅却抢先一步，以挑衅的口吻对她嚷道：

"听着，事情很重要，十分重要！你，玛丽小姐，美国医院外科病房护士长，是否接受了大律师、大议员艾克拉姆·贾尔迪教授的求婚？你是否答应当他女儿的慈母？"

这个小鬼真机灵！她未卜先知，什么都晓得了。两个女友爆发出一阵大笑，笑得眼泪都流出来了。塔米梅相信这是一种报答，是对玛丽无微不至的照顾的回报。塔米梅对这位"幸福的继承人"给予了热烈而长久的拥抱。

塔米梅担心的是那个悍妇——乌蒂塔。她会善罢甘休吗？玛丽却不以为然，不把她放在心上。贾尔迪教授告诉她，并向她发誓，自从在劳兹太太家发生那桩事后，他就和这个情妇一刀两断了。他已厌倦这种生活，渴望建立新家庭。

"我想知道他喜欢的家庭是什么样的。"

在康复期间，贾尔迪教授一直住院疗养。白天，他多数时间在看书或接待朋友。黄昏之后，他常常和玛丽一起憧憬未来。她的母亲和两个妹妹希望搬到贝鲁特和他们同住。贾尔迪教授已经答应为她们租一套公寓。他还准备再买一套公寓，结婚之后自己搬进去，他想住进这种高耸入云的新式的漂亮楼房里。他要她现在就去选一套，不管房价如何。如果有必要，他还想在贝卡省买一块地皮。

玛丽兴致勃勃，滔滔不绝，只顾讨论这些事，却只字不提她和这个即将成为她生活伴侣的男人之间的亲密关系。她一个劲儿地提到贾尔迪先生，说长道短，最后迷迷糊糊地睡着了。这是一种被塔米梅不能理解的爱情。玛丽嘲笑爱情就像嘲笑世界上的一切事物一样。对她来说，爱情既没有单相思的痛苦，也没有缠绵的情意。她像是正在履行某种手续，对自己的成功心安理得，只关心住房和家具。

她真的堕入情网了吗？

她自己也不知道。医院里有过不少追求她的人，有病人也有医生，但没有一个人能占有她的心。她向塔米梅承认，她刚参加工作时，曾爱过一位正直能干的医生。她觉得自己爱上了他，愿意协助他工作，和他相处。如果他需要她整夜在身边协助工作，她也乐于这样做，不会感到疲劳，也绝不会打瞌睡。但是，后来他结婚了，去欧洲度了蜜月。她一度很痛苦，可是她与贾尔迪教授在医院里邂逅之后，又开始高兴起来，好像过去什么事也没发生过。他对她非常关心，她也向他吐露心声：如果不是因为他酷似自己的父亲，有着同样宽阔前凸的额头的话，也许当初她还不会钟情于他。

"我已和贾尔迪教授说好，让你去拜访他。他说：'请你对塔米梅小姐说，艾克拉姆·贾尔迪是她的好朋友。'"

塔米梅无法拒绝教授的盛情。两天后，在玛丽的陪同下，她去拜访艾克拉姆·贾尔迪，三个人促膝谈心，似乎以往的芥蒂根本不存在。贾尔迪教授不时地讲一些逸闻趣事，逗得她们哈哈大笑,护士也不时地说些笑话打趣。塔米梅对教授重新产生了良好的印象。她不想掩饰,当面夸奖了他,并恭喜他找到了自己的伴侣。她像替教授亲吻玛丽一样,吻着玛丽的双颊祝贺着她,然后起身告辞。

六

"带钩的人,你好!请坐。"

塔米梅亲切地问候。

"带钩的人"艾布·阿齐兹在办公桌对面的椅子上坐下。他把一封信交给塔米梅,请她念一念。这是儿子阿齐兹走后寄给父亲的第二封信,但信上并没有他的笔迹。"带钩的人"说,今天早晨有个青年到码头来,把信交给了他,不过,这个年轻人不是上次送信的那个人。

这封信是用打字机打的,落款是"16号救亡委员会",上面有委员会主任的签名。主任在信中写到,阿齐兹·雅法维在同敌人交战时光荣负伤,现正在治疗。主任表彰了他在战斗中表现的勇敢精神,还说他已经晋升为侦察兵。

"带钩的人"默默无言地注视着地板。塔米梅瞥了他一眼,高兴地对他说道:

"安拉保佑,他只是受了轻伤。我向你表示祝贺,阿齐兹当上侦察兵了。你不想向他表示祝贺吗?什么时候信使来取回信?告诉我一下,我来写回信。"

"带钩的人"神态凝重,表情严肃。他只说了一句:

"你写信问问他们,他什么时候能重返战场。"

* * *

塔米梅能像玛丽那样豁达开朗地对待生活吗?塔米梅能实现自己的理想吗?天主教徒玛丽能和穆斯林艾克拉姆·贾尔迪结婚,那她呢?她是一个穆斯林,哈尼是一个天主教徒。她熟知的情况完全是另一个样子。在她信仰的宗教里,有一条规定,就是:叛逆者罪该万死。《乌塔路克报》!《乌塔路克报》!古姆耳的魔影又在眼前晃动。

但是谁说过哈尼·拉耳要娶塔米梅为妻来着?他爱她吗?所有的美女他都爱。至于结婚,他说过,要在哈佛大学拿到博士学位并开办工程师事务所以后,在三十岁以后才结婚。他爱他的事业,有他的理想。他酷爱莫迪尔村,爱他的哈尼派,爱孩子。塔米梅在公寓和美哈底禁闭了一个月之后,曾主动邀请哈尼星期天去看电影,但他谢绝了,说他的星期天是专门留给"新郎和新娘"的。这个绰号,是他用来称呼一位八十岁的老头和他八十岁的老伴的。这对老夫妻住在美奇尔村。他们在等着他。

"在这两位'图腾'面前,你都做些什么呢?"

"他家有个炉子,我们围炉畅谈。"

鬼知道他真的去干什么,也许他开着"菲亚特"到海边兜风去了。怎么不能呢?他和她一起去过,现在也可以和莱姆雅·莎龙、萨尔未·莎菲,或者和尼特·伊菲特……一起去。他可以和她们携手并肩,谈笑风生。莱姆雅·莎龙是个长着高鼻梁的迷人的金发女郎，最叫人吃惊的是她的自由主义观点。"她是自己的主人，是自己生活的女王。她热爱生活。"哈尼这样谈论过她。看来，她在爱着他！

1969年2月2日

谎言！谎言！谎言！

哈尼啊，你重复了三遍。你和朋友们争论时，在桌上敲了三下。"谎言是我们时代的瘟疫。"我说过，我注定要在谎言中度过一生。忠贞？你把它的含义解释给我听吧。难道我必须生活在贞操的樊笼里？要把我自己禁闭在愚昧的箱子里，等着那伟大的一天来临？——谁知道我什么时候会中彩？——那时我带着彩票来见你，对你说：凭你的知识，凭你和几十个女人——从莫迪尔村的琳黛到莱姆雅·莎龙相处的经验，把彩票打开吧。

* * *

师范学院，她的功课和课外阅读，码头工会和"带钩的人"这些一起构成了她的生活。自从得知儿子负伤，艾布·阿齐兹戒掉了大麻烟，拿起了儿子的半导体。他把半导体挂在脖子上，挂在钩子旁，专心致志地收听广播，收听游击队的消息。

贾尔迪教授出院后，经常来公寓看望玛丽。他要塔米梅和他俩待在一起。教授侃侃而谈，玛丽围着他转。她从他俩那儿看到的爱情就是护士抚摩他的手臂，教授想把他的手臂伸到她的腰里,她却只让他把手臂放在沙发上。两个人大笑起来。除此之外,他们的话题就是讨论雅厄姆里一伙人,或者是关于谋害教授的那帮人的消息。那几个凶手已被逮捕,很快就要对他们进行起诉。教授想要引蛇出洞。

塔米梅回到贝鲁特已经十天了,只见过哈尼一面,他对她谈起的,也只是大学里他那一派人的情况。

* * *

学生们虽已复课,但思想冲突日趋激烈。报刊上印着"革命不可避免"的字样,向人们征求意见。大家一致认为应该革命,只是不知如何革命。

哈尼只相信一句话:革自己的命。

这和同学们滔滔不绝的老生常谈和空洞的口号相距甚远。他的话简单明了,但是热烈、尖锐,像刺眼的阳光。

塔米梅和哈尼坐在美国大学专为学生开设的小餐厅里。哈尼喝着咖啡,塔米梅喝着可可,吃着夹心面包。餐厅里挤满了男女学生,人声嘈杂,笑语喧哗。天花板上方传来的爵士乐的音调,好像在轰击着他的头,让他的脸上呈现出痛苦的神情。

他站起来,对塔米梅说:

"到海边去走走,好吗?"

他驾着汽车朝灯塔方向开去。向右拐,到了海滨大道,然后在人行道旁停下来步行。塔米梅跟着下了车。金乌西沉,从云层中射出耀眼的光芒。哈尼纵身一跃,坐上海滨大道的栏杆,又伸出双臂,把拉塔米梅拉过来坐在他身旁。他俩面对大海，迎着湿润温柔的海风和溅在岩石上的浪花，看着头顶上漂浮的云彩。那些云忽明忽暗，变幻莫测。塔米梅紧挨着他，大街在背后，汽车、人群、喧嚣的世界都在背后，离他们很远很远。他们仿佛置身于一个虚无缥缈的岛上，做着甜蜜的梦。

"嘘！你别说话！"

"我在和大海对话！"

"但是大海不会说我们人类的语言，无论如何也不会和我们交流。"

"火在炉子里，可你怎么跟火交流？"

"我们自己交流，你信吗？"

她无意中突然冒出这么一句话。她也感到奇怪，她提出这样一个问题，他却毫不惊讶。他永远不会感到惊讶，连看都不看她一眼就说：

"你继续进行这些天来报上的统计调查吧。有人对我们遇到的危机发表了独特的见解，说得有理。我不记得这个人的名字了，但是我记住了他的话。他说：'我们的危机表面上是政治的、社会的、亲派的危机，可事实上这一切都是从天上转移到地上来的。有人怀疑上帝。实际上，上帝是否只是有价值东西的象征？上帝是不是宇宙间一切有价值的东西的总和？是上帝使人配称人类这个高高的称号吗？'"

他让她——或让自己——去思考这些问题。他又说：

"你在美哈底时，赖姆兹·拉尔德在辩论俱乐部有个精彩的发言，你真该听一听。"

听到"赖姆兹·拉尔德"的名字，塔米梅就觉得浑身哆嗦，脸上火辣辣的，险些掉进汹涌澎湃的大海。

他没有注意她的神情，只顾说下去：

"赖姆兹·拉尔德比我们先一步从天上转到了地上。但是他不是用绳子吊下来的，也不是坐降落伞，而是摔下来的，头朝地，脚冲天。"

天色暗了下来，哈尼扶着塔米梅的胳膊，帮她从海堤上跳下来，准备上车。他说他要集合朋友开一次会。塔米梅从汽车的另一边上了车，想坐在他身边。在黑暗中，一个身影突然与她擦肩而过，那个人还清了清嗓子，重重推了她一下。她惶惶不安地倒在车里。透过反光镜，她看到侯赛因·古姆耳带着狰狞的冷笑站在一旁，脖子上还挂着一台照相机！哈尼正忙着发动汽车，没有看见他。塔米梅惊慌地催他快走，汽车开动之后，她的心还忐忑地怦怦直跳。

哈尼顺着自己的思路，继续说道：

"上帝是我们面临的最大难题。不是上帝把我们分成天主教或穆斯林，而是我们自己要把上帝分成几份，每一派都想得到最大的一份。这就是教派的上帝、政治的上帝和婚姻的上帝。上帝不会阻止不同教派的子女通婚，也不会指责文明婚姻。上帝自有安排……"

塔米梅心有余悸，心不在焉，没听清哈尼说了些什么话，也没有看见哈尼朝她靠拢：

"我所说的上帝就是你刚才在海边提起的那个安拉……有一次，葛多姆到学校来告诉我们，他在葡萄园里放了一个东西，逮住一只狐狸。这只狐狸老是偷吃葡萄园里最好的葡萄。

葛多姆把狐狸剥了皮，骄傲地让我们看，当时，狐狸皮还在滴着血……我们都是葛多姆的'老狐狸'，被吊在感情的圈套上，被活活地剥了皮。"

七

几内亚有一封来信，寄到了师范学院。信封上用两种文字写着她的名字，一种是打字机打出的英文，另一种是用波斯体手写的阿拉伯文，那是她父亲泰米尔·纳素尔的笔迹。

我的女儿塔米梅：

你的父亲吻你，并衷心祝贺你在获得毕业证书后进了师范学院。从祖国寄来的报纸上，我同时看到这两则消息。我把这两则消息剪下，珍重地贴胸保存起来。因为在这张剪报上登着对我来说最亲密并引以为傲的亲人的名字。

三天前，也就是我出狱前，才收到你的来信和你代母亲写来的信。当局把我和其他人的一切信件都扣留了，这是违反人权的。我被释放后，他们才把信件交给我。

你会说：这封信到得真晚。但是，即使它比贾比尔先到，那也无济于事。我把一切都告诉你，一切都会真相大白。你的这封信把我和长久隔绝的骨肉至亲联系起来，这对我来说已经心满意足了。我向我的骨肉伸出双手，即使到了坟墓边上也不会缩回。

我的女儿啊，我有许多事必须告诉你。这些事首先该告诉你母亲，她比你和其他人更应该有这种权利——其他人的权利已经够多了——但是你母亲不识字，如果你给她念信，一定要千方百计地安慰她。至于贾比尔，他已经丧失了这种权利，他用自己的所作所为侮辱了我。

在此，我只能告诉你，我站在你面前，就像昨天在法庭一样，是站在被告席上的。

我不想向你详述我的生活，下面写的，可以叫"侨民的日记"。我从踏上几内亚的土地那天起，就开始写日记了。你可以把我的日记给人们看，我并不期望鳄鱼的眼泪滴在一个对世界抱有幻想的人身上，只是想让人们在手提黑皮包、踏上冒险征途之际，在衡量他们冒险的荣耀的时候，也衡量一下冒险的灾难。

1951年12月14日，一个三十六岁的人到了科纳克里。他扔下妻子和两个孩子——你当时是个牙牙学语的女孩。当时他怀着对妻儿的无比热爱，怀着衣锦荣归的希望，离别了故乡。可是当轮船停泊在非洲码头时，他的梦想就破灭了。白天他像个孤魂在城里游荡，晚上与几十个和他一样做着美梦的同伴委身在牲口圈里。在这里，横行的老鼠、劣质的伙食和打着补丁的铺盖粉碎了他的幻梦。好几夜，他都哭湿了枕头。要不是有一天，他遇见一个老侨胞，他真想回老家了。那个老侨胞让他坐上一辆破破烂烂的吉普车，把他带进一个无名的丛林里，让他在一个看来似乎是世界尽头的农场上委身。那个侨胞对他说：

"你在这个香蕉园做监工吧！这里有二十个黑人受你调遣。"

这里原来的监工被农场成群的猩猩吓跑了。那些工人累得只剩下一把骨头，最后纷纷逃跑。在农场的边界上，埋着一位年纪最大的监工。他是被大蟒蛇咬死的。几百条这样的大蟒盘踞在这儿，繁衍后代。所以，这个人一到农场，就做好了准备。为了对付猩猩，他睡在闷得令人窒息的厚幔布中。为了对付大蟒蛇，他到这里不久，就和黑人们比赛着去捕蛇，并学会了杀蛇做菜。

但是命运早已注定。他千方百计地保护自己，还是逃脱不了一场更大的厄运——一种被称作头号恶魔的非洲热病的袭击。在此之前，这种瘟疫已降临到几千名侨胞身上，夺走了他们的生命。酷热的夏季过去一周之后，摘香蕉的季节到了。劳累一整天，他回到茅屋，累得精疲力竭，连伸手脱衣服的力气都没有了。他疲惫地倒在床上自忖：采摘季节过后，干完了活，必须好好休息几天。前几夜，因为过度疲劳，他睡得像个死人。但是一天晚上，他因为全身彻骨疼痛而不时醒过来，再也睡不着了。他伸手点亮床边的瓦斯灯，勉强支撑着蹭到用帆布遮盖的墙角，这个遮起的地方是作为浴室用的。他的两腿不听使唤。他抓住帆布，却连帆布一起倒在地上。微弱的灯光下，他看到自己的腿上鲜血直流……

恶魔——就是它——已经降临到他身上。毫无疑问，病魔来袭击了，殷红的血就是明证。血从他的腿间渗出，染红了他的双手，流到席子上。他朝农场看守人的茅屋爬去，这两个地方相距几米，中间隔着一棵阿巴尔米斯塔椰子树。他很喜欢看守人法奴窝，很熟识他，不认识法奴窝，就等于不了解黑人。

"法奴窝！法奴窝！"

没有人回答。

法奴窝早晚都会在农场巡视，戴着雨伞般的草帽，拿着长矛一样的棍子。巡视完毕，他就扔掉草帽和棍子，爬上枣椰树，蹲在树枝间，手上捧着巴尔姆瓜啜饮，直到酩酊大醉。巴尔姆瓜的液汁有一股浓郁的酒味。当地人会在巴尔姆瓜上打个洞，把它的汁水当酒喝。但是这种汁水满足不了法奴窝，他还在里面掺上酒精，这样就够劲了。他在树顶上喝酒，喝完酒就滑下来，如果他的腿还听使唤的话，就回到茅屋去睡觉。有时他干脆就睡在树上，悬挂在天地间过夜。睡上片刻，醒来接着喝瓜汁，直到日出东方才起身。他像只狮子一样狂放，但又是一个心眼最好的人。

"法奴窝！法奴窝！你在哪儿？"

他在黑暗中喊着，用对他来说最容易说的语言叫着。他继续爬,一直爬到茅屋。在阿巴尔米斯塔大树下,他撞到了趴在地上打鼾的法奴窝。他叫法奴窝,却没有反应,喊什么他都听不见,法奴窝已经醉了,简直像个活死人。

必须找人帮忙。可是太远了,农夫们的茅屋在农场的另一头,离这儿很远。他想了很久,想到了邻村的老人马马多。老人住在农场篱笆后面高高的茅屋里。来农场当天,他就认识这位老人了。老人带着一个"代表团"来欢迎他,还捧出了一只老母鸡,这是黑人对人表示友好的礼物。他能硬撑着爬完这段距离吗?这段路至少有两百米,可他已经没有选择的余地了。他朝高高的茅屋爬去,每挪动一下身子,都疼得泪水直流,疼得不能忍受时,就挖着身下的泥土。他就像一只受伤的野兽,他爬过的土地上,留下了殷红的血印和泪痕。爬到门口时,他已经气息奄奄,连手都抬不起来,只能用头撞门,随后就晕倒在门槛上。

早晨,他发现自己躺在了担架上。担架由两个黑人抬着,走在担架旁边的是银须飘飘的马马多,他的身边还有一个身材窈窕的十七八岁的少女。太阳已经跳上地平线。他环顾四周,知道大家正送他回家。昨夜,在老人的屋里,大家彻夜不眠,看护了他一整夜。到家后,大家把他抬到床上,黑人们聚在他床前,站在最前面的是法奴窝。大家争先恐后地要照顾他。马马多推开众人,拉住少女的双手,让她靠近他,"芬塔！芬塔！"老人眉开眼笑地说着，所有的人都笑容满面地看着他和芬塔。

老人走了，其他人也跟着走了。

留下来的只有芬塔——马马多的女儿。她走过去，关上门，转身回来，跪在床边，用黑色的手掌摸了摸他的前额……

* * *

我的女儿啊！今天我又躺在床上。

十七年后，跪在我旁边的是与当年那个少女一样大的女孩——阿依舍——黑人们叫她"依舍塔"，她也在用黑色的手掌摸着我的前额。她就是芬塔为你父亲生下的女儿，你的黑妹妹。

八

塔米梅念到这儿，感到头晕目眩，信上的每个字句都在眼前舞动。几年前在学校出现的一幕悲剧又重现在她跟前：诗，周围的女同学，藏在抽屉里的那张纸条。

她抬起手掌擦擦额头。

这是她的额头还是别人的额头？

她扔下信，任信纸落下。她久久地注视着自己的手掌，似乎想在手掌上读出自己。

不知过了多少时辰，她清醒过来，拾起信，动作迟缓地把信纸聚在一起,继续念下去。

我对你说,我将把我的故事局限在开头和结尾。——结尾?我估计了一切,就是没有估计到这件事。

在我一切就绪,准备回国的时候,突然被指控参加走私钻石的犯罪。我该怎样向你叙说非洲走私钻石的秘密呢?这是一桩以前有成千人干、今后也会有成千人干的丑行。有人被治罪,只是被揭发出来而已。在这同时,那些从事同样勾当的女人正在暗中向他们的主人贡献数以百万的财富,那些主人有财有势,还美其名曰在做大买卖。但是事情一旦败露,所有那些大人物都会一落千丈,沦为小偷、骗子和伪君子。为了达到目的,这些人用尽了各种卑劣的伎俩。他们在走私网中组织了一个妇女集团。那些女人从事的都是妓女的勾当,被从一国偷运到另一国。在非洲各地,她们在亲戚、朋友或熟人那里,与她们的下线联系。而那些被蒙蔽的亲戚、朋友或熟人并不是走私集团的成员,也不了解其中的底细,只是被人利用。

我在这桩丑行中落得这样一个结局,就是因为我接待了走私集团中的一名成员。这个人从南方的苏卜纳来,他以某种借口来找我——恕我不能说出他的名字——我接待了他,让他和他的同伙住在我家。我真是冤枉,这些人彻夜不眠地在我家闹了一宿,我就已经很倒霉了……从那天起,一个个打击就接踵而来。

这件事正好发生在几内亚人仇恨阿拉伯人的当口，我被卷入了漩涡。黑人们不辨真伪，也听不进去发自肺腑的呼吁。而那些有偏见的人又在一旁煽风点火，受害者也拼命夸大事实，这中间有商业上的利害冲突和政治野心，也有侨民里面无耻小人的造谣诽谤。所以我活该倒霉，如果不是安拉发慈悲，从铁窗外面派来了马马多——就像过去从农庄篱笆后面把他派过来一样——那么我这条命就跟其他被判刑的人毫无两样。已经老态龙钟的马马多从堪卡跟跟跄跄地赶过来。这次又是他救了我。在堪卡的香蕉园，我在马马多身边度过了侨居生活的初期。老人一到首都，就敲开了他的同胞——那些法官的门，为了我向他们哀求，向每个朋友求情，巴结每个职员，直到宣判我无罪。

但是我感到，我在重见天日后目睹的一切，并不比我深陷囹圄、死在黑人的皮鞭下和咒骂声中强多少。

贾比尔到几内亚之前，我已经知道他和你的消息了。他决计出门旅行时，你在哪儿？他走之前，你怎么不写封信给我呢？……不过，即使你写了，当局也不会告诉我"你儿子在几内亚"，因为他们对我封锁一切消息。他来狱中探望我时，我用双手敲打着铁栅栏。我想摧毁这个把我和我的骨肉隔开的牢笼。

同样用这双手，我把我的一切财产都交给了他，全权委托他管理我的商店，把我在银行的全部存款都交给他,还有别人还给我的欠款,总计有十万多美元。这是我侨居多年的积蓄,也是我回国后的生计。尽管如此,我对钱并不介意。如果我看重钱,那我早就走进走私犯的行列了:要么蹲在牢狱深处,要么住在非洲或黎巴嫩最豪华的旅馆里。贾比尔攫取了我一切财产,过着花天酒地的生活。他赌博,酗酒,挥金如土,却全然不顾狱中的父亲。如果到此为止,也算了结了,但他并不善罢甘休,还在算计我的另一件宝贝。他丧尽天良,毫无人性,对自己的妹妹干了无耻的兽行。我多么担心他对在黎巴嫩的母亲和你下毒手啊!

他第一次来狱中探望我时,我把一切和盘托出。长期以来,我对你们隐瞒了我在几内亚的经历。我长期隐瞒下去又有何益?这些事刺痛了你,甚至让你不想给我写信,这让我也非常难受。他第二次来探监时对我说:

"我想认识我的非洲妹妹。"

阿依舍不到五岁时,他的母亲就得热病去世了。在那以后,我从堪卡搬到了首都科纳克里。马马多帮我经商,并把阿依舍送到这里的学校念书。老人知道了贾比尔的愿望后,非要亲自陪他去学校不可。后来老人告诉我,这是他一生最幸福的时刻,因为他把他的外孙女介绍给了她的黎巴嫩哥哥。从那天起,贾比尔就在学校规章制度许可的情况下经常去看望阿依舍。星期日,他带阿依舍去城郊游玩,和她一起在海边游泳，或陪她去看电影。老人十分高兴地带着这些消息来见我。从兄妹间这种亲切交往中，我得到了安慰。在我饱尝铁窗之苦的时候，这些消息对我是多大的安慰啊！

我的女儿啊，我万万没有想到，贾比尔对他父亲在非洲土地上用心血培养的骨肉都做了些什么。他对我、对阿依舍、对她那可怜的外祖父干尽了坏事，我真担心他也会对你、对你母亲下毒手！我不想向你赘述悲剧的详情了。老人把阿依舍带到狱中来看我时，一切真相大白：阿依舍正蒙受着女孩所蒙受的最大耻辱。被侮辱的女孩的创伤是无法弥补的。

难道这就是我允诺给你的结局吗？

但是，这个结局不属于我一个人。我出狱后，只能在床上休养。我的一切，依然归我所有的，仅仅是衰弱的身躯和满是创伤的灵魂，其余的都被贾比尔霸占了。

不，为了我的良心得到清白与安宁，今天我把城里的公证人叫来，在三个文件上签了字，全部内容如下：

第一，拍卖我在科纳克里的房产，这栋建筑包括商店和楼上的住宅，价值两万美元，售出后，钱款将寄到塞达，给你的母亲。

第二，堪卡的香蕉园由你继承。几年前，我已经从园主手中买下了它，自己经营，我决定今后把它交给你。如果安拉还能让我起床，我要回到祖国，死在美哈底。

第三，我的最后一笔财产：我的名字。我把这个名字留给我的阿侬舍。现在她在学校的女伴中，在堪卡外祖父的亲戚中，都会用这个名字。将来她踏上社会，如果她结婚了，在丈夫家也会用这个名字：阿侬舍·泰米尔。这是她的一个小小的心愿，也是她父亲，也就是你的父亲应该给她的权利。

你的父亲泰米尔·纳素尔

塔米梅的内心充满了恐惧。这种恐惧非常真实。现实的丑恶超越了她的想象。她仿佛跌进了冰窖，心脏几乎停止跳动，黄豆般的汗珠不停地从额头上渗出来。

还有一件更让她忧心忡忡的事：如果贾比尔回来了怎么办？贾比尔会狗急跳墙的。

她自言自语地说着。她把信已读了四遍……五遍……但还是不满足。读信时，她感到既苦又甜，还有一股血腥味——一天晚上，她曾经尝到过这股味道，自己鲜血的腥味。

她决定什么也不跟母亲说。她要自己编造一封信念给母亲听。她要告诉母亲，父亲已被释放，即将回国，要活在，不，死在美哈底。她要隐瞒有关阿侬舍的事。那些去了非洲的人，都会有一个非法的下贱的阿侬舍，所有这些人都有几十个像芬塔那样的小老婆。

今晚，她打算在哈尼家开完朋党会后，把信交给哈尼。

九

课后,他们约定在烈士广场的一家咖啡馆见面。下午五点钟了,哈尼还没来,塔米梅在耐心地等着他。桌上的一杯可可旁,放着一个小本子,封皮上有她工整娟秀的字迹,本子里摘录着一家报社就革命问题在青年中征询的意见和进行调查的结果。哈尼·拉耳委托塔米梅把读者的意见归纳一下,摘录要点,为他的大会发言做准备。塔米梅连续工作了好几夜,熬红了眼睛。她趴在报纸上,记录各界人士的意见,包括政治家、作家、大学教授,也包括青年一代的意见。大家一致的看法是,黎巴嫩需要革命,只是对革命的方式各持异议。

"难道革命只有不流血的一面?"塔米梅自言自语,她时而看一眼小本子,时而焦躁地朝入口处张望。"流血的革命不属于黎巴嫩!"哈尼说过。在这点上,她和他意见不一致,塔米梅要在会上听听别人的看法。

她对哈尼委派她在党内担任的工作极为自豪。她渴望能参加党的内部会议,而最吸引她的,是通过参加这种会议,她可以一睹那座客栈——哈尼家中的一切。她对哈尼的家一直怀有新鲜好奇的感情。他曾说过:"下次我们要到客栈开会。"她沉浸在遐想中。哈尼开着车来了,塔米梅赶忙拿起本子,兴奋地迎了上去。

"菲亚特"车从烈士广场出发,沿着海边大道,朝着贝鲁特河开去,最终到达阿西来弗雅区。这里的街道弯弯曲曲,像是随心所欲画下的曲线。塔米梅从未来过这里。她看到高低不

一、风格各异的建筑物矗立在街道两旁,有的直插云霄,有的突兀入海。塔米梅觉得自己仿佛置身于童话的玩具城中。

汽车在一栋孤零零的老宅前停下。这栋房子坐落在阿西来弗雅区近郊。房舍四周花木掩映,屋前有一个绿草如茵的小花园。一棵高大的橄榄树屹立在花园里。树叶扶疏,亭亭如盖,树枝像手臂一般安适地交叉在一起,绿油油的枝条托着鸟巢,雀鸟啁啾,显得周围的一切静谧又安详。

"就是这儿。"哈尼指点着。

他打开花园的门,走了进去。塔米梅跟在他后面。哈尼正想给她讲讲这栋房子的来历,橄榄树后出现了一位面容慈祥温和的老妇人。

"你好!哈顿老妈妈!"

哈尼笑盈盈地先问了好,然后请塔米梅上阁楼。哈尼拉住她的手,两人顺着木梯,小心翼翼地登上屋顶。塔米梅一低头,正好和哈顿老妈妈慈祥的目光相遇。哈尼对她说,两个月前,他向父亲介绍了这幢房子位置的优势及它的前景,父亲从利比亚汇来一笔钱,让他把房子买下,并说如果房东哈顿老妈妈愿意,她可以继续住在这儿。

"这就是阁楼。"

宽敞的屋顶平台的一角,有一间小巧玲珑的小屋。楼下搭着一个葡萄棚,葡萄弯曲的粗枝从花园里沿墙攀上,就像码头上的缆绳。平台的另一角,用木头搭着一间宛如帐篷的亭子,外形别致美观,色彩淡雅和谐。小屋顶上铺着红瓦,飞檐横空,俯瞰着海面。哈尼解释道:

"这就是我的贝鲁特小茅舍。在这里,他们正在拆毁一些旧屋,要兴建你沿途见到的那种刺眼的大楼。我从废墟里买了些木料和瓦片,自己盖了这间茅舍。"

哈尼请她到茅舍里休息片刻。亭子里放着一些石头,也是他买来的,有柱子,也有墩子。塔米梅想着看阁楼,就走了进去。哈尼告诉她:.

"我的伯母只来过一次。她想看看我们在贝鲁特买的房子。我父亲想让伯母贾米拉和祖父来过冬,就住在这里,但他俩都舍不得莫迪尔村。"

她正想问今晚参加会议有哪些人,哈顿老妈妈突然上楼来,递给他一封信。老人说:

"这封信是早些时候寄来的。来了一个客人,要请他上楼吗?"

老妈妈嘀咕着说,要不是马尔·马丢斯提,她几乎就把这封信给忘了。

"塔米梅小姐,马尔·马丢斯提是善于提问题的圣人中的圣人。请你叫我朋友上来吧。"

哈尼笑着向她解释。他拆开老妇人交给他的那封信,不由得双眉紧锁。塔米梅心中产生了疑虑,不知出了什么事,便连连发问。他把信纸递过来,塔米梅念道:

警告你,哈尼·拉耳,立即中断你与莫迪尔和美哈底村的关系。如不听劝告,写信人将会给你点厉害尝尝。

"红手"

塔米梅骤然一惊，冒出一身冷汗。她惊恐不安地注视着哈尼，真想马上离开这里。可是，朋友们已经陆续来了，哈尼站起来接待客人。

* * *

"当今的危机已持续四分之一世纪，在黎巴嫩还没有独立时就已经开始了。这种潜伏的危机，现在又爆发出来，犹如死灰复燃。旧式的黎巴嫩人，穿着奥斯曼皮靴的黎巴嫩人，从现代世界中接受了一个现成的国家，但治理的手段仍沿用古代那套老法子。这个国家文明水平以及它的地理、经济条件，让它完全有条件置身于先进民族的行列。

"谁能很好地经营他从父亲那儿继承的农场，谁就有权利把农场留给他的儿孙。黎巴嫩也是这样。如今的黎巴嫩有两个儿孙……"

塔米梅正在念她的小本子。哈尼让她坐在写字桌后面，其他的人有的坐椅子，有的坐沙发，哈尼自己则靠在床上，他的身边是卡塞姆·哈拉勒。来开会的一共有十个人，哈尼把他们逐一介绍给塔米梅。除卡塞姆之外，她还认识艾哈迈德·阿德南——黎巴嫩大学工程系学生会主席，来自的黎波里，外号叫"健康之父"。还有卢特菲·泽哈拉维先生——优素福大学高等文学院学生会会员，外号叫"热情的人"。莱姆雅·莎龙小姐，塔米梅也认识，她是出席会议的另一位女性。猛然间，所有这些面容都混同起来，从中浮现出了侯赛因·古姆耳丑恶狰狞的嘴脸。她闭上眼睛，镇定了一下，又睁开眼睛看着本子继续念：

"真正的革命目标的实现总是和盘根错节的顽固势力，和维护这些顽固势力的机构有利害冲突的。要既得利益者自动放弃他们的特权，放弃他们的物质享受和政治待遇，那是不现实的。在现有的任何制度中，'吃干酪的人'都会反对任何进行根本改革的企图。因为改革就意味着消灭他们的特权，取缔他们的领导，威胁他们的利益。对任何制度的领导者和保护者持反对态度，最后必然导致革命……"

* * *

"宪法上规定的国会制度，是保护个人自由、维护人权、保障公民权利的唯一可行的制度。尽管它有缺点，但从古希腊以来，它就被证实是最好的制度。人民是权利的源泉，是法律的公证人，这是每个统治者必须加以承认的。"

"如果确认这一点，那么每个黎巴嫩人就应当置身于公共的或个人的活动中，加强和巩固这种制度，并对上级领导加以监督，让他们不要玩忽职守，不要贪赃枉法，而且要努力建设一个政治上有威信的政党。弊病并非来自制度，而是统治手段造成的，是由统治者和被统治者共同造成的……"

* * *

"革命是真理。它反对墨守成规，而以新的状态取而代之。

现状是什么？它的内容是什么？这里有矛盾的对立因素：既存在自由，又存在奴役；既开化，又闭塞；各教派之间既共处又冲突；人民的生活既奢侈又贫穷。在我们的国家中，科学和愚昧并存，我们既信仰宗教，又反对宗教，也就是说，我们和愚昧并存，又反对愚昧。既赞同黎巴嫩国土之外的文明婚姻，又反对国内的自由恋爱；既赞同坦白直率，又反对它的后果；既赞同说谎，又反对欺骗。这真是奇怪的双重性，就像一个在走钢丝的杂技演员，竭力使自己保持平衡。

"你们会问，革命是流血的还是不流血的？革命者应该是视死如归、光明磊落的战士，而我们的所作所为，只能证明我们是冒险家，是政治掮客。叛逆！叛逆！每一个阶层都把其他阶层视为对他们的叛逆……

"怎么解决？——我们这些意识薄弱的人苦思冥想，也只能白白耗费光阴。即便在痛苦呐喊时，我们也会感到胆怯，暴露出任性、轻率、装腔作势的弱点。"

* * *

塔米梅停下来喘了一口气。与会的大多数人都支持这些尖锐的意见。卡塞姆·哈拉勒拍手赞同，其他人也点头附和。塔米梅默不作声，神情茫然，眼前只有"红手"在那封恐吓信上写的最后一句话。她的耳朵嗡嗡作响，身体也在摇晃，神经质地用手指拼命揉捏那只藏有恐吓信的皮包。要不是哈尼用平静的声音提醒她，她还陷在迷雾中。

"塔米梅小姐，请你念完。"

　　　　＊　　＊　　＊

　　"我们既不是第一批来到大地的人,也不是世界上第一批受到革命熏陶的人。让我们从别国人民的经验中得到教训吧,让一切真理打开我们的心扉。让我们诚实地扪心自问:我们要对旧制度造反吗?对!我们一定要造反,一定要革命!但是我们能否避免自相残杀而成为真正的革命者?难道建设新黎巴嫩的理想只能在残杀的梦魇中实现?……我们许多人在重复这句话,许多人在担忧。是的,革命是壮丽的,而屠杀是可鄙的。"

　　这些意见何时才能读完?太冗长了,塔米梅感到有些恼怒,觉得自己没有归纳好。她问大家是否到此结束,大家却诚挚地赞扬她工作努力,朗读得也很优美。难道她念得真有那么好?她的嘴唇无意识地颤抖了一下,念完之后松了一口气,想离开写字桌。哈尼让她坐在原处,念侯赛因·古姆耳的恐吓信。她念信时,大家都凝神屏息侧耳倾听,既惊讶又愤怒,但毫无惧色,这让她对自己的惊慌失措感到羞愧不已。

　　大家讨论到了很晚。这些意见并不是什么新东西。对正确的意见,大家一致同意。他们相信科学和理智、发展和进步以及"自我革命"的原则。为保证事业的成功,就必须有严密的组织。这样,大家自然而然地讨论起党务事宜来,与会者认为首先应当成立一个委员会。

　　"叫什么名字?"

　　"不管怎样,我们应该尽量避免使用那种铿锵的词语。"

　　天性诙谐的卡塞姆·哈拉勒提出意见。卡塞姆总是会给会场增加活跃的气氛。他说：

"要避免铿锵的词语和进口的信条。不要'多灵丁'药片。你知道美国黑人吉姆·凡尼黑的故事吗？吉姆·凡尼黑到医院去看病，医生给他开了一种叫'多灵丁'的药，他很快就出院了。但没过多久，他就发现自己的肤色发生了奇怪的变化。他的亲戚和朋友们看见他，几乎不敢相信自己的眼睛。两三个月以后，这个黑人竟然变成了白人。黑人们唾弃他，白人也不承认他。他的老婆和他离了婚，他只能背井离乡，成为白人和黑人的笑柄。直到现在，他还有着白人的肤色和黑人的鼻子。最近听说他控告了医院，要求五十万美元的赔偿费，以补偿自己被毁灭的生活。我们不需要'多灵丁'药片，我们要用自己田野里的草药来治疗自己。用什么名字来称呼呢？哈尼已经提名了。我们是朋友，就叫'朋党'吧。"听了这个颇有深意的故事，大家都意味深长地笑了。一直在思索的哈尼在会议结束时说：

"今年年底我就是工程师了。我父亲是承包商，我祖父是建筑师。他年轻时，莫迪尔村的采石场是禁止使用炸药的，因为采石场土矿中含有硫黄，因此采石场的工人们都小心翼翼，用铁锹、镐头和铁棍砸碎石头。他们早出晚归，辛勤劳动，流尽了汗水。一天，我祖父病了，一个鲁莽的工人趁师傅和同伴不注意时，在采石场使用炸药炸石头。顿时，采石场像火山一样爆发，工人们死的死，伤的伤。莫迪尔村永远忘不了那一幕惨剧。

"朋友们，如今的黎巴嫩也是这样的采石场，要谨防炸药！"

十

1969年2月23日，一则新闻在美哈底不胫而走。蒙在鼓里的埃米娜兴致勃勃地赶到贝鲁特，告诉塔米梅：

"贾比尔从非洲回来了！"

没有提前通知，也没托人转告，他就这样突然回来了，说是想给母亲意外的惊喜。他在家门口突然出现，拥抱了母亲，还流着泪，给了她一千里拉。在美哈底，他睡在家里，安慰母亲，说他父亲还未离开科纳克里。父亲说，不恢复名誉，不证实自己的清白，绝不离开几内亚。当埃米娜告诉贾比尔，他父亲来信说他要回国时，贾比尔大吃一惊，急着要看信。母亲告诉他，信在塔米梅那儿。

"塔米梅会给你的。"

她和儿子到了贝鲁特。

"他整晚对我哼哼唧唧，要看信，你给他吧，和我一起去吧！"母亲嘟嘟囔囔地对女儿说。

塔米梅没有回答她。

母亲摇着她的肩，塔米梅不理她，说自己要去上课。

"现在不是上课的时候。贾比尔是你的大哥，你应该让他看信。"

母亲先是低声下气地苦苦哀求，继而又声色俱厉地逼迫她。

"信已经丢了，你对他说，你妹妹撕了，你妹妹烧了。"塔米梅怒气冲冲地站起来。

她提起包，朝门口冲去。

* * *

贾比尔住在巴里姆·比塔西大饭店。这里是首都最豪华的旅馆区，高楼云集，绅士美女出入其间。旅馆门口，一辆红色的桑特尔·白尔特汽车在等着他。他不惜重金买了这辆敞篷车。从早到晚，他换上一件比一件鲜艳的运动衫，开车去兜风，招摇过市，坐在他身边的，是他的追随者侯赛因·古姆耳。见到朋友或熟人出现在街头，他就扬扬自得，挥手致意。

白天他抛头露面，到处炫耀。晚上他在歌楼舞厅里过着花天酒地的生活，小费出手就是一百里拉。最让他着迷的娱乐是玩纸牌。他挥霍无度地赌博，一注就是几千里拉。他还用贵重的礼物和大把钱财勾引那些女演员，就算别人已经有了伴侣，他也全然不顾。他煊赫一时，自拟高于王孙。

一周，两周，到了第三周，劳兹太太家的电话铃响了起来。贾比尔的声音一会儿高亢，一会儿低沉，但劳兹太太的声调中，却有一种贾比尔过去未曾感触到的辛酸和苦楚。

晚上，出租车运来了贾比尔的行李，放在了劳兹太太家。那台桑特尔·白尔特汽车卖掉了，只卖得原价的一半，不，只有原价的四分之一。天哪！

贾比尔打开皮包，把钱重新数了一下，只剩下一千多里拉了。

这就是他拥有的一切。

皮包里的香水味勾魂摄魄。巴黎！他顺路去过，住了几天。诱人的巴黎香水,娇媚的巴黎女人,灯红酒绿的巴黎之夜,这一切一去不复返了。

他翻腾着行李,找到一条丝巾——这是遗留在他皮包里的一件逝去生活的纪念品。他把丝巾递给了劳兹太太,不无感慨地说道:

"送给你这件礼物,一个小小的纪念。"

劳兹太太躺在床上,电话机已从客厅挪到床边的小茶几上。小茶几的抽屉里装满了药。劳兹太太的脚肿得像馒头,一直肿到小腿。她步履艰难,行动不便。医生叮嘱她,除非必须,不得行走。除此之外,就是吃药,吃药,吃药。所有的治疗就是吃药、按摩、检查、化验。

"这是主给我的打击!贾比尔先生,这的确来自主,谁说主没有打人的石块?"

这种变化是贾比尔没有料到的。他走了不到五个月,劳兹太太就疾病缠身,一蹶不振。她得了关节炎。但自从她患上关节炎,心绞痛倒是一次也没发作过,这真是奇迹。

"我的父亲胡里正在天国为我祈祷。"

"过去的罪孽使我感到内疚。"她只能这么说,这是最重要的。她想让贾比尔明白,她已经洗心革面,不操旧业了,连盖房子都不想了。

"光设计图纸的钱,我就白花了多少!"

整整一小时,她一直在抱怨、擦泪、吃药,还不停地叫栽娜卜:

"我的女儿你来!我的女儿你去……"

"幸亏有栽娜卜在,不然我的情况会更糟糕。"

除了她的忏悔，贾比尔准备相信她所说的一切：两只脚肿到膝盖，劳兹太太撩起裙子让他看，但是没让他看更高处！他苦笑了。

他没忘了给栽娜卜带礼物。他在劳兹太太身边坐立不安，眼睛总是朝栽娜卜那边偷看。

他去非洲之前，答应过给她买一副手镯。

女仆听从女主人的吩咐，在他屋里为他收拾衣物。趁此机会，他掏出亮晶晶的首饰："这是给你的，栽娜卜！"他想吻她，栽娜卜却瞪大了眼睛，推开他的手，像受惊的小兔子一样从屋里逃了出去。

怎么她也这样对待他？他走了以后，怎么一切都变了？这让他产生了无限惆怅的感觉。

白天他一直待在屋里，过了中午才走出门。他打电话给小饭馆，要了一份夹心面包。午餐完毕，劳兹太太请他喝咖啡。她感到寂寞，想找个人聊聊天。栽娜卜端着咖啡进来时，贾比尔又拿出首饰，请劳兹太太交给她，好像刚才什么事情也没发生。

"向贾比尔先生道谢。"

栽娜卜咕哝了一句，并没有张口，端着咖啡壶，转身回到厨房。劳兹太太以行家的眼光鉴赏着手镯，然后顺手扔在身边的小茶几上，似乎要让送礼的人知道，如果不通过她的手，栽娜卜是不会随便接受馈赠的。贾比尔在等着劳兹太太握住栽娜卜的手，让她把镯子戴上。

"不管怎样，谢谢你了，贾比尔先生，栽娜卜是配戴这副手镯的，比这更贵重的首饰也能配得上。"

劳兹太太还说,只要医生准许她外出,她立刻收栽娜卜为义女。

真是不寻常的转变,看来她真的忏悔了。

晚上,他穿好衣服,准备找个地方去过夜。劳兹太太家发生的变化让他头晕,令人窒息。

他在镜前照了照自己,发现自己的样子也有了变化。

他第一次发现自己很丑,萎靡不振,神色灰暗,耳朵已经耷拉下来,鼻子向左歪。这副样子,就像他在右边闻到什么臭味似的。他转身向右,想确认一下这股味道从何而来。好半天,他一直专注于这件事。鼻子好像没有什么可奇怪的,可是眼睛为什么发黄?熬夜了吗?不知为什么,他一下子变得害怕看到自己的双眼。他把红黑相间的领带整理了一下,又突然扯下来,换了一条。不,还是绿的吧。最后,他又挑了一条带流苏的羊绒围巾围上。

他对领带结也不满意,想松开重打一个。他用力扭着领带,照着镜子,想把自己勒死……

他莞尔一笑,镜子里的他也报以一笑。为什么要笑?是对自己不满意,还是嘲笑自己的身材?个子真矮,那两只大脚板是从哪里来的?他转过身来,镜子里的他,让他自惭形秽。

"贾比尔,难道就因为你的钱袋空了吗?不要紧,只要有一星半点,就能带来一大把。一次进攻,就能带来整队骆驼。钱是'王中之王'。"

他朝楼下走去。

没想到,他在楼梯口遇到了贾拉勒·卡尔西:

"贾比尔先生,我要告诉你一个重要的消息。"

贾比尔跟着他走到办公室，那儿没有耳目。

"乌蒂塔太太在打听你，她向我问起你，至少有二十遍了。你想见见她吗？不在这儿，也不在劳兹太太家。她不想劳兹太太知道。什么都不要告诉她，以后我会告诉你的，乌蒂塔也会告诉你的。我给你打电话约定会面时间如何？她对我说过，你愿意什么时间见她都行，白天、晚上，什么时候她都等你。"

"晚上行吗？"

卡尔西走到电话机旁，贾比尔一旁等着。血涌上他的脸，他的心怦怦直跳。

乌蒂塔不在家。服装店六点就关门了。尽管这样，卡尔西还是不死心，仍在拨电话，可还是没人接。

"那就明天吧。"

贾比尔坐上出租汽车。

司机问他去哪儿。他看了看表，时间还早，在夜总会幽会的时间还没到。

"到橄榄树咖啡馆吧。"

他走进咖啡馆，要了一杯咖啡，还没喝完，又烦躁不安地站起来。他想去吃晚饭，然后去夜总会。

#

夜总会里，光线幽暗。低矮的地下室，一片喧嚣。

贾比尔坐在楼梯口的饭桌旁，周围烟雾腾腾。刺鼻的酒味，女人的香水味，夹杂着体臭和汗酸味扑面而来。

他站起来看着这些蠕动的身躯,看着那些的臀部、上下摇摆的头颅和淫荡的腰肢。

乌蒂塔就在这里!在翩翩起舞的人群中,她伴随着黑人乐队的鼓乐声,如痴如狂地旋转。这些黑人给这个小酒吧带来了浓艳的服装,带来了黑人的鼻子、臀部、乳房和森林中的魔鬼。

人们跳着、叫着,鬼哭狼嚎,仿佛世界末日来临。

炯炯的眼睛刺透了黑暗,擦得锃亮的皮鞋践踏着世界的庄严。他们来自巴黎、纽约、伦敦。电吉他伴随着黑人的鼓声、笛声,汇合成一股疯狂的旋律。

音乐声冲击着墙壁,撞击着天花板,叩打着地板,敲着地狱的大门。

她,乌蒂塔就在这儿!

她向贾比尔挥手致意,然后扔下舞伴,在一旁狼狈地喘息。她东推西撞,穿过狂欢的人群,在饭桌旁边和他相遇。她扑在他的怀里,一头金黄色的散发盖住了他毛茸茸的胸膛……

* * *

翌日夜晚,贾拉勒·卡尔西和乌蒂塔在电话中叽叽呱呱地合谋了许久。乌蒂塔对卡尔西说:

"在电话中不便说这些事,请到我这儿来。"

卡尔西锁好店门,来到贝鲁特角的裁缝铺。这是他第二次进这家裁缝铺。他在屋里四处环顾,羡慕起乌蒂塔来。他心里在想:这个女人真精明,抓住贾尔迪教授的脖子不放。如果没有教授,她的一切从何而来?会客室墙上的镜子是镶金的,椅子的缎面闪闪发光，客厅后面还有两间女工做活的房间。一个小时前她们就下班了。乌蒂塔如坐针毡，心急如焚地冲着卡尔西问道：

"贾比尔到哪儿去了？"

卡尔西回答说，他从栽娜卜那儿得知，贾比尔一大早就离家外出了。听栽娜卜说，他拿着皮包，走进劳兹太太的房间。劳兹太太问起乌蒂塔时，贾比尔说：

"新做的衣服就放在她那里，我不要了。苏尔汽车库的费用，让她寄往美哈底。"

乌蒂塔不放心地问：

"到邮局寄吗？"

卡尔西马上回答：

"由我来寄保险一些。明天午后他就能收到。"

乌蒂塔心急如焚地追问：

"贾尔迪教授呢？"

"你是了解他的，他向来恪守时间。每天晚上七点到九点，他肯定在玛丽的公寓里。"

卡尔西又补充道，他监视玛丽公寓的那段时间内，没发现一个陌生人走进塔米梅和她女友的房间。

侯赛因·古姆耳也在打听他的朋友贾比尔的行踪。他一直在红街转悠，然后朝劳兹太太的寓所走去。

他看见贾拉勒·卡尔西一个人站在店铺前东张西望，就上前搭讪。卡尔西明白他的意图，做了个手势指指楼梯，他自己则站在门口等着古姆耳。

栽娜卜从门缝里探出头,然后又赶紧把门关上。古姆耳匆匆而回,卡尔西迎上去,把他请进店铺。

两人谈论了很久关于贾比尔的话题。对于贾比尔的行踪,卡尔西比专门前来打听的古姆耳更为关心,而且,他开始为贾比尔感到担心。

他开始进行种种猜测。

"你看他到底在哪儿?"

古姆耳想离开,卡尔西连忙拿出香烟和一瓶可乐招待。抽到第二支,卡尔西向他透露了一个消息……古姆耳欣然同意。卡尔西走到墙角的橱柜前,取出一本相册,塞进古姆耳的怀里,里面贴满了各种各样的美女照片。

"我信任你,因为你是贾比尔的朋友,我朋友的朋友……"

他竟然也吟起一位诗人的诗句来。

这位新顾客的到来,让卡尔西变得兴致勃勃。

相册中的照片对古姆耳产生了预期的效果。卡尔西和他的这位顾客定下了见面的时间:晚上九点。

"就在这儿,在店铺里。"

古姆耳如期赴约,卡尔西上前迎接,然后出门观察街上的动静,见四周无人,就放心地走了回来。卡尔西从里面把门锁上。他搓着手掌,答应用美女招待古姆耳,并略表歉意地说,要古姆耳先付一笔款子。

"这是惯例。"

两人开始讨价还价。

双方终于达成协议,事先付二十五里拉,事毕再付七十五里拉。与其说卡尔西心甘情愿,还不如说是这位顾客的一脸凶相把他吓坏了。他满心不悦地走进里屋,很快又回来,要求古姆耳把椅子朝里屋的门挪近一些。屋内有人走动,还有少女如小鸟鸣啭一般的笑声。卡尔西敲敲门,门上露出一个小孔,位置恰好与坐在椅子上的古姆耳的视线相对。卡尔西又做手势又点头,招呼他的顾客。

原来,卡尔西在离开劳兹太太以后,就开始用自己的手段招揽顾客。没有劳兹太太,事情办得也很顺当。此外,他还警告每一位来客,劳兹太太已经洗心革面,现在正举起双手向主忏悔。她不愿重操旧业,只是用礼拜和纯洁的祈祷来警诫自己。

古姆耳的眼睛紧贴在门上,通过小孔目不转睛地盯着屋里勾人魂魄的一幕。卡尔西原来的办公室已经布置成一个典雅的房间。暗红色的灯光从天花板上倾注下来,照在大沙发上偎依在一起的两个少女身上。两人喃喃细语,仿佛一位正对另一位进行采访,又像两人互吐倾慕之情。她们一个身穿蓝丝绸衣,另一个身穿黄丝绸衣,都穿着迷你裙。两位少女袒露出健美的大腿,慢慢靠近,互相摩擦。棕肤少女十六岁左右,白肤少女是一位金发女郎,也许还不到十六岁。她十分恬静,也许是因为羞涩,脸颊红扑扑的,更增添了十足的魅力。

突然,棕肤少女朝白肤少女俯身,吻了吻她的脖颈,又伸手来回抚摩逗弄白肤少女隆起的胸脯。白肤少女妩媚地用手抵拒着。冷不防,棕肤少女把白肤少女仰面按倒在沙发上,用脸抚弄着白肤少女的全身,然后又开始脱去白肤少女的衣裙,时而温柔地抚弄,时而粗暴地撕裂。在她沉浸其中的时候,自己也慢慢脱衣露体,而后,白肤少女也仿其道而行之。古姆耳感到热血沸腾,在椅子上坐不稳了。

头一幕已经结束。卡尔西敲了一下门,帷幕落下。他要求客人付款。古姆耳叫道:

"难道你不相信我?"

他拍拍装皮夹的短上衣。卡尔西仍在坚持。古姆耳跳起来,手按住门孔,大叫:

"给我开门!"

他的眼里露出欲火,紧咬上颚,露出卡尔西熟知的凶相。卡尔西只得开门……

这是"快乐之门"。

卡尔西比落入陷阱的人更为精明。两位少女赤身裸体地站在屋里,要求客人支付余款,古姆耳却在与她俩周旋。两位少女俯身穿衣,他便朝少女冲了过去。顿时,少女高声呼救,古姆耳猛地抓住棕肤少女的头发,白肤少女便脱身逃去。

这正是卡尔西害怕发生的事。古姆耳整整领带,愤愤地说:

"我们下次算账!有种再赌一次。"

他扭身就走。

卡尔西祈求上帝保佑。他用含糊不清的语气命令"两只小母羊",要对她们的一切行为守口如瓶。

十二

哈尼把汽车停在阿卜杜——阿齐兹大街。这条街在美国医院后面,通往塔米梅和她女友住的公寓。坐在他身边的塔米梅指着离大街不远的一幢楼房,坚持要他下车和她一起上楼,但他拒绝了。

别人说她固执,其实,他才是真的固执呢。

她的声音有点颤抖。她也不知道自己说了些什么。她心情激动,不能自已,丰满的胸脯急促地起伏着。哈尼注视着她的眼睛,这双眼睛因快乐而睁得大大的,她的前额也在闪闪发光。这奇异的光彩是来自街灯,还是来自她心中升起的太阳?他情不自禁地伸手抚摩她的额头。塔米梅紧握住他灼热的手掌,热情地吻着,再次邀请他一起上去。她真想叫醒玛丽,把这激动人心的一切都告诉她。

"今天我不上去了。下个星期天,我邀请你们去海边吃饭。如果玛丽小姐和贾尔迪教授同意,明天早晨,我就给你打电话约定时间。"

汽车一拐弯,开走了。

塔米梅站在街头,目送汽车远去,直到消失在路口。她兴冲冲地走上楼,蓦地瞥见一个人影从大门口闪过。这种姿势,这个佝偻的背,她很熟识。是贾拉勒·卡尔西!这么晚了,他在这儿干什么?塔米梅心中开始战栗。难道古姆耳已经把一切告诉了贾比尔,贾比尔让卡尔西来窥视她?

身影一晃,消失了。

"你看,为什么掮客的一肩总比另一肩高?"塔米梅暗自思忖,摇摇头,哑然失笑。

这种笑是嘲笑还是轻蔑的笑,她也不知道。

她听见自己笑出了声,声音还不小,也许被那个正从楼梯上下来的邻居听见了,那人向她点头致意。不,这笑声出自她生机盎然的心灵。她三步并作两步上楼,像小鸟一般欢喜雀跃。这只小鸟要扑向玛丽的怀里,倾吐衷肠,直抒胸臆。

艾克拉姆·贾尔迪教授走后,玛丽正准备睡觉,塔米梅回来了。玛丽想和她商量一下结婚礼服的款式。下个月第一个星期日,她就要举行婚礼了。但是此时此刻,塔米梅已经被自己心中的快乐所淹没。她不想掩饰她的喜悦,也没有心思考虑别的。她让玛丽坐下来听她说:哈尼邀请她到他家去,说是开会,还说很重要,要宣布一项重要的决定。

塔米梅告诉玛丽:

"哈尼才不怕古姆耳呢。他说过,'侯赛因·古姆耳?不!我才不怕他呢!他现在对我倒是怕得要死。你听着,塔米梅,我要把他的劣迹讲给你听。他冒充游击队员,假借游击队员之名搞募捐。他用"红手"的署名又写了第二封恐吓信。'哈尼笑着把纸条搓成小团,从屋顶的平台上扔下去。他说:'我要教训教训这个侵犯人权的侯赛因·古姆耳。'玛丽,你猜猜,哈尼讲的重要决定到底是什么?"

塔米梅有些卖乖地问。

"我跟你讲过,哈尼准备揭发侯赛因·古姆耳干的坏事。我以为哈尼讲的重要决定,就是他的朋友们需要一个代表团,向政府控告他。不!不是这件事!我去看哈尼时,只有他一个人在家,没有他的朋友。他不是在等他们,而是等我一个人。如果你能去参观一下他在屋顶平台上那个小茅屋,那个'阁楼'就好了。从平台上可以俯瞰蔚蓝色的大海和在黑夜中灯光闪烁的山峦。屋里到处散乱地堆着书籍和笔记本，我想整理一下，他挥挥手说：'以后再理吧。'他激动地拉住我的手，把我的手放在他的手掌中，说等他领到毕业文凭，成为一名工程师之后，就是今年，还有四个月，不，还有三个月二十天，我们俩屈指计算着日子。他用汽车把我送到了这里。他坚持星期天要用他的汽车接我们去吃晚饭。他说，'我邀请你们，用我的车带你们过去。'从明天起，他每天早晨都要来这儿，用他的菲亚特车送我到师范学院去上课。他要当众宣布：莫迪尔的天主教马龙派教徒哈尼·拉耳，要和美哈底的什叶派穆斯林塔米梅·纳素尔结婚！"

  塔米梅兴奋地站起来，走到屋子中间，向玛丽描述起师范学院广场上因《乌塔路克报》的调查报告而引起的一幕话剧。她模仿厚颜无耻的古姆耳，模仿他提出的挑衅性问题。她还模仿起读报人冷漠和讥讽的声调，还有哈尼·拉耳和他镇定自若的神态。他看也不看，就把古姆耳那只又粗又大的手从他的肩上推开了。当时塔米梅心里很乱，怕出事……安拉保佑，总算什么也没发生。《乌塔路克报》万岁！《乌塔路克报》万岁！

  塔米梅绘声绘色地说着。她笑出了泪水，这是喜悦的泪水。哈尼的父亲将从利比亚回来参加他儿子的毕业典礼，塔米梅要玛丽一定来参加，贾尔迪教授也要来。"现在就向你俩发出邀请。那时，你俩早就结婚了。"玛丽比她超前一步，自然应该先走一步。

  玛丽担心地问：

"你不怕你的哥哥,你的宗教,还有侯赛因·古姆耳的报复?"

"我对你说过,我们已经掌握了古姆耳的确凿证据。他找卡塞姆·哈拉勒募捐。卡塞姆夺过他的募捐本,在党内开会时,向大家揭发了古姆耳的罪行。如果不判处古姆耳死刑,我们就会遭殃。我向大家提议,把这件事报告给驻扎在贝鲁特的游击队,并把募捐本交给他们,控告他的罪名。好了,不谈这个人了。你想象一下,几个月后,英俊的哈尼将从人群中站出来,走到台上领取毕业证书。大厅里掌声雷动。他拿着证书从台上走下来,看着我,看着他父亲。我会坐在他父亲身边。他已经写信给他父亲了。他父亲让他到利比亚去,负责公司的业务,可哈尼不喜欢利比亚。不,他是喜欢的,但是他更想到美国去搞城市建筑,他说:'黎巴嫩的建筑简直是胡闹!胡闹!我们用自己的手丑化了上帝赐给我们的美丽的大自然。'"

塔米梅激动得有些语无伦次。她完全陶醉在爱情的喜悦中。她要用心灵深处迸发出来的激情来感染她的挚友。玛丽让她冷静下来,祈求安拉饶恕这种疯狂的爱情。塔米梅要走了,到美国去,和哈尼一起去美国,进哈佛大学。他们要在美国结婚,继续深造,在一个大学念书,在一起生活,真甜蜜!就像她俩现在住在这个公寓里一样。课余他们还要工作。她的工作是教授阿拉伯语,还要在课外辅导那些在哈佛学阿拉伯语的人。如果他父亲要扩大在利比亚的业务,那他俩就去利比亚。到美国去,到西方,到东方,到天涯海角去!整个世界都能容纳他们的幸福。

＊　＊　＊

明天塔米梅要到美哈底去。每周她都抽出一天时间陪伴母亲。这一周，她在星期五提前回家了。星期日是属于哈尼的。哈尼对她说：

"这个星期日，以后所有的星期日，咱俩都要在一起。"

她要告诉母亲吗？告诉母亲之后会产生什么后果？她的母亲，美哈底，贾比尔，古姆耳，就算是整个世界，又有什么了不起？

她的生命属于她自己，她不是他们的财产。

她要自己做主，决定自己的命运。

她是否要等到父亲回来？无论如何，她要写封信告诉他，今晚就写。父亲会支持她的。父亲是她的保护人。

她突然想起"狮身人面像"。

"'狮身人面像'，我要写封信给他。"狮身人面像，你好！……

昨天"带钩的人"又收到儿子阿齐兹的一封来信，让塔米梅小姐念给他听。信上写的是什么？信的四分之三是写给她——塔米梅小姐的。沉默寡言的"狮身人面像"终于开口了！他把她的那些照片珍藏在胸口。那是从哪儿弄来的照片？是他用藏在上衣兜里的小照相机，在工会办公室里拍的。每当同志们问他："这是谁？"他就说："我的妹妹。""每个人都有一位心上人，打仗间歇时和同志们谈谈，也是一种幸福。塔米梅小姐，你允许我向他们谈起你吗？"……

谈吧！"狮身人面像"，谈吧，阿齐兹，对他们说，你也有一个心上人,她就是塔米梅!

十三

夜总会。

这次贾比尔直接去了夜总会。他对女人感到厌倦了,让安拉诅咒她们。塔米梅头一个该诅咒。他首先就要收拾她!他知道塔米梅有三个情人:第一个是赖姆兹·拉尔德,第二个是哈尼·拉耳,最后一个是艾克拉姆·贾尔迪。他手里有一封匿名信:

> 小心,贾比尔先生。小心你的妹妹!你的妹妹已把你的荣誉和你家庭的荣誉扔进了茅坑。
>
> **你忠实的朋友**

这是一封挂号信。贾比尔把信塞进口袋,又想起侯赛因·古姆耳的暗示——"你是塔米梅的哥哥,难道你对塔米梅在你走后的恶劣行为一点儿也不感到奇怪?"为什么古姆耳不坦率地告诉他?为什么要转弯抹角、兜圈子?古姆耳说:"我以后要让你亲眼看看!"但他一直在拖。这个家伙总是跟在贾比尔屁股后面转,从一个酒吧跟到另一个,从这间舞厅跟到另一间。天知道,钱花得只剩下一千一百五十里拉了。眼前只有一条路,还能有什么别的办法?

今晚有人下了两千里拉的赌注。

贾比尔孤注一掷,本下得更大,

他决定独自前往,不要古姆耳。这家伙灰溜溜的,天生一副倒霉相。

午后,他得好好睡一觉,养精蓄锐,这样晚上才能精神抖擞,大干一场。他不让别人打搅,一直睡到晚上。

今天早晨在美哈底发生的一切让他大为震惊。哈吉法多鲁在搞什么鬼?他跟他母亲唠叨了些什么,让她大发雷霆?本来就不该给她那一千里拉,不然也没必要现在闹着要回来。好在她分文没花。可能她还是为了攒钱吧。

突然,贾拉勒·卡尔西敲开他的房门,脸色抑郁得像暴风雨前的阴霾。他让贾比尔立刻跟他到劳兹太太屋里去。

莫名其妙的贾比尔无可奈何地随他去了。

* * *

劳兹太太的房间里笼罩着一片可怕的寂静。她坐在床上,脸色阴沉,一声不响,也没有搭理卡尔西的问候。栽娜卜低垂着头,蜷缩在墙角。在她对面,赖姆兹·拉尔德端坐在椅子上,叉开两条腿,嘴角挂着倨傲的冷笑。贾比尔绷着脸站在门口。

这间屋子,看上去就像一个法庭!

大家虎视眈眈地凝视着他。

劳兹太太一瞥见他,两眼直冒火星,随后大叫起来:

"母山羊!过来,靠近我!"

栽娜卜走到床边,劳兹太太掀开她的裙子。栽娜卜号啕大哭,真想找个地洞藏起来。劳兹太太拍打着她的女仆隆起的肚子，厉声叫着要控告贾比尔。

贾比尔不肯承认，他赌咒发誓，冲上去想打这只"肮脏的母山羊"。他哭，他恨，他骂：

"这幢房子是出租的，住过上千个房客，你们去找别人。这里到底是掮客办事处还是妓院？"……他威胁着要向政府控告。劳兹太太大喝一声，给他当头一棒：

"住嘴！你的妹妹塔米梅今天勾引这个，明天又搭上那个。你想揭别人的短，先撒泡尿照照自己的脸。"

卡尔西也冷言冷语在一旁帮腔：

"自家卖玻璃，就不要扔石头去砸人家的玻璃窗。"

赖姆兹·拉尔德咬着烟头，盯着地板。贾比尔恨不得一步跳过去，敲碎他的脑袋，再把卡尔西摔死在地上，给栽娜卜一记耳光，最后抓住那个老鸨的腿，把她从床上抛下来！

当然，他没敢这么干。

他什么话也说不出来，他被镇住了。栽娜卜哭诉着贾比尔在去非洲前勾引她的细节，讲到他回来后的企图，还有镯子……讲得贾比尔哑口无言。他尴尬，狼狈，感到无地自容。蓦地，劳兹太太喝令女仆滚出去。

劳兹太太、卡尔西、贾比尔三个人经过一番讨价还价，达成协议：贾比尔承担栽娜卜做人工流产的一切费用，先付一千里拉，现在就由劳兹太太收下。这是交给医生的。还有一千里拉交给贾拉勒·卡尔西，这是给栽娜卜父亲，堵他的嘴的。

赖姆兹·拉尔德在他们三人达成交易前，就回到自己的屋里。他走出门口时，还听见劳兹太太冲着贾比尔嚷嚷：

"说不定这个女孩子会死的,死在手术台上。"

拉尔德教授坐在桌后,抽出一叠纸,准备为周刊写文章。只有拿起笔时,他才会想到写些什么。他一向讨厌先拟题目。他扶正眼镜。对他来说,透过眼镜看到的世界,像个万花筒。

今天,他胸无文墨,刚写了几句,又抹掉了。他撕了一页又一页,然后按铃,要咖啡,接着又按铃,两遍、三遍……

一直没人有答应。

《栽娜卜在烹调自己的悲剧》。他在纸上写下了文章的题目。他很快写满了两行、三行、四行。词句在他笔下如泉水般倾泻而出。他自认这是一篇杰作,但很快他又把纸搓成一团,扔进烟灰缸,点火烧了,好像他今天是以燃纸为乐。他摘下眼镜,揉了揉被烟熏到的眼睛,然后用手擦去脸上被火灼出的汗珠。

他站起身,边抽烟,边踱步,然后疲惫地倒在床上,双手敲打着悬在床前的搁书板,抽出一本书。公寓里满是嘈杂声和人来人往的走动声。屋外雷电交加,风雨大作。脱了钩的窗子在风中摇曳,可劳兹太太不愿去修理。

"让它掉在邻居头上吧!"

白天万里无云,一片晴朗。怎么到了晚上,上苍反而心血来潮,开始咆哮怒吼起来?

也许这是在对栽娜卜的遭遇表示愤慨。

对,就是这样的,这就是上苍的愤慨。

书本从他手中滑脱,掉在地上,他俯身去拾。书滑下时,书页打开了。他俯身看了看,这时,一道闪电划破长空,照亮了整间屋子。闪电接连亮了三下,一直照在打开的那一页书上。

走廊里一片漆黑,看不到人影。谁在敲门?也许是魔鬼逃走时,头撞在了门上吧。

他刚想回屋,从过道上传出一阵呻吟声,他不由得停下脚步。打开电灯,他看到劳兹太太躺在地上。她又发病了。

想把劳兹太太抱起来并非易事,他只能把她拖到屋里,让她躺在床上。此时,她口吐白沫,两眼上翻。他推了推她,问她是否要请医生,她摇摇头。医生一小时前已经来过,给她做过检查,嘱咐她要绝对卧床休息,话也尽量少说。可是,出了这样的大事,她怎么还能卧床休息和默不作声呢?出了什么事?栽娜卜逃走了,不知去向!在卡尔西忙着请医生时,栽娜卜逃走了。卡尔西去追她,但那两个人谁也没回来。

十四

日暮时分,塔米梅回到美哈底。

家里大门敞开,屋里挤满了女人。阿卢西的母亲面带愁容地跑来迎接她。塔米梅一面急匆匆地跑进屋里,一面焦灼地连声问出了什么事。阿卢西的母亲进了屋,另外两个女人也跟了进来。

埃米娜躺在床上,一看见女儿就呜咽起来。她说不出话,只用右手指指自己的嘴,那张嘴已经歪了。她摇着头,痛苦地望着塔米梅,眼角的泪水从面颊上滚落下来,脸上的皱纹里充满凄苦和忧愁。邻居们围着塔米梅,你一言我一语,七嘴八舌地议论着,帮她出主意。

中风了,她的母亲中风了。

"妈妈呀,难道这就是你等待的一切吗?"

塔米梅痛心地扑向母亲。

阿卢西的母亲告诉她,贾比尔今天早晨来过。埃米娜起初还是好好的。阿卢西的母亲听到叫声,看见贾比尔怒气冲冲地走出家门,埃米娜追出来,摔倒在门槛上。贾比尔连头也没回,坐上车扬长而去。

"我为她清洗包扎了受伤的手臂。她告诉我,贾比尔抢走了她的一切。真的,她对我说,钱是他的。她告诉我,一千里拉是他从非洲寄来的,还有一千里拉是他回来时给她的。她把一切都告诉了我。开始时还是好好的。我坐下来安慰她。她讲到贾比尔,讲到泰米尔,说他快要回来了,回来管家。她说她没法管好贾比尔。'他父亲…'她刚说了半句话就停住了,嘴歪到了右边。"

* * *

她们商量了一下:阿卢西的母亲留在家里照顾埃米娜,塔米梅到苏尔去请医生。如果那里有医生,就跟医生一起来,否则她就去塞达告诉姨妈,塞达那里肯定会有医生。

在塞达,塔米梅又了解到悲剧的另一部分。这也是塔米梅竭力想瞒住母亲的真相。姨妈告诉她,贾比尔的母亲两天前来过塞达,去看哈吉法多鲁,在他那儿过了夜。埃米娜告诉姨妈:

"我从哈吉法多鲁那儿知道贾比尔干的坏事,也知道了他在非洲对他父亲干的坏事。"

她还说：

"真希望贾比尔没有去非洲！"

她痛苦万分，躺在床上辗转反侧，整夜不能入眠。

* * *

塔米梅在美哈底住了两天，第二天清晨，她托姨妈照顾母亲，和艾哈迈德坐上奔驰车回贝鲁特。承蒙穆瓦里的功德，美哈底的公路已经修好。艾哈迈德说服父亲卖了那希车，换了一辆新的奔驰车。

在大路上，塔米梅看见一群群逃难的农民带着行李坐在他们能够搭得上的马车和汽车上，从南方向塞达蜂拥而去。孩子们伏在妈妈肩上啼哭，老人步履艰难，竭力追赶逃难的队伍。

艾哈迈德解释说：

"他们这样做，是为了躲避以色列人。那些狗崽子们昨天向南部发动了野蛮的进攻。"

塔米梅到了塞达，发现那儿也沸腾了。人们愤怒地议论着犹太人借口袭击游击队基地，又一次对黎巴嫩进行侵犯的行径。他们的军队开进居民村庄，飞机在空中盘旋，从空中和地面上进行扫射轰炸，摧毁了住房，炸伤了百姓，丧生的有四五十人，这还不包括那些被埋在瓦砾底下的难民。

在去贝鲁特的汽车上，塔米梅费了好大的劲，才争到了一个能坐的地方。乘客们异口同声，都在议论战争。

"打仗！"一个乘客尖厉地说："什么打仗！还不是以色列

人自己在战场上打来打去。"

另一个人说道：

"这是对游击队在贝鲁特大街所干的事进行的报复吗？"

第三个人打断了他的话：

"不要军队，也不要游击队。给我们武器，让我们自己保卫我们的土地和生命。"

争论已经到了白热化。

塔米梅默不作声。

* * *

塔米梅回到贝鲁特时，已经是午后两点钟了。玛丽不安地出来迎接她，询问她母亲的病况，接着，她告诉塔米梅，贾比尔打过几次电话来找她，昨天晚上打过电话，今天午前又往医院打了电话。

"哈尼呢？"

"他问过你两次。第一次是打电话过，第二次他亲自来了，说你的电话打不通。他和我与贾尔迪一起喝了咖啡，还请求我允许他进入你的房间。"

塔米梅暂时忘记了母亲的遭遇，她讨厌谈起贾比尔，不想听到他的名字。塔米梅追问玛丽：哈尼在她屋里发现了什么？贾尔迪教授对哈尼的印象如何？哈尼对她的房间如何评价？

"他对你挂在案头的毕加索像很感兴趣！伟大！伟大！"

"谁伟大？"

"毕加索。当然，你的哈尼比他更伟大，但是你听我说……"

塔米梅扑上去拥抱她,玛丽也抱住了她。玛丽走到镜子前梳头,准备去医院。她用手指神经质地敲着梳妆台,脸色变得严峻起来。

"听着,塔米梅,贾比尔的声调恶狠狠的,他在咒骂你。我不想再重复一遍,因为我了解你,了解你的本质,十分了解。他冲我叫嚷,要我对你负责。贾尔迪刚才也在这里,当我把情况告诉他时,他皱起眉头。他说今晚要开诚布公地和你谈谈。他把道理讲给我听。贾尔迪教授是穆斯林。如果你理智一些,就不会这样不顾一切了。所有的人都会面临难题。而你一个人面临两个难题:第一个是你和赖姆兹·拉尔德的关系,第二个是今年你和哈尼·拉耳结婚的计划。这两个难题,第一个比第二个更棘手。贾尔迪教授的意思是,如果你们决定结婚,必须等到他获得证书后,你们选一个合适的晚上,神不知鬼不觉地离开这里,双双逃往美国。但是,从现在起到发证书那天,你们不能见面,连电话也不要打。贾尔迪教授说,这个心理障碍以后会消失的,但是需要时间。只有不在乎生命的疯子和有能力保卫自己的人,才会不顾一切,但是你没有这个能力。你哥哥会宰了你,他会用古姆耳的刀来砍你的脖子!贾比尔的理由有两条:第一,你的行为不轨;第二,你叛教。"

玛丽感到自己单刀直入的言语伤害了朋友,但是她道出了真情。塔米梅侧过身去,尽力抑制住自己的眼泪。她的骄傲、她的自尊心被一点点撕碎了。

"答应我,别再见他了,等到你上了去美国的飞机那天再去见他。也许你喜欢坐轮船吧?在轮船上度蜜月更有意思。来吧！让我吻吻你！哎哟，我要迟到了。"

她向医院快步跑去。

玛丽刚出去，门铃响了，随后传来一阵急促的敲门声。敲了几下，声音停了，接着又敲起来。那声音很轻，感觉敲门的，像是一个胆怯不安的人。

是贾比尔吗？就让他是贾比尔好了！如果他愿意，就把我杀了吧！

塔米梅不顾一切地起身去开门。

第四章

> 你猜测吧,你猜测吧,
> 在你的面前只有你的命运。
>
> ——亨利·弥勒

一

难道这是真的吗?

塔米梅目睹着眼前的一切,简直不敢相信自己的眼睛。栽娜卜跪在地上,把脸贴在塔米梅的脚下,悲痛欲绝地哭泣:"天哪!我怎么受得了啊!父亲啊!还是把我杀死吧!"

栽娜卜告诉塔米梅,她从塞达来,半夜就到这儿了,一直坐在楼梯下等着天亮。她是从劳兹太太那儿逃出来的,也是从卡尔西那儿、从贾比尔那儿逃出来的,他们想把她带到医生那儿去堕胎。她从门后听到了他们的计划。她不想去医生那里,也不想死在手术台上。往哪儿逃？她不知道。跑出去之后，她躲进红街上的一栋楼里，跑到屋顶上，在那儿躲了一夜。黎明时分，她走到通往塞达的大路上。在塞达，她不知道去哪儿。她在大街上游荡了一天，肚子饿了，就向人家乞讨。天黑时，她害怕了，便走进一栋楼，想在楼梯口睡一夜，却被一个人发现，问她干什么，她撒了个谎，说她在塞达的一家饭馆里干活，因为打碎了一个水晶碗，被老板赶出来了。那个人把她带回了家，对他的妻子说：

"你不是想雇一个女佣？安拉给你派来一个。"

但是这个女人很快就知道了真相，第二天早晨，就把她赶出去了：

"回你的老家吧！"

大门在她身后砰地关上了。

她只能从塞达步行回家，因为她没有钱。走累了，她就坐在路旁休息。一辆汽车开过，上面只有一个司机。她想拦住车，但又不敢。第二辆车里，司机身边坐着一个女人，但是汽车风驰电掣般开过，她错过了机会。第三辆车后座上坐着两个男人，司机旁边的位置空着，她挥挥手，车停了。两个男人让她坐在中间。汽车朝贝鲁特开去了。路上，他们开始盘问她，没过多久，汽车又返回塞达。她要他们停车，说如果他们不想去贝鲁特，她就马上下车。但他们不让她下。她苦苦哀求，哭泣也没用。她喊救命，他们捂住她的嘴，把车停在海边，把她拖到大石头后面，对她施暴。

* * *

栽娜卜全身痉挛,用手捂住了脸。

"这些人是贾比尔的同伙!"

她痛不欲生地拍着塔米梅。怎么办?在这儿解决,一定要在这儿解决!栽娜卜伸出两只小手苦苦哀求。

警察,法庭,惩办……这意味着她父亲要杀了她,就像杀一只母山羊。栽娜卜受不了这种奇耻大辱。

* * *

中午,玛丽回到公寓。塔米梅告诉她,栽娜卜已经怀孕七个月了。玛丽说,只有少数医生才敢做这样的流产手术。

"必须把这女孩交给能动手术的医生。谁能保证成功?不,不,这事你不能管,责任太大。"

玛丽让塔米梅把女仆交还给女主人。

塔米梅提议征求一下贾尔迪教授的意见,让女仆待到晚上,等教授来时再走。今晚最好让这个姑娘睡在这里,要让她好好休息一夜,她的肉体和精神备受摧残,受的惊吓实在太大了。

两人神情严肃地用英语交谈。栽娜卜知道自己大难临头。如果跟他们走,即便手术成功,如果让她父亲知道,她也难逃一死。恐怕她不是死在医生的手术刀下,就是被父亲砍死。她跑到厨房,蜷缩在屋角,脸色惨白,目光呆滞,像霜打的秋叶一般。医生的手术刀和父亲的砍刀都已经扎进了她的心里。

晚上，大家议论了好久。教授从玛丽那儿知道了一切。他把女仆叫来，提了些问题，又让她走了。塔米梅把栽娜卜领进自己的房间，为她在沙发上铺好被褥，让她躺下休息。塔米梅弯下身，摸摸栽娜卜的额头。能在女友的房间睡觉，栽娜卜感到些许安慰。她含泪叫道：

"塔米梅，我永远不会忘记你的恩情。"

她对塔米梅凄然一笑。塔米梅问她为什么笑，栽娜卜说，她想起了劳兹太太对贾比尔讲的话：劳兹太太要收栽娜卜为义女，死后让栽娜卜继承家产。但栽娜卜不相信，世界上没有人会相信！她看透了假仁假义的劳兹太太。劳兹太太在撒谎，她是世界上最大的女骗子。

* * *

第二天早上，栽娜卜准备迎接她的"末日"。

没有别的办法。贾尔迪教授也这样认为——只能动手术，只能按照贾比尔、卡尔西和劳兹太太的主意办。如果不这么做，就只能让女仆远远地躲到别的地方去，直到分娩为止，而这是不可能的，因为这要冒更大的风险。

塔米梅向栽娜卜提议陪她回去。

栽娜卜像雕像一般毫无表情，木然地回答：

"我认得路。"

她擦了擦眼睛走了。

塔米梅含泪目送着她孤零零的背影，似乱箭穿心，痛苦万分。

第二天，报上刊登了一则消息：

昨天上午十点，卢西商店的顾客看见一个姑娘投海自杀。他们下海抢救，但是姑娘在送往医院的途中死去。现已查明她叫栽娜卜·易卜拉欣，就是三天前失踪的女仆，是个孕妇。据说她是为了免于受辱而自杀。她的女主人——红街上一栋形迹可疑的楼房的房东劳兹太太已接受问询。她说，她的女仆出逃前承认，有一名房客玷污了她的贞洁。这名房客现已潜逃，警方正在搜捕之中。

二

警察第二次光临劳兹太太家时，劳兹太太已经危在旦夕，连说话都困难了。赖姆兹·拉尔德只能代她回答部分问题。

警察走后，劳兹太太老泪纵横地麻烦教授代她写下遗嘱。劳兹太太气息奄奄，拉尔德教授只得陪她……

* * *

两颗大大的泪珠滴落在她浓妆艳抹的像西瓜瓣一样皱纹纵横的脸上，弄花了脸上的香粉和胭脂；这是从紧闭的眼睑上滴落的泪珠，还是烂西瓜的汁液？两滴泪珠流到嘴角，勉强停留在嘴角的胡髭上。那胡髭仿佛是一道篱笆。"劳兹太太肯定有一个月未拔胡髭了。"赖姆兹坐在那儿想着。滚动的眼泪，穿过胡髭筑起的篱笆时，他已心怀恻隐。劳兹太太伸出舌头，舔舔嘴巴。"她仿佛在啜饮她的泪珠。让她痛饮后悔之酒吧。"他想站起身，但劳兹太太伸出手，拽住他的袖子，求他留下来。

"我求你帮我写个遗嘱，我想写遗嘱。"

"让律师写吧。"

赖姆兹教授硬下心肠，转过身子。

"赖姆兹教授！赖姆兹教授！"

她放声大哭，哀声恳求，向他倾诉心事。她说，她爱他如子，他会亲眼见到她像对待儿子一样对待他，条件是不要让她独自一人留下。让他拿纸和笔写吧，她喜欢他写。

* * *

一小时过去了，赖姆兹先生还坐在床边的椅子上写着。

他当然不会写她叙说的一切。他写的是："一切属于安拉！属于安拉！"这一句话，他写了二十行、五十行、一百行，就像学校里讲故事的人。他写下一百行是代表劳兹太太，因为她不会写字。他并没有听见她说什么，重复什么，或者肯定什么。她只是立下遗嘱。把房子留给栽娜卜？好，真好，那么栽娜卜在哪儿？

什么？马尔·孟苏尔·迪波！她又说把房子留给马尔·孟苏尔·迪波协会。我会让你满意，得到你的保护。给协会会长还有协会庄严的理事们……但是，以主的名义发誓，劳兹太太，你从哪儿来的这么伟大的念头？凭安拉起誓，你是个天才的女人。你的天才，你的灵感，真是取之不尽用之不竭的财富。

劳兹太太，你知道你揭示了什么？什么样的奇迹自天而降？谁说发生奇迹的岁月已经过去？赞颂至高无上的主，他每时每刻都能显示神力，把恩惠赐给最卑贱的奴仆。

"祝你长寿，祝你长寿，劳兹太太。"

"赖姆兹先生，财产属于主。"

是否让她读一下他写的东西？他离不开座位。过了一会儿，他一边把手伸向纸张，一边注视着天花板。"财产属于主，财产属于主……"

劳兹太太的阵痛又发作了，他俯下身为劳兹太太拿药。这盒药是治疗关节炎的，那一小盒白色的放在玻璃管旁边的药是治疗心绞痛的。劳兹太太想抬起手，但胳膊无力地垂在床边。他把药片递给她，她吐出药片，下唇痛苦地扭曲起来。赖姆兹先生从盒子里抓起一撮药，硬塞到她嘴里。她战栗地祈祷：

"主赐福于你。"

她吃力地抬起头，又一次把头落在枕头上。

他本来是想笑的，谁说死神不想开玩笑？不，他想祭吊。他一生中还从未给任何人祭吊过，现在正是时候：

财产属于主，让主赞颂你的英名。但是以什么名义来叫你？你的美名太多了！劳兹太太已死到临头。在神性中有劳兹，在人性中有宰胡尔。神性与人性的统一中塑造了你。为了伟大的荣耀挑选了你。抵达巴塔利斯有天梯。这是通往天国的钥匙，没有人能进去。

你，劳兹太太手中已握有深埋大地的钥匙。在这大地上，我们都是房客。你只是先近一步。在这漫长的白昼，我听见你对我诉说，你与主感情至深，而且，你们的沟通并未中断。

为拯救我们的灵魂，劳兹太太，我和你在一起。我和你在一起抗议这种行为。

奇怪的是，所有的房客从哈里发至今，竟不再提出抗议。这意味着他们在用眼泪、用祈祷、用礼拜、用毫无一点英勇气概的各种样式屈从。

因此，我尊敬自杀的人。我号召人们自杀。

自杀是唯一的自由。自杀者是奴隶世界的自由者。

只有他们才是勇敢者，死得高尚而又有尊严。

在青春岁月，在纯洁的童年中自杀，难道不比饿死在路上、战死在疆场或者死于车祸、死于斑疹伤寒、破伤风、死于心肌梗塞要更好吗？

劳兹太太，你听见了吗？

劳兹太太，请听我说一句话，仅仅是一句话。

昨天，一位青年作家来探望我：

"如果你不是作家，你想干什么？"

我用手背把他推走，现在我又把他召回。现在我正走向电话，无须得到你的同意。我要他马上回来。我会告诉他："我的朋友，我的灾祸在于我只能是我自己。我还能成为什么呢？"

现在，沥青、硫黄、黄色气体、火山、原子弹正在摧毁宇宙！

让主的灵魂面对酷烈的痛苦而忐忑吧。

他抛下劳兹太太,连夜出走……

三

根据劳兹太太的供词,法庭预审员提审了贾拉勒·卡尔西。因为他是掮客,是他把自杀的姑娘从安卡尔带出来的。卡尔西说出了死者父亲的名字和家乡。一个名叫艾哈迈德·易卜拉欣的人供认,在劳兹太太房间里,他听见了姑娘和贾比尔的谈话,还说出了赖姆兹·拉尔德的名字。

贾比尔拿着行李,趁着夜色仓皇出逃。警察在他的房间里只搜出一只箱子,里面有几件女人的衣服和一叠女人的照片,那些人多数是女演员。箱子里还有一个袖珍日记本。

警察分头追捕贾比尔。一队警察来到美哈底,把房子里里外外搜查了一遍,吓坏了中风的埃米娜、姨妈和阿卢西的母亲。

另一队警察来到阿卜杜·阿齐兹大街贾比尔妹妹的公寓,向妹妹询问哥哥的下落。贾比尔从几内亚回来后,塔米梅只在巴里姆·比塔西旅馆里见过他一面,只有几分钟。那还是在她母亲的催促下和母亲一起去的,后来他们再也没有见过面。

玛丽在一旁证实了她的话。

警察一走,两个女友觉得不妙。塔米梅把报纸摊在床上,找到那条消息,读了一遍又一遍。她简直不能相信报上的说法。玛丽劝慰着她:

"你应该到医院当一个月护士,用你的手去安慰痛苦和不幸的人们。你应该让你的双手浸泡在血中,为死人合上眼睛,去为那些像曙光一样年轻却不幸夭折的少年、青年和儿童祈祷……这样你就会坚强起来。"

玛丽俯下身,从床上拾起报纸。这张报纸仿佛是栽娜卜的殓衣,让玛丽感到内疚。难道她不应该对栽娜卜的死亡负一些责任吗?

事实上,她已从塔米梅的眼神里看到了大声的谴责,但是她高声说道:

"栽娜卜已经安息了。"

"就像我的母亲在见到泰米尔回来前将安息在坟墓里一样。"

这件事对塔米梅的刺激太大了。塔米梅痛心疾首,悔恨莫及。这个怀着奇耻大辱含冤而死的亡灵,那种被追逐的无辜猎物的形象,不时在她眼前闪过。这个蒙受耻辱的女孩喘息着,在从贝鲁特到塞达的街头踟蹰徘徊,走投无路,从墙角跑到海边。她躺在沙滩上,被乌鸦叼啄,被鲸鱼撕成碎片。而塔米梅自己,就是凶手的妹妹。这个可怜的女孩曾伸手向她求援,但是她为了不拖累自己而摆脱了她,把这个女孩子送了回去。她是胆小鬼!是卑鄙的人!

她从床上跳起来,想到停尸房去看看栽娜卜。她想去法院门口,把法官们都叫起来。她要到妓院去,把贾比尔叫出来,杀了他,也让他杀了自己!

* * *

塔米梅并没忘记今天"朋党"要开会，她必须出席，委员会要她做记录。哈尼·拉耳是总书记，卡塞姆·哈拉勒是顾问。

她一定要出席。

和这些谈论党务和政治的人相比，栽娜卜是多么不幸。

四

总书记宣布开会。

第一个发言的是卡塞姆·哈拉勒。他负责调查古姆耳假借游击队之名搞募捐的事件。他宣布，到昨天为止，他们已经掌握了确凿的证据。他从四个人那儿拿到了侯赛因·古姆耳开给他们的假单据，并且把这些人的名字上报给了有关当局。

"这些人准备做证。看来这不是古姆耳一个人干的，而是一个集团。警察正在调查。政府将与游击队领导人取得联系。游击队已经有所察觉。毫无疑问，他们将狠狠打击那些破坏游击队声誉的坏蛋。"

阿德南说：

"我想了解的是我们对明天发生的事持什么立场。我们不仅要做学生的工作，还要进行其他工作。形势很紧张，战斗还在南方进行。游击队又有一名战士牺牲。他叫阿齐兹·雅法维，外号叫'狮身人面像。'他的弟兄们准备把他运到贝鲁特，安葬在巴苏尔墓地。明天中午十二点开民众追悼会。"

对塔米梅来说，这个消息犹如晴天霹雳。她心如刀绞，想问问详情，但讨论还在进行：

"我们担心的是'狮身人面像'的追悼会会变成我们和巴勒斯坦兄弟之间的血战。这样，以色列就会幸灾乐祸地观看这场悲剧了。"

"是否有必要在高塔广场开追悼会？这样可能会引起一场冲突。子弹在贝鲁特、塞达和的黎波里上空乱飞，会让平民遭殃。"

"牺牲者为什么不在原地埋葬？我想，雅法维家是没有人会同意把他埋在巴苏尔墓地的。"

"问题不是这样的。"塔米梅停下笔表示异议。卡塞姆·哈拉勒所说的已经是题外话了。她站起来，郑重地讲述了"狮身人面像"的故事。她声音颤抖，眼里闪烁着泪花，还迸发着愤怒的火星。

她说：
"牺牲者是一位游击队员，他的尸骨可以安放在巴苏尔，安放在黎巴嫩的任何地方！"

莱姆雅·莎龙支持她：
"我同意塔米梅小姐的意见。我认为，如果因'狮身人面像'的安葬问题引起一场争吵，他的灵魂是不会得到安息的。我认为塔米梅的意见也是大家的意见。"

莎龙对塔米梅表示支持。塔米梅感激地看了她一眼。哈尼把大家拉回正题：

"我们对追悼会到底持什么立场？"

大家反复商议后，一致同意学生不罢课，由学生会派一些代表去参加追悼会。

不管学生会选不选她，塔米梅都一定要去参加。她要和

"带钩的人"站在最前列。

讨论继续进行,阿德南说:

"南方的消息令人不安。以色列人多次侵犯。那里的爱国力量很薄弱,农民们都搬走了。更严重的是,一部分游击队员与黎巴嫩军队和黎巴嫩人民之间发生了冲突。军队和当地人埋怨游击队员违反协议。一部分游击队转移到了村里,却不驻扎在他们应驻扎的偏僻的基地上,有的人还干了些不法的勾当。"

"他们抓走了一个警察局长,强迫当地人从家里搬出,自己搬了进去。他们迫害一名村长,理由是他反对游击队。"

卡塞姆发表议论:

"保卫黎巴嫩的任务,应当由黎巴嫩人自己承担。这是涉及主权和尊严的问题。

"游击队员有三种。第一种脚踏实地,在巴勒斯坦的土地上同以色列人作战;第二种人走近边界,放几枪,然后回到安全的营地。第三种人不配享有游击队员的称号。他们穿着迷彩服,背着自动步枪,趾高气扬地在大街上和广场上游荡。"

哈尼说:

"尽管我们承认你对游击队员的划分,但是比划分更重要的是澄清黎巴嫩和游击队运动的暧昧关系。我称它是运动,因为它没有达到革命的水平,甚至也不能说它完全是抵抗运动。双方都需要开诚布公,到了彻底坦诚的时候了。"

哈尼继续说道:

"为什么我们害怕正视现实?黎巴嫩和巴勒斯坦运动结成假姻缘,一方自称忠贞,另一方自称爱她,要为她牺牲。虚伪的婚姻必然导致可悲的结局。"

哈尼说话时斜眼看着她,在开会的人中间,只看着她一个人。

她记下了他说的话。她感到大家的目光都在盯着她。他在笑,他是真笑还是假笑?

为什么他要用"假姻缘"这个比喻?是准备揭穿她吗?趁她未做思想准备,以迅雷不及掩耳之势揭穿她?这种想法让她感到烦躁、恐慌,好像堕入无底的深渊。

关于革命,他们说了些什么?……关于黎巴嫩……关于国家主权……关于决策,关于调解政策……他们说了些什么?一切都糊涂了。她麻木地写着,这些话并没有铭刻在她脑海里。她盼望着赶快散会,大家快走,好让她和哈尼单独在一起。

她已经下定决心,要在天亮前对他宣布:

"我们的婚姻不是假姻缘。"

她要这样说,她要向他承认一切。是的,一切。要十分冷静地说。就在散会之后,在他的家里,在他的阁楼上,在灿烂的星空下。"从我这儿知道,比他从别人那里,从侯赛因·古姆耳或者其他人那里知道要好。要坦率地、开诚布公地谈。我不会像你那样炫耀自己。没有必要像你们男人那样炫示自己的罗曼史……"

"希望塔米梅小姐不要把我们的谈话逐字逐句地记录下来,只需要记下要点。我们做记录不是记流水账,只是为自己记录一些问题。"

卡塞姆·哈拉勒说话了。十之八九他是在怜悯塔米梅,因为他看见她只顾埋着头沙沙地写。她向他感激地一笑,好像在对他说"谢谢!"

"巴勒斯坦运动方兴未艾。它必然会发展下去,因为它是为争取主权——最神圣的权利而斗争的。但是有些话却又违反法律,违反国际法,譬如劫持飞机。难道这不会损害它的声誉,损害它争取主权的斗争吗?"

塔米梅陷入沉思。

"我觉得一个诚实的女人要比一个假贞洁的处女强得多。谁夺走了我的贞操?你想知道是谁?不管怎样,我不会让你先问我,我要主动说给你听。"

别人还在议论:

"那些在生死间徘徊的巴勒斯坦少年们,那些手中握着炸弹,站在他们后面的无名少女们,他们本可以在法律的庇护下,寻求自身的解放,至少可以自由行动,可以拥有安全的栖身地,但现在,他们已经失去祖国,他们的权利和尊严已被剥去——这是违背一切法律的。世界上的任何法律都不会还给他们一丁点儿权利,怎么能希望这些少男少女们也尊重法律,尊重政治道德和信义呢?"

塔米梅完全沉浸在自己的遐想中。

"是赖姆兹·拉尔德。你为何要这样看我?在古代,人们对淫妇是施以酷刑的。就是在今天,他们也要把她们杀死在门槛上。杀了我吧!我情愿死,也不愿你把我看成一个……如果他问我会不会忘记赖姆兹·拉尔德,不,不!他是不会提到他的名字的,他也不会向我提这样的问题。我要代他提问,那我怎么回答呢?"

大家七嘴八舌还在议论：

"理解一部分游击队极端分子干的事是一码事，接受它却是另一码事。我们在黎巴嫩，在一个文明的国家里，不能接受这类的事情。我们不允许这类事在我们的国土上、在我们祖国的天空下发生。"

塔米梅继续沉思。

"如果我没有机会详细地向他说明，那就不用说明。我要简简单单地说……不用铿锵有力的开场白，那怎么开始呢？就说声对不起吗？朋友们走后，他会伸开手臂拥抱我的……我也会吻他。让我告诉他，我是谁？……我想保护我自己。每个人都想保持自己的本色。因为我向他也向我自己承认了我的作为，我就恢复了自己的本色，我们还能成为一体。"

她要把一切告诉他，向他坦白直率地供认一切。她要纵情地吻他，即便这在她一生中也许会是最后一次……

五

出租车停在阿卜杜·阿齐兹大街的路口。

古姆耳向贾比尔点点头。贾比尔看到，大街的另一头停放着一辆黑色的卡里斯里尔牌小汽车，在黑夜中闪着光亮。那辆车正等着艾克拉姆·贾尔迪。他在公寓里，每天晚上他都会来这儿。

"大教授已经把他的指挥部从劳兹太太家搬到玛丽那里了。护士玛丽小姐，也不是个好妞儿。护士就是妓女！合法的护士都是合法的妓女！"

侯赛因·古姆耳憋着一肚子坏水在想着，全神贯注地瞧着前面。他告诉贾比尔，在贾比尔去几内亚时，赖姆兹·拉尔德和另一个男人为他妹妹而争风吃醋，他妹妹脸上被砍了一刀。

"如果拿不到罪证，你就端详端详她的脸。你会在眼睑下面发现一道罪恶的伤疤，那道疤被她用雪花膏和香粉盖住了。你问问她，这伤口是哪来的。"

这是第一条罪——贾比尔埋怨自己，在劳兹太太那儿看见赖姆兹·拉尔德时，为什么不扑到那家伙身上？他真应该掀掉他的眼镜，把他的眼珠子抠出来。

第二条罪状——贾比尔拿出古姆耳在海滨大道偷拍的照片。这张照片和"忠实朋友"的匿名信一起放在他的口袋里。这是两份证据。他注视着照片，借着射进汽车的街灯翻看着。他认出了他妹妹的背影，还想认识一下照片里的另外一个人。

第三条罪状——贾尔迪已经厌倦了乌蒂塔，乌蒂塔也承认她厌倦了他。所以他要来吃纳素尔家的肉了。

想到这三条罪状，贾比尔恨得咬牙切齿，怒火中烧。

他的眼前浮现出了妖艳淫荡的乌蒂塔的身影。在那间挂满了美服华裘的服装店里，她蜷缩在他脚下的地毯上。

贾比尔点燃一根香烟，他的同伙抓住了他的胳膊。

"小心点！我先下去。你在汽车里等着，等时间到了，你再出来。"

古姆耳下了车，走到马路上。贾比尔摸摸他身上带着的两件凶器。

他的右口袋里，有一支装满了子弹的左轮手枪。

他的左腋下，插着一把磨尖的匕首。用匕首刺穿女人的静脉,这是古老的传统。不管古姆耳说什么,他不会违背这个传统。如果有个男的妨碍他的事,他会用手枪来对付他。

古姆耳停下来,朝出租汽车转过脸,贾比尔也朝古姆耳转过脸。古姆耳长长的身影映在马路上。

"古姆耳,你等什么?你是想让自己喘一口气吧。可是你知道贾比尔此刻的心情吗?"

突然,一个软绵绵的小东西从大街上穿过。古姆耳吃了一惊。几十个软绵绵的东西接踵而至——他脚下都是软绵绵的老鼠。

预定的时间到了。贾比尔打开车门下车。他走到马路上,看到古姆耳一溜烟消失在楼后。

贾比尔环顾四周。马路非常空旷,他长长的身影映在马路上,好像在证明他在马路上行走。他向右转弯,进了一栋楼房。楼梯口射出来的一道亮光,把人影留在后面。贾比尔独自上楼,心里有些惴惴不安,急急忙忙地走着。

为什么要这么急?他停下来喘了口气。他听见后面有脚步声,就低下头假装点烟。他确实想抽烟,但是他的双手在颤抖,火柴盒掉在了地上。他要捡吗?那个人已经抢先一步捡起了火柴,两个人打了照面。

"你是要找住在这个楼里的人吗?"

"找我的妹妹,在三楼。"

"套间里住着两个人,你要找谁?玛丽小姐?"

"不,塔米梅·纳素尔。"

贾比尔感到自己说漏了嘴:他翻腾着口袋掩饰道:

"啊!我忘了……忘在汽车里了……"

他赶紧下楼,那个人疑惑地注视了他一会儿,然后摇摇头,上楼了。

贾比尔告诉他的朋友古姆耳,事情并不那么简单。他把在楼上遇到的人告诉了古姆耳。贾比尔说:

"怎么办?我们黎明时再来吧。那时,人们都睡熟了,我们出其不意地干他一下。"

侯赛因·古姆耳很不满意。他怏怏不快地对出租车司机说:

"开回去。"

出租车司机回到他们白天待的地方——古姆耳的情妇那儿。

六

现在塔米梅明白了,她是在拿自己的生命冒险。

她在"阁楼"里对他说了些什么,已经记不清了,只知道她准备好的话一句也没说出去。

哈尼脸色铁青,一声不吭。

塔米梅独自一人下了木梯,走到小花园里,然后到了大门口。她想开门,却摸不到门闩,双手颤抖着摸索了好久,门才打开。哈尼·拉耳站在屋顶的平台上,形单影只。他的身影罩在她身上,但他没有看见。

刚才她在他面前木然伫立着,就像泥塑木雕。

他就这样呆立了近一分钟,蓦地举起手,朝塔米梅脸上打了一记耳光。

迎着黎明的曙光，一颗带着伤痕的心在颤抖，她的泪水涌了出来。

＊　＊　＊

哈尼站在屋顶平台上，一夜没睡。他在茅舍和"阁楼"之间转来转去，有时在石凳上躺一会儿，但马上又跳起来。他烦躁不安，神态恍惚，不知待在哪里才好。

早晨，哈顿老妈妈端着咖啡进屋时，发现哈尼正躺在床上，双手交叉在脑后，床上的被子原封未动，还是昨天为他叠好的那个样子。她暗自揣摩，昨天夜里他在干什么？她听见了屋顶平台上烦躁的脚步声，看见他的朋友们一个个回去了，只剩下两个姑娘，其中一个姑娘是最后一个单独走的，大约在一两个小时之前。老妈妈不爱干涉别人的事，不便贸然发问。尽管如此，她还是忍不住问了一句：

"你在想什么？"

"没什么，没什么。"

哈顿老妈妈留下咖啡杯，径自走了。哈尼随即下了楼，坐上汽车，朝美国医院驶去。两个警察拦住他，不让他通行，他感到非常惊讶。停下车朝公寓所在的那栋楼跑去。是的，就是这栋楼，那里人声鼎沸，人们聚在楼旁，警察正在吆喝，要人们散开。大家七嘴八舌，议论纷纷：一个人朝她妹妹开了枪，就在三楼，公寓的右边。那个人以为他妹妹行为不轨，要把她干掉。她的名字叫塔米梅·纳素尔。她和美国医院的护士住在同一套公寓。护士想保护朋友，子弹打中了护士的胸膛。护士的名字叫玛丽·艾布·海莉。他们把护士送到医院……

"他妹妹呢？"

"住在对门的邻居救了她。他刚好出来，看见两人在门槛上搏斗。那个男的想掐死女的。邻居抓住了罪犯，让她快逃，安拉知道她逃到哪里去了。"

* * *

一切为时已晚，玛丽小姐离开了人世。

* * *

这天中午十二点，贝鲁特变成了沸腾的海洋。哈尼·拉耳从医院出来时，看见美国大学附近的几条马路上挤满了罢课的学生。他们高举着标语牌，准备到烈士广场去，那儿传出消息说，商店被砸，汽车被烧。

"难道这就是'狮身人面像'雅法维的追悼会？"

他很快就了解到了事情的真相。送葬的队伍一到烈士广场，就和广场上的游行队伍会合了。对于游行的人来说，追悼会犹如火上浇油，整个贝鲁特就像开锅一样沸腾了。惊人的消息传来：夜里，以色列军队从空中和陆上向南方进犯，他们的大炮轰击了谢巴·卡夫尔、沙巴·法底斯和美哈底三个村庄。敌人的伞兵在那里降落，黎巴嫩军队、村民和游击队与敌人展开了激烈的战斗。报纸报道说——哈尼夺过一份报纸，激动地看着头版的标题：几十个人受伤，几十个人死亡。战斗还在进行。内阁通宵开会，政府给驻联合国代表发出急电，向安理会提出控诉，向人类的良心呼吁，让全世界对这种新的罪恶行径进行谴责，要以色列军队撤出黎巴嫩土地。从战场上逃出来的难民成群结队地涌向塞达。昨天，他们拦住了从贝鲁特来的由总统夫人率领的红十字会代表团。这个代表团带着满载食品和救济品的汽车，正要到受害的村庄去。人们高呼：

"我们要武器！我们要面粉！"

哈尼放下报纸，看了看他身边。抗议的浪潮已经席卷贝鲁特。学生们高举着标语牌，呼吁人们警惕突然出现的战争危险。队伍开始前进。哈尼挤出一条路，在人群中转来转去，寻找他的朋友。他看见艾哈迈德·阿德南，又看见莱姆雅·莎龙。三个人跳上菲亚特车，朝燃烧的市中心开去……

* * *

此时，塔米梅正在写着自己的最后一则日记。

哈尼，这是我在这个本子上写给你的最后一则日记了。就在这儿，在离你的阁楼仅几步远的地方，从某地来的一个人正在等着我。他要从码头直接走。阿齐兹·雅法维的父亲在埋葬了他的儿子后，也跟我们一起走。但是，我一定要参加"狮身人面像"的追悼会之后再走。

追悼会已经开完。我是从"狮身人面像"的追悼会上回来，还是从我自己的追悼会上回来？

你那一记耳光的痕迹是永远不会消失的，但是，它和别人打的耳光迥然不同。我从我母亲和哥哥那儿吃到的耳光，至今还使我怒火中烧。可是，你在我脸上打的一记耳光，却像甘露一般滋润。它会像莫迪尔村悠扬的钟声一样，永远留在我的心田里。

难道我是个上天该杀的东西吗？四面八方的人都在咒骂我，你也和他们一样吗？安拉保佑，我相信你即便义愤填膺，也不会这样做的。你是在生我的气，还是生我们纳素尔家的气？如果你的一记耳光是对准我，那我不会生气。你伸出手来，我会吻你这双手。你甚至可以对着我的脸咒骂，就像古姆耳咒骂我一样。也可以学我哥哥那样用石头砸我，用刀砍我，用枪杀我，就像他那天早晨想做的那样。

你有权利把我赶走。你对我转过身，但是我看见你的脸面对星空依然沉默。我看见你的身影从平台上映在我身上，把我遮住。

如果你当时叫我，要我回去，我也许会回去。但是你抛弃了我。我相信你是为了自己而抛弃我的。而我，我向你承认，当时我是想回去的，我真想跪在你脚下，用泪水来洗你的脚。但是，最终我还是走上了自己的路。

走上我的命运之路。

我要走到它的今天。我能回来吗？你能让我回来吗？

今天，你在向人们打听我了。你是路过公寓，还是打电话去的？我相信你会打听我的。即使不是尽头，到明天也会的。但是这又有什么用呢？命运已经为我，也为你安排好了。没有任何回旋的余地。命运已经把我们隔开。在玛丽为我牺牲后，我不可能再回到你的身边了。

我不能参加玛丽小姐的追悼会，就像以前我不能为栽娜卜送葬一样。我请求你代我参加。哈尼，请你让玛丽在天上为塔米梅祈求宽恕，我要到哪里去？——我要披星戴月，一刻不停地走到天明。

也许你已经知道了。我现在能告诉你的就是，我和一个人要到一个地方去。在那里，人们能为我指明方向。"带钩的人"也是这样。他现在正在我身边，等着我写完给你的最后几句话。阿齐兹·雅法维的父亲要去战斗。他这样说的，这也是他懂得的一切，而我……

尽管前面的道路弥漫着茫茫雾气，但我心里有一种深沉坚定的力量。因为我知道我将要做什么……

伸出你的手放在我的脸上。那个人正在催我快写。在"带钩的人"把日记本交给哈顿老妈妈，并由她交给你以后，他和我们一起上路。这个日记本里有我的全部生活，这是给你的，我不需要了。从今天起，我将隐姓埋名。从我和这个人上路时起，塔米梅·纳素尔的名字将永远消失……